初刻拍案惊奇

[明] 凌濛初·著

插圖精譯

陕西新华出版 三秦出版社

图书在版编目（CIP）数据

初刻拍案惊奇 /（明）凌濛初著．-- 2版．-- 西安
：三秦出版社，2008.04（2024.1重印）
（国学百部文库）
ISBN 978-7-80628-143-7

Ⅰ．①初… Ⅱ．①凌… Ⅲ．①话本小说－中国－明代
Ⅳ．①I242.3

中国版本图书馆CIP数据核字（2008）第032450号

书　　名　初刻拍案惊奇
作　　者　［明］凌濛初 著
责　　编　陆　军
封面设计　新华智品

出版发行　三秦出版社
社　　址　西安市雁塔区曲江新区登高路1388号
电　　话　（029）81205236
邮政编码　710061
印　　刷　北京一鑫印务有限责任公司
开　　本　680×1020　1/16
印　　张　9
字　　数　224千字
版　　次　2008年4月第2版
印　　次　2024年1月第2次印刷
标准书号　ISBN 978-7-80628-143-7

定　　价　39.80元
网　　址　http://www.sqcbs.cn

前　言

明代市俗文学兴起后，话本小说流行，晚明著名文士冯梦龙整理加工了大量的宋元话本，并根据前人笔记、传奇、戏曲等进行再创作，共编选了《喻世明言》、《警世通言》、《醒世恒言》（简称“三言”）三部小说集，促进了明人整理和创作白话短篇小说高潮的到来。在此影响下，明人凌濛初编著了《初刻拍案惊奇》和《二刻拍案惊奇》（简称二拍），与“三言”合称“三言二拍”。至此，“三言二拍”成为宋元明三代短篇白话小说的集大成者。

凌濛初（1580–1644）字玄房，号初成，别号空观主人，乌程（今浙江湖州）人。一生科场不利，55岁后，才授上海县丞，后擢徐州通判。崇祯末年，李自成部进逼徐州时，忧愤而死。凌濛初一生著述颇多，天启、崇祯年间，他“取古今来杂碎事，可新听睹、佐谈谐者”而著成“二拍”，“二拍”的问世，标志着中国短篇小说的创作进入了一个新的阶段。

“二拍”中的绝大部分作品都是凌濛初自己所作，可以说，这是一部个人的白话小说创作专集，其所反映的思想特征大致与“三言”相同，艺术水平也在伯仲之间。

“二拍”之传奇非注重牛鬼蛇神之奇，而是在日常题材、平凡故事中显示出小说的传奇性，这种艺术被称为“无奇之以为奇”，它们的故事比以往的话本小说更为云谲波诡，曲折多变，在表现上常常采用“无巧不成书”的方式，用一系列的“巧合”、“误会”，造成情节的迷离恍惚，波澜起伏。如《顾阿秀喜舍檀那物　崔俊臣巧会芙蓉屏》，借用“鞭蓉屏”，使整篇小说一波三折，腾挪顿挫，既以“巧”传“奇”，又以“巧”寓“真”。

与“三言”相比，“二拍”更为鲜明地反映了明中后期商人的生活状况和他们的思想意识，如《乌将军一饭必酬　陈大郎三人重会》、《叠居奇程客得助　三救厄海神显灵》等皆认为经商是正经事业，赞美商人无所畏惧、百折不回的敬业精神，甚至肯定自古被抨击的囤积居奇行为，表达出明中后期市民的新思想。

另外，“二拍”中描写男女恋情的作品更为激烈和放纵，进一步破除贞节观念。主张失贞女子不但不必寻死，还可继续获得幸福。如《李将军错认舅　刘氏女诡从夫》、《酒下酒赵尼媪迷花　机中机贾秀才报怨》等都描写了抛却贞节枷锁的夫妻、恋人重获爱情幸福的故事。

当然，“二拍”中也难免有封建说教和因果报应、宿命论的腐味，但总体而言，“二拍”与“三言”仍然代表了明后期话本小说的整体特征，“二拍”在借鉴“三言”的基础上，善于组织故事情节，刻画细节，运用市井语言得心应手，具有较强的艺术感染力。

《初刻拍案惊奇》取材广泛，内容丰富，考虑到普及的需要，我们选取了其中最具代表性的篇章，以供读者阅读，希望本书能对您的学习和生活有所裨益。

2008 年 8 月

序

语有之：“少所见，多所怪。”今之人但知耳目之外，牛鬼蛇神之为奇，而不知耳目之内，日用起居，其为谲诡幻怪，非可以常理测者固多也。昔华人至异域，异域咤以牛粪金。随诘华之异者，则曰：“有虫蠕蠕，而吐为彩缯锦绮，衣被天下。”彼舌挢而不信，乃华人未之或奇也。则所谓必向耳目之外，索谲诡幻怪以为奇，赘矣。

宋、元时有小说家一种，多采闾巷新事，为宫闱承应谈资。语多俚近，意存劝讽，虽非博雅之派，要亦小道可观。近世承平日久，民佚志淫，一二轻薄恶少，初学拈笔，便思污蔑世界，广摭诬造，非荒诞不足信，则亵秽不忍闻。得罪名教，种业来生，莫此为甚！而且纸为之贵，无翼飞，不胫走。有识者为世道忧之，以功令厉禁，宜其然也。

独龙子犹氏所辑《喻世》等诸言，颇存雅道，时著良规，一破今时陋习。而宋、元旧种，亦被搜括殆尽。肆中人见其行世颇捷，意余当别有秘本，图出而衡之。不知一二遗者，皆其沟中之断，芜略不足陈已。

因取古今来杂碎事，可新听睹、佐谈谐者，演而畅之，得若干卷。其事之真与饰，名之实与赝，各参半。文不足征，意殊有属。凡耳目前怪怪奇奇，当亦无所不有。总以言之者无罪，闻之者足以为戒，则可谓云尔已矣。若谓此非今小史家所奇，则是舍吐丝蚕而问粪金牛，吾恶乎从罔象索之！

即空观主人题于浮樽

目　录

转运汉遇巧洞庭红　波斯胡指破鼍龙壳

词云：

日日深杯酒满，朝朝小圃花开。自歌自舞自开怀，且喜无拘无碍。

青史几番春梦，红尘多少奇才。不须计较与安排，领取而今见在！

这首词乃宋朱希真所作，词寄《西江月》。单道着人生功名富贵，总有天数，不如图一个见前快活。试看往古来今，一部十七史中，多少英雄豪杰？该富的不得富，该贵的不得贵。能文的倚马千言，用不着时，几张纸盖不完酱瓿。能武的穿杨百步，用不着时，几杆箭煮不熟饭锅。极至那痴呆懵懂，生来有福分的，随他文学低浅，也会发科发甲；随他武艺庸常，也会大请大受。真所谓时也，运也，命也。俗语有两句道得好："命若穷，掘着黄金化作铜；命若富，拾着白纸变成布。"总来只听掌命司颠之倒之。所以吴彦高又有词云："造化小儿无定据，翻来覆去，倒横直竖，眼见都如许！"僧晦庵亦有词云："谁不愿黄金屋？谁不愿千钟粟？算五行不是这般题目。枉使心机闲计较，儿孙自有儿孙福。"苏东坡亦有词云："蜗角虚名，蝇头微利，算来着甚干忙？事皆前定，谁弱又谁强！"这几位名人说来说去，都是一个意思。总不如古语云："万事分已定，浮生空自忙。"说话的，依你说来，不须能文善武。懒惰的，也只消天掉下前程，不须经商立业；败坏的，也只消天挣与家缘，却不把人间向上的心都冷了？看官有所不知，假如人家出了懒惰的人，也就是命中该贱；出了败坏的人，也就是命中该穷，此是常理。却又自有转眼贫富，出人意外，把眼前事分毫算不得准的哩！

且听说一人，乃是宋朝汴京人氏，姓金，双名维厚，乃是经纪行中人，少不得朝晨起早，晚夕眠迟。睡醒来，千思想，万算计，拣有便宜的才做。后来家事挣得从容了，他便思想一个久远方法，手头用来用去的，只是那散碎银子。若是上两块头好银，便存着不动。约得百两，便熔成一大锭，把一综红线，结成一绦，系在锭腰，放在枕边，夜来摩弄一番，方才睡下。积了一生，整整熔成八锭，以后也就随来随去，再积不成百两，他也罢了。

转运汉遇巧洞庭红
波斯胡指破鼍龙壳

金老生有四子，一日，是他七十寿旦，四子置酒上寿。金老见了四子，跻跻跄跄，心中喜欢，便对四子说道："我靠皇天覆庇，虽则劳碌一生，家事尽可度日。况我平日留心，有熔成八大锭银子，永不动用的，在我枕边，见将绒线做对儿结着。今将拣个好日子分与尔等，每人一对，做个镇家之宝。"四子喜谢，尽欢而散。是夜金老带些酒意，点灯上床，醉眼模糊，望去八个大锭，白晃晃排在枕边。摸了几摸，哈哈地笑了一声，睡下去了。睡未安稳，只听得床前有人行走脚步响，心疑有贼。又细听看，恰像欲前不前相让一般。床前灯火微明，揭帐一看，只见八个大汉，身穿白衣，腰系红带，曲躬而前曰："某等兄弟，天数派定，宜在君家听令。今蒙我翁过爱，抬举成人，不烦役使，珍重多年，冥数将满。待翁归天后，再觅去向。今闻我翁目下将以我等分役诸郎君，我等与诸郎君辈原无前缘，故此先来告别，往某县某村王姓某者投托，后缘未尽，还可一面。"语毕，回身便走。金老不知何事，吃了一惊，翻下床，不及穿鞋，赤脚赶去，远远见八人出了房门。金老赶得性急，绊了房槛，扑的跌倒，飒然惊醒，乃是南柯一梦。急起挑灯明亮，点照枕边，已不见了八个大锭。细思梦中所言，句句是实。叹了一口气，哽咽了一会道："不信我苦积一世，却没分与儿子每受用，到是别人家的？明明说有地方姓名，且慢慢跟寻下落则个。"一夜不睡，次早起来与儿子每说知，儿子中也有惊骇的，也有疑惑的。惊骇的道："不该是我们手里东西，眼见得作怪。"疑惑的道："老人家欢喜中说话有失，许了我们，回想转来，一时间就不割舍得分散了，造此鬼话，也不见得。"金老看见儿子们疑信不等，急急要验个实话，遂访至某县某村果有王姓某者。叩门进去，只见堂前灯烛荧煌，三牲福物，正在那里献神。金老便开口问道："宅上有何事如此？"家人报知，请主人出来。主人王老见金老揖坐了，问其来因。金老道："老汉有一疑事，特造上宅，来问消息。今见上宅正在此献神，必有所谓，敢乞明示。"王老道："老拙偶因寒荆小恙，买卜先生道：'移床即好。'昨寒荆病中，恍惚见八个白衣大汉，腰系红束，对寒荆道：'我等本在金家，今在彼缘尽，来投身宅上。'言毕，俱钻入床下。寒荆惊出了一身冷汗，身体爽快了。及至移床，灰尘中得银八大锭，多用红绒系腰，不知是哪里来的。此皆神天福佑，故此买福物酬谢。今我丈来问，莫非晓得些来历么？"金老跌跌脚道："此老汉一生所积，因前日也做了一梦，就不见了。梦中也道出老丈姓名居址的确，故得访寻到此。可见天数已定，老汉也无怨处。但只求取出一看，也完了老汉心事。"王老道："容易。"笑嘻嘻的走进去，叫安童四人，托出四个盘来。每盘两锭，多是红绒系束，正是金家之物。金老看了，眼睁睁无计所奈，不觉扑簌簌掉下泪来，抚摩一番道："老汉直如此命薄，消受不得。"王老虽然叫安童仍旧拿了进去，心里见金老如此，老大不忍。另取三两零银封了，送与金老作别。金老道："自家的东西尚无福，何须尊惠。"再三谦让，必不肯受。王老强纳在金老袖中，金老欲待摸出还了，一时摸个不着，面儿通红，又被王老央不过，只得作揖别了。直至家中，对儿子们一一把前事说了，大家叹息了一回。因言王老好处，临行送银三两，满袖摸遍，并不见有，只说路中掉了。却原来金老推逊时，王老往袖里乱塞，落在着外面一层袖中。袖有断线处，在王老家摸时，已在脱线处落出在门槛边了。客去扫门，仍旧是王老拾得。可见一饮一啄，莫非前定。不该是他的东西，不要说八百两，就是三两，也得不去。该是他的东西，不要说八百两，就是三两也推不出。原有的到无了，原无的到有了，并不由人计较。而今说一个人在实地上行，步步不着，极贫极苦的，却在渺渺茫茫做梦不到的去处，得了一主没头没脑钱财，变成巨富。从来稀有，亘古新闻，有诗为证，诗曰：

分内功名匣里财，不关聪慧不关呆。果然命是财官格，海外犹能送宝来。

话说国朝成化年间，苏州府长洲县阊门外有一人姓文名实，字若虚。生来心思慧巧，做着便能，学着便会。琴棋书画，吹弹歌舞，件件粗通。幼年间，曾有人相他有巨万之富，他亦自恃才能，不十分去营求生产。坐吃山空，将祖上遗下千金家事，看看消下来。以后晓得家业有限，看见别人经商图利的，时常获利几倍，便也思量做些生意，却又百做百不着。

一日见人说北京扇子好卖，他便合了一个伙计，置办扇子起来。上等金面精巧的，先将礼物求了名人诗画，免不得是沈石田、文衡山、祝枝山，拓了几笔，便值上两数银子；中等的，自有一样乔人，一只手学写了这几家字画，也就哄得人过，将假当真的买了，他自家也兀自做得来的；下等的无金无字画，将就卖几十钱，也有对合利钱，是看得见的。拣个日子装了箱儿，到了北京。岂知北京那年自交夏来，日日淋雨不晴，并无一毫暑气，发市甚迟。交秋早凉，虽不见及时，幸喜天色却晴，有妆晃子弟要买把苏做的扇子，袖中笼着摇摆。来买时，开箱一看，只叫得苦。原来北京历沴，却在七八月。更加目前雨湿之气，斗着扇上胶墨之性，弄做了个合而言之，揭不开了。用力揭开，东粘一层，西缺一片，但是有字有画，值价钱者，一毫无用。只剩下等没字白扇，是不坏的，能值几何？将就卖了，做盘费回家，本钱一空。频年做事，大概如此。不但自己折本，但是搭他作伴，连伙计也弄坏了，故此人起他一个混名叫做“倒运汉”。不数年，把个家事干圆洁净了，连妻子也不曾娶得。终日间靠着些东涂西抹，东挨西撞，也济不得甚事。但只是嘴头子谄得来，会说会笑，朋友家喜欢他有趣，游耍去处，少他不得。也只好趁口，不是做家的。况且他是大模大样过来的，帮闲行里，又不十分入得队。有怜他的，要荐他坐馆教学，又有诚实人家嫌他是个杂板令，高不凑低不就。打从帮闲的、处馆的两项人见了他，也就做鬼脸，把“倒运”两字笑他，不在话下。

一日，有几个走海泛货的邻近，做头的无非是张大、李二、赵甲、钱乙一班人，共四十余人，合了伙将行。他晓得了，自家思忖道：“一身落魄，生计皆无。便附了他们航海，看看海外风光，也不枉人生一世。况且他们定是不却我的，省得在家忧柴忧米，也是快活。”正计较间，恰好张大踱将来。原来这个张大名唤张乘运，专一做海外生意，眼里认得奇珍异宝，又且秉性爽慨，肯扶持好人，所以乡里起他一个混名叫张识货。文若虚见了，便把此意一一与他说了。张大道：“好，好。我们在海船里头，不耐烦寂寞。若得兄去，在船中说说笑笑，有甚难过的日子？我们众兄弟，料想多是喜欢的。只是一件，我们多有货物将去，兄并无所有，觉得空了一番往返，也可惜了。待我们大家计较，多少凑些出来，助你将就置些东西去也好。”文若虚便道：“多谢厚情，只怕没人如兄肯周全小弟。”张大道：“且说说看。”一竟自去了。

恰遇一个瞽目先生敲着“报君知”走将来，文若虚伸手顺袋里摸了一个钱，扯他一卦，问问财气看。先生道：“此卦非凡，有百十分财气，不是小可。”文若虚自想道：“我只要搭去海外耍耍，混过日子罢了，哪里是我做得着的生意？要什么赍助？就赍助得来，能有多少？便直恁地财爻动？这先生也是混帐。”只见张大气忿忿走来说道：“说着钱便无缘。这些人好笑，说道你去无不喜欢，说到助银，没一个则声。今我同两个好的弟兄，拼凑得一两银子在此，也办不成甚货，凭你买些果子船里吃罢。口食之类，是在我们身上。”若虚称谢不尽，接了银子。张大先行道：“快些收拾，就要开船了。”若虚道：“我没甚收拾，随后就来。”手中拿了银子，看了又笑，笑了又看道：“置得甚货么？”信步走去，只见满街上筐篮内盛着卖的：

红如喷火，巨若悬星。皮未皲，尚有余酸；霜未降，不可多得。元殊苏井诸家树，亦非李氏千头奴。较广似曰难兄，比福亦云具体。

乃是太湖中有一洞庭山，地暖土肥，与闽广无异，所以广橘福橘播名天下。洞庭有一样橘树，绝与他相似，颜色正同，香气亦同。只是初出时，味略少酸，后来熟了，却也甜美，比福橘之价十分之一，名曰“洞庭红”。若虚看见了，便思想道：“我一两银子买得百斤有余，在船可以解渴，又可分送一二，答众人助我之意。”买成装上竹篓，雇一闲的，并行李挑了下船。众人都拍手笑道：“文先生宝货来也！”文若虚羞惭无地，只得吞声上船，再也不敢提起买橘的事。开得船来，渐渐出了海口，只见银涛卷雪，雪浪翻银。湍转则日月似惊，浪动则星河如覆。三五日间，随风漂去，也不觉过了多少路程。忽至一个地方，舟中望去，人烟凑聚，城郭巍峨，晓得是到了什么国都了。舟人把船撑入藏风避浪的小港内，钉了桩橛，下了铁锚，缆好了。船中人多上岸。打一看，原来是来过的所在，名曰吉零国。原来这边中国货物拿到那边，一倍就有三倍价。换了那边货物，带到中国也是如此。一往一回，却不便有八九倍利息，所以人都拼死走这条路。众人多是做过交易的，各有熟识经纪歇家通事人等，各自上岸，找寻发货去了。只留文若虚在船中看船，路径不熟，也无走处。正闷坐间，猛可想起道：“我那一篓红橘，自从到船中，不曾开看，莫不人气蒸烂了？趁着众人不在，看看则个。”叫那水手在舱板底下，翻将起来，打开了篓看时，面上多是好好的。放心不下，索性搬将出来，都摆在舱板上面。也是合该发迹，时来福凑。摆得满船红焰焰的，远远望来，就是万点火光，一天星斗。岸上走的人都拢将来问道：“是什么好东西呀？”文若虚只不答应，看见中间有个把一点头的，拣了出来，掐破就吃。岸上看的一发多了，惊笑道：“原来是吃得的。”就中有个好事的，便来问价：“多少一个？”文若虚不省得他们说话，船上人却晓得，就扯个谎哄他，竖起一个指头说：“要一钱一颗。”那问的人揭开长衣，露出那兜罗锦红裹肚来，一手摸出银钱一个来道：“买一个尝尝。”文若虚接了银钱，手中等等看，约有两把重。心下想道：“不知这些银子，要买多少？也不见秤秤，且先把一个与他看样。”拣个大些的，红的可爱的，递一个上去。只见那个人接上手，掂了一掂道：“好东西呀！”扑地就劈开来，香气扑鼻，连旁边闻着的许多人，大家喝一声采。那买的不知好歹，看见船上吃法，也学他去了皮，却不分囊，一块塞在口里，甘水满咽喉，连核都不吐，吞下去了。哈哈大笑道：“妙哉！妙哉！”又伸手到裹肚里，摸出十个银钱来，说：“我要买十个进奉去。”文若虚喜出望外，拣十个与他去了。那看的人见那人如此买去了，也有买一个的，也有买两个三个的，都是一般银钱。买了的，都千欢万喜去了。

原来彼国以银为钱，上有文采，有等龙凤文的最贵重，其次人物，又次禽兽，又次树木，最下通用的是水草。却都是银铸的，分两不异。适才买橘的，都一样水草文的。他道是把下等钱买了好东西去了，所以欢喜，也只是要小便宜肚肠，与中国人一样。须臾之间，三停里卖了二停，有的不带钱在身边的，老大懊悔，急忙取了钱转来。文若虚已此剩不多了，拿一个班道：“而今要留着自家用，不卖了。”其人情愿再增一个钱，四个钱买了二颗。口中哓哓说：“晦气！来得迟了。”旁边人见他增了价，就埋怨道：“我每还要买个，如何把价钱增长了他的？”买的人道：“你不听得他方才说，兀自不卖了。”正在议论间，只见首先买十颗的那一个人，骑了一匹青骢马，飞也似奔到船边，下了马，分开人丛，对船上大喝道：

“不要零卖！不要零卖！是有的俺多要买。俺家头目要买去进奉克汗哩。”看的人听见这话，便远远走开，站住了看。文若虚是个伶俐的人，看见来势，已此瞧科在眼里，晓得是个好主顾了。连忙把篓里尽数倾出来，只剩五十余颗。数了一数，又拿起班来说道：“适间讲过要留着自用，不得卖了。今肯加些价钱，再让几颗去罢。适间已卖出两个钱一颗了。”其人在马背上拖下一大囊，摸出钱来，另是一样树木纹的，说道：“如此钱一个罢了。”文若虚道：“不情愿，只照前样罢了。”那人笑了一笑，又把手去摸出一个龙凤纹的来道：“这样的一个如何？”文若虚又道：“不情愿，只要前样的。”那人又笑道：“此钱一个抵百个，料也没得与你，只是与你耍。你不要俺这一个，却要那等的，是个傻子！你那东西肯都与俺了，俺就加你一个那等的，也不打紧。”文若虚数了一数，有五十二个，准准的要了他一百五十六个水草银钱。那人连竹篓都要了，又丢了一个钱，把篓拴在马上，笑吟吟地一鞭去了，看的人见没得买了，一哄而散。

文若虚见人散了，到舱里把一个钱秤一秤，有八钱七分多重。秤过数个都是一般，总数数，一共有一千个差不多。把两个赏了船家，其余收拾在包里了。笑一声道：“那盲子好灵卦也！”欢喜不尽，只等同船人来对他说笑则个。

说话的，你说错了，那国里银子这样不值钱，如此做买卖，那久惯漂洋的，带去多是绫罗缎匹，何不多卖了些银钱回来，一发百倍了？看官有所不知，那国里见了绫罗等物，都是以货交兑。我这里人也只是要他货物，才有利钱。若是卖他银钱时，他都把龙凤人物的来交易，作了好价钱，分两也只得如此，反不便宜。如今是买吃口东西，他只认做把低钱交易，我却只管分两，所以得利了。说话的，你又说错了。依你说来，那航海的何不只买吃口东西，只换他低钱，岂不有利？用着重本钱，置他货物怎地？看官又不是这话，也是此人，偶然有此横财，带去着了手，若是有心，第二遭再带去，三五日不遇巧，等得稀烂。那文若虚运未通时，卖扇子就是榜样。扇子还是放得起的，尚且如此，何况果品！是这样执一论不得的。

闲话休题，且说众人领了经纪主人到船发货，文若虚把上头事说了一遍。众人都惊喜道：“造化！造化！我们同来，到是你没本钱的，先得了手也！”张大便拍手道：“人都道他倒运，而今想是运转了！”便对文若虚道：“你这些银钱此间置货，作价不多，除是转发在伙伴中，回他几百两中国货物上去，打换些土产珍奇，带转去有大利钱，也强如虚藏此银钱在身边，无个用处。”文若虚道：“我是倒运的，将本求财，从无一遭不连本送的。今承诸公挈带，做此无本钱生意，偶然侥幸一番，真是天大造化了！如何还要生利钱，妄想什么？万一如前再做折了，难道再有洞庭红这样好卖不成？”众人多道：“我们用得着的是银子，有的是货物。彼此通融，大家有利，有何不可？”文若虚道：“一年吃蛇咬，三年怕草索。说到货物，我就没胆气了，只是守了这些银钱回去罢。”众人齐拍手道：“放着几倍利钱不取，可惜！可惜！”随同众人一齐上去，到了店家，交货明白，彼此兑换。约有半月光景，文若虚眼中看过了若干好东好西，他已自志得意满，不放在心上。众人事体完了，一齐上船，烧了神福，吃了酒开洋。行了数日，忽然间天变起来。但见：

乌云蔽日，黑浪掀天。蛇龙戏舞起长空，鱼鳖惊惶潜水底。艨艟泛泛，只如栖不定的数点寒鸦；岛屿浮浮，便似没不煞的几双水鹈。舟中是方扬的米簸，舷外是正熟的饭锅。总因风伯太无情，以致篙师多失色。

那船上人见风起了，扯起半帆，不问东西南北，随风势漂去。隐隐望见一岛，便带住篷脚，只看着岛边驶来，看看渐近，恰是一个无人的空岛。但见：

树木参天，草莱遍地。荒凉径界，无非些兔迹狐踪；坦迤土壤，料不是龙潭虎窟。混茫内，未识应归何国辖？开辟来，不知曾否有人登？

船上人把船后抛了铁锚，将桩橛泥犁上岸去钉停当了，对舱里道："且安心坐一坐，候风势则个。"那文若虚身边有了银子，恨不得插翅飞到家里，巴不得行路，却如此守风呆坐，心里焦燥。对众人道："我且上岸去岛上望望则个。"众人道："一个荒岛，有何好看？"文若虚道："总是闲着何碍。"众人都被风颠得头晕，个个是呵欠连天的，不肯同去。文若虚便自一个抖擞精神，跳上岸来。只因此一去，有分交：十年败壳精灵显，一介穷神富贵来。若是说话的同年生，并时长，有个未卜先知的法儿，便双脚走不动，也拄个拐儿，随他同去一番也不枉的。

却说文若虚见众人不去，偏要发个狠，扳藤附葛，直走到岛上绝顶。那岛也若不甚高，不费甚大力，只是荒草蔓延，无好路径。到得上边，打一看时，四望漫漫，身如一叶，不觉凄然掉下泪来。心里道："想我如此聪明，一生命蹇，家业消亡，剩得只身，直到海外，虽然侥幸有得千来个银钱在囊中，知他命里是我的不是我的？ 今在绝岛中间，未到实地，性命也还是与海龙王合着的哩。"正在感怆，只见望去，远远草丛中一物突高，移步往前一看，却是床大一个败龟壳。大惊道："不信天下有如此大龟，世上人哪里曾看见，说也不信的。我自到海外一番，不曾置得一件海外物事，今我带了此物去，也是一件希罕的东西，与人看看，省得空口说着，道是苏州人会调谎。又且一件，锯将开来，一盖一板，各置四足，便是两张床，却不奇怪？"遂脱下两只裹脚接了，穿在龟壳中间，打个扣儿，拖了便走。走至船边，船里人见他这等模样，都笑道："文先生哪里又砣了纤来？"文若虚道："好叫列位得知，这就是我海外的货了。"众人抬头一看，却便似一张无柱有底的硬脚床。吃惊道："好大龟壳！你拖来何干？"文若虚道："也是罕见的，带了他去。"众人笑道："好货不置一件，要此何用？"有的道："也有用处，有什么天大的疑心事，灼他一卦，只没有这样大龟药。"又有的道："是医家要煎龟膏，拿去打碎了煎起来，也当得几百个小龟壳。"文若虚道："不要管有用没用，只是希罕，又不费本钱，便带了回去。"当时叫个船上水手，一抬抬下舱来。初时山下空阔，还只如此，舱中看来，一发大了。若不是海船，也着不得这样狼犺东西。众人大家笑了一回道："到家时有人问，只说文先生做了偌大的乌龟买卖来了。"文若虚道："不要笑我，好歹有一个用处，决不是弃物。"随他众人取笑，文若虚只是得意，取些水来，内外洗一洗净，抹干了，却把自己钱包行李都塞在龟壳里面，两头把绳一绊，却当了一个大皮箱子。自笑道："兀的不眼前就有用处了。"众人都笑将起来道："好算计！好算计！文先生到底是个聪明人。"

当夜无词。次日风息了，开船一走。不数日，又到了一个去处，却是福建地方了。才住定了船，就有一伙惯伺候接海客的小经纪牙人，攒将拢来，你说张家好，我说李家好，拉的拉，扯的扯，嚷个不住。海船上众人拣一个一向熟识的跟了去，其余的也就住了。众人到了一个波斯胡人店中坐定。里面主人见说海客到了，连忙先发银子，唤厨户包办酒席几十桌，吩咐停当，然后踱将出来。

这主人是个波斯国里人，姓个古怪姓，是玛瑙的"玛"字，叫名玛宝哈，专一与海客兑换珍宝货物，不知有多少万数本钱。众人走海过的，都是熟主熟客，只有文若虚不曾认得。抬眼看时，原来波斯胡住得在中华久了，衣帽言动，都与中华不大分别，只是剃眉剪须，深目高鼻，有些古怪。出来见了众人，行宾主礼坐定了。两杯茶罢，站起身来，请到一个大厅上。只见酒筵多完备了，且是摆得清楚。原来旧规，海船一到主人家，先折过这一番款待，然后发货讲价的。主人家手执着一副珐琅菊花盘盏，拱一拱手道："请列位货单一看，好定坐席。"

看官，你道这是何意？原来波斯胡以利为重，只看货单上有奇珍异宝值得上万者，就送在先席。余者看货轻重，挨次坐去，不论年纪，不论尊卑，一向做下的规矩。船上众人，货物贵的贱的，多的少的，你知我知，各自心照，差不多领了酒杯，各自坐了。单单剩得文若虚一个，呆呆站在那里。主人道："这位老客长，不曾会面，想是新出海外的，置货不多了众人。"大家说道："这是我们好朋友，到海外耍去的。身边有银子，却不曾肯置货。今日没奈何，只得屈他在末席坐了。"文若虚满面羞惭，坐了末位。主人坐在横头。饮酒中间，这一个说道："我有猫儿眼多少。"那一个说："我有祖母绿多少。"你夸我逞。文若虚一发嘿嘿无言，自心里也微微有些懊悔道："我前日该听他们劝，置些货物来的是。今枉有几百银子在囊中，说不得一句话。"又自叹了口气道："我原是一些本钱没有的，今已大幸，不可不知足。"自思自忖，无心发兴吃酒。众人却猜拳行令，吃得狼藉。主人是个积年，看出文若虚不快活的意思来，不好说破，虚劝了他几杯酒。众人都起身道："酒够了，天晚了，趁早上船去，明日发货罢。"别了主人去了。主人撤了酒席，收拾睡了。

明日起个清早，先走到海岸船边来拜这伙客人。主人登舟，一眼瞅去，那舱里狼狼犺犺这件东西，早先看见了，吃了一惊道："这是那一位客人的宝货？昨日席上并不曾见说起，莫不是不要卖的？"众人都笑指道："此敝友文兄的宝货。"中有一人衬道："又是滞货。"主人看了文若虚一看，满面挣得通红，带了怒色，埋怨众人道："我与诸公相处多年，如何恁地作弄我？叫我得罪于新客。把一个末座屈了他，是何道理！"一把扯住文若虚，对众客道："且慢发货，容我上岸谢过罪着。"众人不知其故，有几个与文若虚相知些的，又有几个喜事的，觉得有些古怪，共十余人，赶了上来，重到店中，看是如何。只见主人拉了文若虚，把交椅整一整，不管众人好歹，纳他头一位坐下了道："适间得罪得罪，且请坐一坐。"文若虚心中镬铎，忖道："不信此物是宝贝，这等造化不成？"

主人走了进去，须臾出来，又拱众人到先前吃酒去处，又早摆下几桌酒。为首一桌，比先更齐整。把盏向文若虚一揖，就对众人道："此公正该坐头一席，你每枉自一船的货，也还赶他不来。先前失敬失敬。"众人看见，又好笑，又好怪，半信不信的一带儿坐了。酒过三杯，主人就开口道："敢问客长，适间此宝可肯卖否？"文若虚是个乖人，趁口答应道："只要有好价钱，为甚不卖？"那主人听得肯卖，不觉喜从天降，笑逐颜开。起身道："果然肯卖，但凭吩咐价钱，不敢吝惜。"文若虚其实不知值多少，讨少了怕不在行，讨多了怕吃笑。忖了一忖，面红耳热，颠倒讨不出价钱来。张大便与文若虚丢个眼色，将手放在椅子背后，竖着三个指头，再把第二个指，空中一撇道："索性讨他这些。"文若虚摇头竖一指道："这些我还讨不出口在这里。"却被主人看见道："果是多少价钱？"张大捣一个鬼道："依文先生手势，敢像要一万哩。"主人呵呵大笑道："这是不要卖，哄我而已。此等宝物，岂止此价钱！"众人见说，大家目瞪口呆，都立起了身来，扯文若虚去商议道："造化！造化！想是值得多哩。我们实实不知如何定价。文先生不如开个大口，凭他还罢。"文若虚终是碍口识羞，待说又止。众人道："不要不老气！"主人又催道："实说说何妨。"文若虚只得讨了五万两。主人还摇头道："罪过，罪过。

没有此话。"扯着张大私问他道："老客长们海外往来，不是一番了。人都叫你张识货，岂有不知此物就里的？必是无心卖他，奚落小肆罢了。"张大道："实不瞒你说，这个是我的好朋友，同了海外玩耍的，故此不曾置货。适间此物，乃是避风海岛，偶然得来，不是出价置办的，故此不识得价钱。若果有这五万与他，够他富贵一生，他也心满意足了。"主人道："如此说，要你做个大大保人，当有重谢，万万不可翻悔！"遂叫店小二拿出文房四宝来，主人家将一张供单绵料纸折了一折，拿笔递与张大道："有烦老客长做主，写个合同文书，好成交易。"张大指着同来一人道："此位客人褚中颖，写得好。"把纸笔让与他。褚客磨得墨浓，展好纸，提起笔来写道：

立合同议单张乘运等，今有苏州客人文实，海外带来大龟壳一个，投至波斯玛宝哈店，愿出银五万两买成，议定立契之后，一家交货，一家交银，各无翻悔。有翻悔者，罚契上加一。合同为照。

一样两纸，后边写了年月日，下写张乘运为头，一连把在坐客人十来个写去，褚中颖因自己执笔，写了落末，年月前边。空行中间，将两纸凑着，写了骑缝一行，两边各半，乃是"合同议约"四字，下写"客人文实，主人玛宝哈"，各押了花押，单上有名，从后头写起，写到张乘运道："我们押字钱重些，这买卖才弄得成。"主人笑道："不敢轻，不敢轻。"写毕，主人进内，先将银一箱抬出来道："我先交明白了用钱，还有说话。"众人攒将拢来，主人开箱，却是五十两一包，共总二十包，整整一千两。双手交与张乘运道："凭老客长收明，分与众位罢。"众人初然吃酒写合同，大家撺哄鸟乱，心下还有些不信的意思，如今见他拿出精晃晃白银来做用钱，方知是实。

文若虚恰像梦里醉里，话都说不出来，呆呆地看。张大扯他一把道："这用钱如何分散，也要文兄主张。"文若虚方说一句道："且完了正事慢处。"只见主人笑嘻嘻的对文若虚道："有一事要与客长商议，价银现在里面阁儿上，都是向来兑过的，一毫不少，只消请客长一两位进去，将一包过一过目，兑一兑为准，其余多不消兑得。却又一说，此银数不少，搬动也不是一时功夫。况且文客官是个单身，如何好将下船去？又要泛海回还，有许多不便处。"文若虚想了一想道："见叫得极是。而今却待怎么？"主人道："依着愚见，文客官目下回去未得，小弟此间有一个缎匹铺，有本三千两在内。其前后大小厅屋楼房共百余间，也是个大所在，价值二千两，离此半里之地。愚见就把本店货物及房屋文契，作了五千两，尽行交与文客官，就留文客官在此住下了，做此生意。其银也做几遭搬了过去，不知不觉。日后文客官要回去，这里可以托心腹伙计看守，便可轻身往来。不然小店交出不难，文客官收贮却难也，愚意如此。"说了一遍，说得文若虚与张大跌足道："果然是客纲客纪，句句有理。"文若虚道："我家里原无家小，况且家业已尽了，就带了许多银子回去，没处安顿。依了此话，我就在这里，立起个家缘来，有何不可？此番造化，一缘一会，都是上天作成的，只索随缘做去便是。货物房产价钱，未必有五千，总是落得的。"便对主人说："适间所言，诚万全之算，小弟无不从命。"主人便领文若虚进去阁上看，又叫张、褚二人："一同来看看，其余列位不必了，请略坐一坐。"他四人去了。众人不进去的，个个伸头缩颈，你三我四说道："有此异事！有此造化！早知这样，懊悔岛边泊船时节，也不去走走，或者还有宝贝也不见得。"有的道："这是天大的福气，撞将来的，如何强得？"

正欣羡间，文若虚已同张、褚二客出来了。众人都问："进去如何了？"张大道："里边高阁是个土库，放银两的所在，都是桶子盛着。适间进去看了，十个大桶，每桶四千。又五个小匣，每个一千，共是四万五千，已将文兄的封皮记号封好了，只等交了货，就是文兄的了。"主人出来道："房屋文书缎匹帐目，俱已在此，凑足五万之数了。且到船上取货去。"一拥都到海船来。

文若虚于路对众人说："船上人多，切勿明言。小弟自有厚报。"众人也只怕船上人知道，要分了用钱去，各各心照。文若虚到了船上，先向龟壳中把自己包裹被囊取出了，手摸一摸壳口道，暗道："侥幸，侥幸。"主人便叫店内后生二人来抬此壳，吩咐道："好生抬进去，不要放在外边。"船上人见抬了此壳去，便道："这个滞货也脱手了，不知卖了多少？"文若虚只不做声，一手提了包裹，往岸上就走。这起初同上来的几个，又赶到岸上，将龟壳从头至尾细细看了一遍，又向壳内张了一张，捞了一捞，面面相觑道："好处在哪里？"主人仍拉了这十来个，一同上去，到店里说道："而今且同文客官看了房屋铺面来。"众人与主人一同走到一处，正是闹市中间，一所好大房子。门前正中是个铺子，旁有一巷，走进转个湾，是两扇大石板门。门内大天井，上面一所大厅，厅上有一匾，题曰"来琛堂"。堂旁有两楹侧屋，屋内三面有橱，橱内都是绫罗各色缎匹，以后内房，楼房甚多。文若虚暗道："得此为住居，王侯之家不过如此矣。况又有缎铺营生，利息无尽，便做了这里客人罢了，还思想家里做甚？"就对主人道："好却好，只是小弟是个孤身，毕竟还要寻几房使唤的人才住得。"主人道："这个不难，都在小店身上。"文若虚满心欢喜，同众人走归本店来。主人讨茶来吃了，说道："文客官今晚不消船里去，就在铺中下了。使唤的人，铺中现有，逐渐再讨便是。"众客人多道："交易事已成，不必说了，只是我们毕竟有些疑心，此壳有何好处，价值如此？还要主人见叫一个明白。"文若虚道："正是，正是。"主人笑道："诸公枉了海上走了多遭，这些也不识得？列位岂不闻说，龙有九子乎？内有一种是鼍龙，其皮可以幔鼓，声闻百里，所以谓之鼍鼓。鼍龙万岁，到底蜕下此壳成龙。此壳有二十四肋，按天上二十四气，每肋中间节内有大珠一颗。若有肋未完全时节，成不得龙，蜕不得壳。也有生捉得他来，只好将皮幔鼓。其肋中也未有东西，直待二十四肋，肋肋完全，节节珠满，然后蜕了此壳，变龙而去。故此是天然蜕下，气候俱到，肋节俱完的，与生擒活捉，寿数未到的不同，所以有如此之大。这个东西，我们肚中虽晓得，知他几时蜕下？又在何处地方守得他着？壳不值钱，其珠皆有夜光，乃无价宝也！今天幸遇巧，得之无心耳。"众人听罢，似信不信。只见主人走将进去了一会，笑嘻嘻的走出来，袖中取出一西洋布的包来，说道："请诸公看看。"解开来，只见一团棉裹着寸许大一颗夜明珠，光彩夺目。讨个黑漆的盘，放在暗处，其珠滚一个不定，闪闪烁烁，约有尺余亮处。众人看了，惊得目瞪口呆，伸了舌头，收不进来。主人回身转来，对众逐个致谢道："多蒙列位作成了，只这一颗，拿到咱国中，就值方才的价钱了。其余多是尊惠。"众人个个心惊，却是说过的话，又不好翻悔得。主人见众人有些变色，取了珠子，急急走到里边，又叫抬出一个缎箱来。除了文若虚，每人送与缎子二端，说道："烦劳了列位，做两件道袍穿穿，也见小肆中薄意。"袖中又摸出细珠十数串，每送一串道："轻鲜轻鲜。备归途一茶罢了。"文若虚处另是粗些的珠子四串，缎子八匹，道："是权且做几件衣服。"文若虚同众人欢喜作谢了。主人就同众人送了文若虚到缎铺中，叫铺里伙计后生们都来相见，说道："今番是此位主人了。"

主人自别了去道："再到小店中去去来。"只见须臾间数十个脚夫扛了好些杠来，把先前文若虚封记的十桶五匣都发来了。文若虚搬在一个深密谨慎的卧房里头去处，出来对众人道："多承列位挈带，有此一套意外富贵，感谢不尽。"走进去把自家包裹内所卖洞庭红的银钱，倒将出来，每人送他十个，只有张大与先前出银助他的两三个，分外又是十个，道："聊表谢意。"此时文若虚把这些银钱，看得不在眼里了。众人却是快活，称谢不尽。文若虚又拿出几十个来对张大说："有烦老兄将此分与船上同行的人，每位一个，聊当一茶。小弟住在此间，有了头绪，慢慢到本乡来。此时不得同行，就此为别了。"张大道："还有一千两用钱，未曾分得，却是如何？须得文兄分开，方没得说。"文若虚道："这倒忘了。"就与众人商议，将一百两散与船上众人，余九百两照现在人数，另外添出两股，派了股数，各得一股。张大为头的，褚中颖执笔的，多分一股。

众人千欢万喜，没有说话。内中一人道："只是便宜了这回回，文先生还该起个风要他些，不敷才是。"文若虚道："不要不知足，看我一个倒运汉做着便折本的。造化到来，平空地有此一主财爻。可见人生分定，不必强求。我们若非这主人识货，也只当废物罢了，还亏他指点晓得，如何还好昧心争论？"众人都道："文先生说得是，存心忠厚，所以该有此富贵。"大家千恩万谢，各各赍了所得东西，自到船上发货。

从此文若虚做了闽中一个富商，就在那边取了妻小，立起家业。数年之间，才到苏州走一遭，会会旧相识，依旧去了。至今子孙繁衍，家道殷富不绝。正是：

运退黄金失色，时来顽铁生辉。莫与痴人说梦，思量海外寻龟。

姚滴珠避羞惹羞　郑月娥将错就错

诗云：

自古人心不同，尽道有如其面。假饶容貌无差，毕竟心肠难变。

话说人生只有面貌最是不同，盖因各父母所生，千支万派，哪能够一模一样的？就是同父合母的兄弟，同胞双生的儿子，道是相像得紧，毕竟仔细看来，自有些少不同去处。却又作怪：尽有途路各别，毫无干涉的人，蓦地有人生得一般无二，假充得真的。从来正书上面说，孔子貌似阳虎，以致匡人之围，是恶人像了圣人；传奇上边说周坚死替赵朔以解下宫之难，是贱人像了贵人，是个解不得的道理。

按《西湖志余》上面，宋时有一事，也为面貌相像，骗了一时富贵，享用十余年，后来事败了的。却是靖康年间，金人围困汴梁，徽钦二帝蒙尘北狩，一时后妃公主被掳去的甚多。内中有一公主，名曰柔福，乃是钦宗之女，当时也被掠去。后来高宗南渡称帝，改号建炎。四年，忽有一女子诣阙自陈，称是柔福公主，自虏中逃归，特来见驾。高宗心疑道："许多随驾去的臣宰，尚不能逃，公主鞋弓袜小，如何脱离得归来？"颁诏令旧时宫人看验，个个说道："是真的，一些不差。"及问他宫中旧事，对答来皆合。几个旧时的人，他都叫得姓名出来。只是众人看见一双足，却大得不像样，都道："公主当时何等小足，今却这等，只有此不同处。"以此回复圣旨。高宗临轩亲认，却也认得，诘问他道："你为何恁般一双脚了？”女子听得，啼哭起来道：“这些臊羯奴聚逐，便如牛马一般。今乘间脱逃，赤脚奔走到此，将有万里。岂能尚保得一双纤足，如旧时模样耶？”高宗听得，甚是惨然。颁诏特加号福国长公主，下降高世綮，做了驸马都尉。其时汪龙溪草制词曰：

彭城方急，鲁元尝困于面驰；江左既兴，益寿宜克于禁脔。

那鲁元是汉高帝的公主，在彭城失散，后来复还的。益寿是晋驸马谢混的小名，江左中兴，元帝公主下降的。故把来比他两人，甚为切当。自后夫荣妻贵，恩赉无算。

姚滴珠避羞惹羞
郑月娥将错就错

其时高宗为母韦贤妃在虏中，年年费尽金珠求赎，遥尊为显仁太后。和议既成，直到绍兴十二年自虏中回銮，听见说道：“柔福公主进来相见。”太后大惊道：“哪有此话！柔福在虏中受不得苦楚，死已多年，是我亲看见的，哪得又有一个柔福？是何人假出来的？”发下旨意：“着法司严刑究问！”法司奉旨提到人犯，用起刑来。那女子熬不得，只得将真情说出道：“小的每本是汴梁一个女巫，靖康之乱，有宫中女婢逃出民间，见了小的每误认做了柔福娘娘，口中厮唤，小的每惊问，他便说：小的每实与娘娘面貌一般无二。因此小的每有了心，日逐将宫中旧事问他，他日日衍说得心下习熟了，故大胆冒名自陈，贪享这几时富贵，道是永无对证的了。谁知太后回銮，也是小的每福尽灾生，一死也不枉了。”问成罪名，高宗见了招状，大骂：“欺君贼婢！”立时押赴市曹处决，抄没家私入官。总算前后锡赉之数，也有四十七万缗钱。虽然没结果，却是十余年间，也受用得够了。只为一个容颜厮像，一时骨肉旧人都认不出来，若非太后复还，到底被他瞒过，哪个再有疑心的？就是死在太后未还之先，也是他便宜多了。天理不容，自然败露。今日再说一个容貌厮像，弄出好些奸巧稀奇的一场官司来。正是：

自古唯传伯仲偕，谁知异地巧安排。试看一样滴珠面，惟有人心再不谐。

话说国朝万历年间，徽州府休宁县荪田乡姚氏有一女，名唤滴珠。年方十六，生得如花似玉，美冠一方。父母俱在，家道殷富，宝惜异常，娇养过度。凭媒说合，嫁与屯溪潘甲为妻。看来世间听不得的最是媒人的口，他要说了穷，石崇也无立锥之地；他要说了富，范丹也有万顷之财。正是：

富贵随口定，美丑趁心生。

再无一句实话的。那屯溪潘氏虽是个旧姓人家，却是个破落户，家道艰难，外靠男子出外营生，内要女人亲操井臼，吃不得闲饭过日的了。这个潘甲虽是人物也有几分像样，已自弃儒为商，况且公婆甚是狠戾，动不动出口骂詈，毫没些好歹。滴珠父母误听媒人之言道：“他是好人家。”把一块心头的肉，嫁了过去。少年夫妻，却也过的恩爱，只是看了许多光景，心下好生不然，时常偷掩泪眼。潘甲晓得意思，把些好话偎他过日子。却早成亲两月，潘父就发作儿子道：“如此你贪我爱，夫妻相对，白白过世不成？如何不想去做生意？”潘甲无奈，与妻滴珠说了，两个哭一个不住，说了一夜话。

次日潘父就逼儿子出外去了。滴珠独自一个，越越凄惶，有情无绪。况且是个娇养的女儿，新来的媳妇，摸头路不着，没个是处，终日闷闷过了。潘父潘母看见媳妇这般模样，时常急聒，骂道："这婆娘！想甚情人？害相思病了。"滴珠生来在父母身边，如珠似玉，何曾听得这般声气？不敢回言，只得忍着气，背地哽哽咽咽，哭了一会罢了。

一日因滴珠起得迟了些个，公婆朝饭要紧，猝地答应不迭。潘公开口骂道："这样好吃懒做的淫妇！睡到这等日高才起来，看这自由自在的模样，除非去做娼妓，倚门卖俏，撺哄子弟，方得这样快活像意。若要做人家，是这等不得！"滴珠听了，便道："我是好人家儿女，便做道有些不是，直得如此作贱说我！"大哭一场，没分诉处。到得夜里睡不着，越思量越恼道："老无知这样说话，须是公道上去不得。我忍耐不过，且跑回家去告诉爹娘。明明与他执论，看这话是该说的不该说的！亦且借此为名，赖在家多住几时，也省了好些气恼。"算计定了，侵晨未及梳洗，将一个罗帕兜头扎了，一口气跑到渡口来。

说话的，若是同时生，并年长，晓得他这去不尴尬，拦腰抱住，擗胸扯回，也不见得后边若干事件来。只因此去，天气却早，虽是已有行动的了，人踪尚稀，渡口悄然。这地方有一个专一做不好事的光棍，名唤汪锡，绰号"雪里蛆"，是个冻饿不怕的意思。也是姚滴珠合当悔气，撞着他独自个溪中乘了竹筏，来到渡口，望见了个花朵般后生妇人，独立岸边，又且头不梳裹，满面泪痕，晓得有些古怪。在筏上问道："娘子要渡溪么？"滴珠道："正要过去。"汪锡道："这等，上我筏来。"一口叫放仔细些，一手去接他下来，上得筏，一篙撑开。撑到一个僻静去处，问道："娘子，你是何等人家？独自一个要到哪里去？"滴珠道："我自要到苏田娘家去。你只送我到渡口上岸，我自认得路，管我别事做甚？"汪锡道："我看娘子头不梳，面不洗，泪眼汪汪，独身自走，必有跷蹊作怪的事。说得明白，才好渡你。"滴珠在个水中央了，又且心里急要回去，只得把丈夫不在家了，如何受气的上项事，一头说，一头哭，告诉了一遍。汪锡听了，便心下一想，转身道："这等说，却渡你去不得，你起得没好意了。放你上岸，你或是逃去，或是寻死，或是被别人拐了去，后来查出是我渡你的，我却替你吃没头官司。"滴珠道："胡说！我自是娘家去，如何是逃去？若我寻死路，何不投水？却过了渡去自尽不成？我又认得娘家路，没得怕人拐我！"汪锡道："却是信你不过，既要娘家去，我舍下甚近，你且上去我家中坐了。等我走去对你家说了，叫人来接你去，却不两边放心得下。"滴珠道："如此也好。"正是女流之辈，无大见识，亦且一时无奈，拗他不过。还只道好心，随了他来。上得岸时，转弯抹角，到了一个去处，引进几重门户里头，房室甚是幽静清雅。但见：

明窗静几，锦帐文茵。庭前有数种盆花，座内有几张素椅。壁间纸画周之冕，桌上砂壶时大彬。窄小蜗居，虽非富贵王侯宅；清闲螺径，也异寻常百姓家。

原来这个所在，是这汪锡一个囤子，专一设法良家妇女到此，认作亲戚，拐那一等浮浪子弟，好扑花行径的，引他到此勾搭上了。或是片时取乐，或是迷了的，便做个外宅居住，赚他银子无数。若是这妇女无根蒂的，他等有贩水客人，到肯出一主大钱，就卖了去为娼，已非一日。今见滴珠行径，就起了个不良之心，骗他到此。那滴珠是个好人家儿女，心里仅爱清闲，只因公婆凶悍，不要说日逐做烧火、煮饭、熬锅、打水的事，只是油盐酱醋，他也拌得头疼了。见了这个干净精致所在，不知一个好歹，心下到有几分喜欢。那汪锡见他无有慌意，反添喜状，便觉动火。走到跟前，双膝跪下求欢。滴珠就变了脸起来：“这如何使得！我是好人家儿女，你原说留我到此坐着，报我家中。青天白日，怎地拐人来家，要行局骗。若逼得我紧，我如今真要自尽了。”说罢，看见桌上有点灯铁签，捉起来望喉间就刺。汪锡慌了手脚道：“再从容说话，小人不敢了。”原来汪锡只是拐人骗财，利心为重，色上也不十分要紧，恐怕真个做出事来，没了一场好买卖。吃这一惊，把那一点勃勃的春兴，丢在爪哇国去了。

他走到后头去好些时，叫出一个老婆子来道：“王嬷嬷，你陪这里娘子坐坐，我到他家去报一声就来。”滴珠叫他转来，说明了地方，及父母名姓，叮嘱道：“千万早些叫他们来，我自有重谢。”汪锡去了，那老嬷嬷去掇盆脸水，拿些梳头家伙出来，叫滴珠梳洗。立在旁边呆看，插口问道：“娘子何家宅眷？因何到此？”滴珠把上项事，是长是短，说了一遍。那婆子就故意跌跌脚道：“这样老杀才！不识人，有这样好标致娘子做了媳妇，折杀了你。不羞！还舍得出毒口骂！他也是个没人气的，如何与他一日相处？”滴珠说着心事，眼中滴泪。婆子便问道：“今欲何往？”滴珠道：“今要到家里告诉爹娘一番，就在家里权避几时，待丈夫回家再处。”婆子就道：“官人几时回家？”滴珠又垂泪道：“做亲两月，就骂着逼出去了，知他几时回来？没个定期。”婆子道：“好没天理！花枝般一个娘子，叫他独守，又要骂他。娘子，你莫怪我说，你而今就回去得几时，少不得要到公婆家去的，你难道躲得在娘家一世不成？这腌臜烦恼，是日长岁久的，如何是了？”滴珠道：“命该如此，也没奈何了。”婆子道：“依老身愚见，只叫娘子快活享福，终身受用。”滴珠道：“有何高见？”婆子道：“老身往来的，是富家大户，公子王孙，有的是斯文俊俏少年子弟。娘子你不消问得的，只是看得中意的，拣上一个，等我对他说成了，他把你似珍宝一般看待。十分爱惜，吃自在食，着自在衣，纤手不动，呼奴使婢，也不枉了这一个花枝模样，强如空房、做粗作、淘闲气万万倍了。”那滴珠是受苦不过的人，况且小小年纪，妇人水性，又想了夫家许多不好处，听了这一片话，心里动了。便道：“使不得！有人知道了，怎好？”婆子道：“这个所在，外人不敢上门。神不知，鬼不觉，是个极密的所在。你住两日起来，天上也不要去了。”滴珠道：“适间已叫那撑筏的报家里去了”。婆子道：“那是我的干儿，恁地不晓事，却报这样冷信。”正说之间，只见一个人在外走起来，一手揪住王婆道：“好！好！青天白日，要哄人养汉，我出首去。”滴珠吃了一惊，仔细看来，却就是撑筏的那一个汪锡。滴珠见了道：“曾到我家去报不曾？”汪锡道：“报你家的鸟！我听得多时了也。王嬷嬷的言语，是娘子下半世的受用，万全之策，凭娘子斟酌。”滴珠叹口气道：“我落难之人，走入圈套，没奈何了。只不要误了我的事。”婆子道：“方才说过的，凭娘子自拣，两相情愿，如何误得你！”滴珠一时没主意，听了哄语，又且房室精致，床帐齐整，恰便似：

因过竹院逢僧话，偷得浮生半日闲。

放心的悄悄住下。那婆子与汪锡两个殷殷勤勤，代替服侍，要茶就茶，要水就水，惟恐一些不到处。那滴珠一发喜欢忘怀了。

过得一日，汪锡走出去，撞见本县商山地方一个大财主，叫得吴大郎。那大郎有百万家私，极是个好风月的人，因为平日肯养闲汉，认得汪锡。便问道：“这几时有甚好乐地么？”汪锡道：“好叫朝奉得知，我家有个表侄女新寡，且是生得娇媚，尚未有个配头，这却是朝奉店里货，只是价钱重哩。”大郎道：“可肯等我一看否？”汪锡道：“不难，只是好人家害羞，待我先到家，与他堂中说话，你劈面撞进来，看个停当便是。”吴大郎会意了，汪锡先回来，见滴珠坐在房中，默默呆想。汪锡便道：“小娘子便到堂中走走，如何闷坐在房里？”王婆子在后面听得了，也走出来道：“正是，娘子外头来坐。”滴珠依言，走在外边来。汪锡就把房门带上了。滴珠坐了道：“嬷嬷，还不如等我归去休！”嬷嬷道：“娘子不要性急！我们只是爱惜娘子人材，不割舍得你吃苦，所以劝你。你再耐烦些，包你有好缘分到也。”正说之间，只见外面闯进一个人来。你道他怎生打扮？但见：

头戴一顶前一片后一片的竹简巾儿，旁缝一对左一块右一块的蜜蜡金儿，身上穿一件细领大袖青绒道袍儿，脚下著一双低跟浅面红绫僧鞋儿，若非宋玉墙边过，定是潘安车上来。

一直走进堂中道：“小汪在家么？”滴珠慌了，急掣身起，已打了个照面，急奔房门边来。不想那门先前出来时，已被汪锡暗拴了，急没躲处。那王婆笑道：“是吴朝奉，便不先开个声！”对滴珠道：“是我家老主顾，不妨。”又对吴大郎道：“可相见这位娘子。”吴大郎深深唱个喏下去，滴珠只得回了礼，偷眼看时，恰是个俊俏可喜的少年郎君，心里早看上了几分了。吴大郎上下一看，只见不施脂粉，淡雅梳妆，自然内家气象，与那胭花队里的迥别。他是个在行的，知轻识重，如何不晓得？也自酥了半边，道：“娘子请坐。”滴珠终究是好人家出来的，有些羞耻，只叫王嬷嬷道：“我们进去则个。”嬷嬷道：“慌做什么？”就同滴珠一面进去了，出来对吴大郎道：“朝奉看得中意否？”吴大郎道：“嬷嬷作成作成，不敢有忘。”王婆道：“朝奉有的是银子，兑出千把来，娶了回去就是。”大郎道：“又不是行院人家，如何要得许多？”嬷嬷道：“不多。你看了这个标致模样，今与你做个小娘子，难道消不得千金！”大郎道：“果要千金，也不打紧。只是我大孺人狠，专会作贱人，我虽不怕他，怕难为这小娘子，有些不便，娶回去不得。”婆子道：“这个何难。另税一所房子住了，两头做大可不是好？前日江家有一所花园空着，要典与人，老身替你问问看，如何？”大郎道：“好便好，只是另住了，要家人使唤，丫鬟服侍，另起烟爨，这还小事，少不得瞒不过家里了。终日厮闹，赶来要同住，却了不得。”婆子道：“老身更有个见识。朝奉拿出聘礼，娶下了，就在此间成了亲。每月出几两盘缠，替你养着，自有老身服侍陪伴。朝奉在家，推个别事出外，时时到此来往，密不通风，有何不好？”大郎笑道：“这个却妙，这个却妙。”议定了彩礼银八百两，衣服首饰办了送来，自不必说，也合着千金。每月盘缠，连房钱银十两，逐月交付。大郎都应允，慌忙去拿银子了。

王婆转进房里来，对滴珠道：“适才这个官人，生得如何？”原来滴珠先前虽然怕羞，走了进去，心中却还舍不得，躲在黑影里，张来张去，看得分明。吴大郎与王婆一头说话，一眼觑着门里，有时露出半面，若非是有人在面前，又非是一面不曾识，两下里就做起光来了。滴珠见王婆问他，他就随口问道：“这是那一家？”王婆道：“是徽州府有名的商山吴家，他又是吴家第一个财主吴百万吴大朝奉，他看见你，好不喜欢哩，他要娶你回去，有些不便处，他就要娶你在此间住下，你心下如何？”滴珠一来喜欢这个干净卧房，又看上了吴大郎人物，听见说就在此间住，就像是他家里一般的，心下到有十分中意了。道：“既到这里，但凭妈妈，只要方便些，不露风声便好。”婆子道：“如何得露风声？只是你久后相处，不可把真情与他说，看得低了。只认我表亲，暗地快活便了。”

只见吴大郎抬了一乘轿，随着两个俊俏小厮，捧了两个拜匣，径到汪锡家来。

把银子交付停当了，就问道："几时成亲？"婆子道："但凭朝奉尊便，或是拣个好日，或是不必拣日，就是今夜也好。"吴大郎道："今日我家里不曾做得工夫，不好造次住得。明日我推说到杭州进香取帐，过来住起罢了，拣什么日子？"吴大郎只是色心为重，等不得拣日。若论婚姻大事，还该寻一个好日辰，今卤莽乱做，不知犯何凶煞？以致一两年内，就拆散了，这是后话。

却说吴大郎交付停当，自去了，只待明日快活。婆子又与汪锡计较定了，来对滴珠说："恭喜娘子，你事已成了。"就拿了吴家银子四百两，笑嘻嘻的道："银八百两，你取一半，我两人分一半做媒钱。"摆将出来，摆得桌上白晃晃的。滴珠可也喜欢。说话的，你说错了！这光棍牙婆见了银子，如苍蝇见血，怎还肯人心天理，分这一半与他。看官，有个缘故。他一者要在滴珠面前夸耀富贵，买下他心；二者总是在他家里，东西不怕他走趱哪里去了，少不得逐渐哄的出来，仍旧原在。若不与滴珠些东西，后来吴大郎相处了，怕他说出真情，要倒他们的出来，反为不美。这正是老虔婆神机妙算。

吴大郎次日果然打扮得一发精致，来汪锡家成亲。他怕人知道，也不用傧相，也不动乐人，只托汪锡办下两桌酒，请滴珠出来同坐，吃了进房。滴珠起初害羞，不肯出来。后来被强不过，勉强略坐得一坐，推个事故，走进房去，扑地把灯吹息，先自睡了，却不关门。婆子道："还是女儿家的心性，害羞，须是我们凑他趣则个。"移了灯，照吴大郎进房去，仍旧把房中灯点起了，自家走了出去，把门拽上。吴大郎是个精细的人，把门拴了，移灯到床边，揭帐一看，只见兜头面睡着，不敢惊动他，轻轻地脱了衣服，吹息了灯，衬进被窝里来。滴珠叹了一口气，缩做一团，被吴大郎甜言媚语，轻轻款款，扳将过来，腾的跨上去，滴珠颤笃笃的承受了。高高下下，往往来来，弄得滴珠浑身快畅，遍体酥麻。原来滴珠虽然嫁了丈夫两月，那是不在行的新郎，不曾得知这样趣味。吴大郎风月场中招讨使，被窝里事多曾占过先头的，温柔轻款，自不必说。滴珠只恨相见之晚。两个千恩万爱，过了一夜。明日起来，王婆、汪锡都来叫喜，吴大郎各各赏赐了他，自此与姚滴珠快乐，隔个把月才回家去走走，又来住宿，不题。

说话的，难道潘家不见了媳妇就罢了，凭他自在哪里快活不成？看官，话有两头，却难这边说一句，那边说一句。如今且听说那潘家。自从那日早起，不见媳妇煮朝饭，潘婆只道又是晏起，走到房前厉声叫他，见不则声，走进房里，把窗推开了，床里一看，并不见滴珠踪迹。骂道："这贱淫妇哪里去了？"出来与潘公说了。潘公道："又来作怪。"料道是他娘家去，急忙走到渡口问人来。有人说道："绝大清早有一妇人渡河去。"有认得的道："是潘家媳妇上筏去了。"潘公道："这妮子！昨日说了他几句，就待告诉他爹娘去，恁般心性泼刺。且等他娘家住，不要去接他睬他，看他待要怎的？"忿忿地跑回去，与潘婆说了。将有十来日，姚家记挂女儿，办了几个盒子，做了些点心，差一男一妇，到潘家来问一个信。潘公道："他归你家十来日了，如何到来这里问信？"那送礼的人吃了一惊道："说哪里话？我家姐姐自到你家来，才得两月多，我家又不曾来接他，为何自归？因是放心不下，叫我们来望望，如何反如此说？"潘公道："前日因有两句口面，他使一个性子，跑了回家，有人在渡口见他的。他不到你家，到哪里去？"那男女道："实实不曾回家，不要错认了。"潘公暴躁道："想是他来家说了什么慌，您家要悔赖了，别嫁人，故装出圈套，反来问信么？"那男女道："人在你家不见了，颠倒这样说！这事必定跷蹊。"潘公听得"跷蹊"两字，大骂："狗男女！我少不得当官告来，看你家赖了不成！”那男女见不是势头，盒盘也不出，仍旧挑了，走了回家，一五一十的对家主说了。姚公、姚妈大惊，啼哭起来道：“这等说，我那女儿敢被这两个老杀才逼死了！打点告状，替他要人去。”一面来与个讼师商量告状。那潘公、潘婆死认定了姚家藏了女儿，叫人去接了儿子来家，两家都进状，都准了。那休宁县李知县行提一干人犯到官。当堂审问时，你推我，我推你。知县大怒，先把潘公夹起来。潘公道：“现有人见他过渡的，若是投河身死，须有尸首，明白是他家藏了赖人。”知县道：“说得是！不见了人十多日，若是死了，岂无尸首踪影？毕竟藏着的是。”放了潘公，再把姚公夹起来。姚公道：“人在他家去了两月多，自不曾归家来。若是果然当时走回家，这十来日间，潘某何不着人来问一声，看一看下落？人长六尺，天下难藏。小的若是藏过了，后来就别嫁人，也须有人知道，难道是瞒得过的？老爷详察则个。”知县想了一想道：“也说得是，如何藏得过？便藏了也成何用？多管是与人有奸，约的走了。”潘公道：“小的媳妇虽是懒惰娇痴，小的闺门也严谨，却不曾有甚外情。”知县道：“这等，敢是有人拐得去了？或是躲在亲眷家也不见得。”便对姚公说：“是你生的女儿不长进，况来踪去迹，毕竟是你做爷的晓得，你推不得干净。要你跟寻出来，同缉捕人役五日一比较。”就把潘公父子讨了个保，姚公肘押了出来。姚公不见了女儿，心中已自苦楚，又经如此冤枉，叫天叫地，没个道理。只得贴个寻人招子，许下赏钱，各处搜求，并无影响。且是那个潘甲不见了妻子，没出气处，只是逢五逢十，就来禀官，比较捕人，未免连姚公陪打了好些板子。此事闹动了一个休宁县，城郭乡村，无不传为奇谈。亲戚之间，尽为姚公不平，却没个出豁。

却说姚家有个极密的内亲，叫做周少溪，偶然在浙江衢州做买卖，闲游柳陌花街，只见一个娼妇，站在门首献笑，好生面染。仔细一想，却与姚滴珠一般无二。心下想道：“家里打了两年没头官司，他却在此。”要上前去问个的确，却又忖道：“不好，不好。问他未必肯说真情，打破了网，娼家行径没根蒂的，连夜走了，哪里去寻？不如报他家中知道，等他自来寻访。”原来衢州与徽州虽是分个浙直，却两府是联界的。苦不多日到了，一一与姚公说知。姚公道：“不消说得，必是遇着歹人，转贩为娼了。”叫其子姚乙密地拴了百来两银子，到衢州去赎身。又商量道：“私下取赎，未必成事。”又在休宁县告明缘由，使用些银子，给了一张广缉文书在身，倘有不谐，当官告理。姚乙听命。姚公就央了周少溪作伴，一路往衢州来。那周少溪自有旧主人，替姚乙另寻了一个店楼，安下行李。周少溪指引他到这家门首来，正值他在门外。姚乙看见果然是妹子，连呼他小名数声，那娼妇只是微微笑着，却不答应。姚乙对周少溪道：“果然是我妹子，只是连连叫他，并不答应，却像不认得我的。难道他在此快乐了，把个亲兄都不招揽了？”周少溪道：“你不晓得，凡娼家龟鸨，必是生狠的。你妹子既来历不明，他家必紧防漏泄，训戒在先，所以他怕人知道，不敢当面认帐。”姚乙道：“而今却怎么通得个信？”周少溪道：“这有何难？你做个要嫖他的，设了酒，将银一两送去，外加轿钱一包，抬他到下处来，看个备细。是你妹子，密地相认了，再做道理。不是妹子，睡他娘一晚，放他去罢。”姚乙道：“有理，有理。”周少溪在衢州久做客人，都是熟路。去寻一个小闲来，拿银子去，霎时一乘轿抬到下处。那周少溪忖道：“果是他妹子，不好在此陪得。”推个事故，走了出去。姚乙也道是他妹子，有些不便，却也不来留周少溪。只见那轿里袅袅婷婷，走出一个娼妓来。但见：

一个道是妹子来，双眸注望；一个道是客官到，满面生春。一个疑道："何不见他走近身，急认哥哥？"一个疑道："何不见他迎着轿，忙呼姐姐？"

却说那姚乙向前看着，分明是妹子。那娼妓却笑容可掬，佯佯地道了个万福。姚乙只得请坐了，不敢就认，问道："姐姐，尊姓大名，何处人氏？"那娼妓答道："姓郑，小字月娥，是本处人氏。"姚乙看他说出话来，一口衢音，声气也不似滴珠，已自疑心了。那郑月娥就问姚乙道："客官何来？"姚乙道："在下是徽州府休宁县荪田姚某，父某人，母某人。"恰像那个查他的脚色，三代籍贯都报将来。他还只道果是妹子，他必然承认，所以如此。那郑月娥见他说话唠叨，笑了一笑道："又不曾盘问客官出身，何故通三代脚色？"姚乙满面通红，情知不是滴珠了。摆上酒来，三杯两盏，两个对吃。郑月娥看见姚乙，只管相他面庞，一会又自言自语，一会心里好生疑惑。开口问道："奴自不曾与客官相会，只是前日门前，见客官走来走去。见了我指手点脚的，我背地同妹妹暗笑。今承宠召过来，却又屡屡相觑，却像有些委决不下的事，是什么缘故？"姚乙言语支吾，不说明白。那月娥是个久惯接客，乖巧不过的人，看此光景，晓得有些尴尬，只管盘问。姚乙道："这话也长，且到床上再说。"两个人各自收拾上床睡了，免不得云情雨意，做了一番的事。

那月娥又把前话提起，姚乙只得告诉他："家里事如此如此，这般这般，因见你厮像，故此假做请你，认个明白，哪知不是。"月娥道："果然像否？"姚乙道："举止外像，一些不差，就是神色里边，有些微两样处。除是至亲骨肉，终日在面前的，用意体察，才看得出来。也算是十分像的了。若非是声音各别，连我方才也要认错起来。"月娥道："既是这等厮像，我就做你妹子罢。"姚乙道："又来取笑。"月娥道："不是取笑，我与你熟商量。你家不见了妹子，如此打官司，不得了结，毕竟得妹子到了官方住。我是此间良人家儿女，在姜秀才家为妾，大娘不容，后来连姜秀才贪利忘恩，竟把来卖与这郑妈妈家了。那龟儿、鸨儿，不管好歹，动不动非刑拷打，我被他摆布不过，正要想个计策脱身。你如今认定我是你失去的妹子，我认定你是哥哥，两口同声当官去告理，一定断还归宗。我身既得脱，仇亦可雪，到得你家，当了你妹子，官事也好完了。岂非万全之算！"姚乙道："是到是，只是声音大不相同，且既到吾家，认做妹子，必是亲戚族属，逐处明白，方像真的，这却不便。"月娥道："人只怕面貌不像，那个声音随他改换，如何做得准？你妹子相失两年，假如真在衢州，未必不与我一般乡语了。亲戚族属，你可教导得我的。况你做起事来，还等待官司发落。日子长远，有得与你相处，乡音也学得你些，家里事务，日逐教我熟了，有甚难处？"姚乙心里也只要家里息讼要紧，细思月娥说话，尽可行得，便对月娥道："吾随身带有广缉文书，当官一告，断还不难，只是要你一口坚认到底，却差池不得的。"月娥道："我也为自身要脱离此处，趁此机会，如何好改得口？只是一件，你家妹夫是何等样人，我可跟得他否？"姚乙道："我妹夫是个做客的人，也还少年老实，你跟了他也好。"月娥道："凭他怎么，毕竟还好似为娼。况且一夫一妻，又不似先前做妾，也不误了我事了。"姚乙又与他两个赌一个誓信说："两个同心做此事，各不相负。如有破泄者，神明诛之！"两人说得着，已觉道快活，又弄了一火，搂抱了睡到天明。

姚乙起来不梳头，就走去寻周少溪，连他都瞒了。对他说道："果是吾妹子，如今怎处？"周少溪道："这行院人家不长进，替他私赎，必定不肯。待我去纠合本乡人在此处的十来个，做张呈子到太守处呈了。人众则公，亦且你有本县广缉滴珠文书可验，怕不立刻断还？只是你再送几两银子过去，与他说道：'还要留在下处几日。'使他不疑，我们好做事。"姚乙一一依言停当了。周少溪就合着一伙徽州人，同姚乙到府堂，把前情说了一遍。姚乙又将县间广缉文书，当堂验了。太守立刻签了牌，将郑家乌龟、老妈都拘将来。郑月娥也到公庭，一个认哥哥，一个认妹子。那众徽州人除周少溪处，也还有个把认得滴珠的，齐声说道："是。"那乌龟分毫不知一个情由，劈地价来，没做理会，口里乱嚷。太守只叫掌嘴。又研问他："是哪里拐来的？"乌龟不敢隐讳，招道："是姜秀才家的妾，小的八十两银子讨的是实，并非拐的。"太守又去拿姜秀才，姜秀才情知理亏，躲了不出见官。太守断姚乙出银四十两，还他乌龟身价，领妹子归宗。那乌龟买良为娼，问了应得罪名，连姜秀才前程都问革了。郑月娥一口怨气先发泄尽了。姚乙欣然领回下处，等衙门文卷叠成，银子交库给主，及零星使用，多完备了，然后起程。这几时落得与月娥同眠同起，见人说是兄妹，背地自做夫妻。枕边絮絮叨叨，把说话见识，都教道得停停当当了。

在路不则一日，将到苏田，有人见他兄妹一路来了，拍手道："好了，好了。这官司有结局了。"有的先到他家里报了信，父母俱迎出门来，那月娥装做个认得的模样，大剌剌走进门来，呼爷叫娘，都是姚乙教熟的。况且娼家行径，机巧灵变，一些不差。姚公道："我的儿，哪里去了这两年？累煞你爹也！"月娥假作哽咽痛哭，免不得说道："爹妈这几时平安么？"姚公见他说出话来，便道："去了两年，声音都变了。"姚妈伸手过来，拽他的手出来，捻了两捻道："养得一手好长指甲了，去时没有的。"大家哭了一会，只有姚乙与月娥心里自明白。姚公是两年间官司，累怕了他，见说女儿来了，心里放下了一个大疙瘩。哪里还辨仔细。况且十分相像，分毫不疑。至于来踪去迹，他已自晓得在娼家赎归，不好细问得。巴到天明，就叫儿子姚乙同了妹子到县里来见官。知县升堂，众人把上项事说了一遍。知县缠了两年，已自明白，问滴珠道："哪个拐你去的，是何等人？"假滴珠道："是一个不知姓名的男子，不由分说，逼卖与衢州姜秀才家。姜秀才转卖了出来，这先前人不知去向。"知县晓得事在衢州隔省，难以追求，只要完事，不去根究了。就发签去唤潘甲并父母来领。那潘公潘婆到官来，见了假滴珠道："好媳妇呀！就去了这些时。"潘甲见了道："惭愧也！还有相见的日子。"各各认明了，领了回去。出得县门，两亲家两亲妈，各自请罪，认个晦气，都道一桩事完了。

隔了一晚，次日李知县升堂，正待把潘甲这宗文卷注销立案，只见潘甲又来告道："昨日领回去的，不是真妻子。"那知县大怒道："刁奴才！你累得丈人家也够了，如何还不肯休歇？"喝令扯下去打了十板。那潘甲只叫冤屈。知县道："那衢州公文明白。你舅子亲自领回，你丈人丈母认了不必说，你父母与你也当堂认了领去的，如何又有说话？"潘甲道："小人争讼，只要争小人的妻，不曾要别人的妻。今明明不是小人的妻，小人也不好要得，老爷也不好强小人要得。若必要小人将假作真，小人情愿不要妻子了。"知县道："怎见得不是？"潘甲道："面貌颇相似，只是小人妻子相与之间，有好些不同处了。"知县道："你不要呆！敢是做过了娼妓一番，身份不比良家了。"潘甲道："老爷，不是这话。不要说日常夫妻间私语一句也不对，至于肌体隐微，有好些不同。小人心下自明白，怎好与老爷说得。若果然是妻子，小人与他才得两月夫妻，就分散了，巴不得见他。难道到说不是，来混争闲非不成？老爷青天详察，主鉴不错。"知县见他说这一篇有情有理，大加惊诧，又不好自认断错，密密吩咐潘甲道："你且从容，不要性急。

就是父母亲戚面前，俱且糊涂，不可说破，我自有处。”李知县吩咐该房写告示出去遍贴，说道：“姚滴珠已经某月某日追寻到官，两家各息词讼，无得再行告扰！”却自密地悬了重赏，着落应捕十余人，四上分缉。若看了告示，有些动静，即便体察，拿来回话。

不说这里探访。且说姚滴珠与吴大郎相处两年，大郎家中看看有些知道，不肯放他等闲出来，踪迹渐来得稀了。滴珠身伴要讨个丫鬟服侍，曾对吴大郎说，转托汪锡，汪锡拐带惯了的，哪里想出银钱去讨？因思个便处，要弄将一个来。日前见歙县汪汝鸾家有个丫头，时常到溪边洗东西，想在心里。一日，汪锡在外行走，闻得县前出告示道，滴珠已寻见之说，急忙里来对王婆说：“不知哪一个顶了缺，我们这个货，稳稳是自家的人。”王婆不信，要看个的实。二人同来到县前，看了告示。汪锡未免指手划脚，点了又点，念与王婆听，早被旁边应捕看在眼里，尾了他去。到了僻静处，只听得两个私下道：“好了，好了，而今睡也睡得安稳了。”应捕魆地跳将出来道：“你们干得好事！今已败露了，还走哪里去？”汪锡慌了手脚道：“不要恐吓我！且到店中坐坐去。”一同王婆邀了应捕，走到酒楼上坐了吃酒。汪锡推讨嘎饭，一道烟走了。单剩个王婆与应捕，坐了多时，酒肴俱不来，走下问时，汪锡已去久了。应捕就把王婆拴将起来道：“我与你去见官。”王婆跪下道：“上下饶恕，随老妇到家中取钱谢你。”那应捕只是见他们行迹跷蹊，故把言语吓着，其实不知什么根由，怎当得虚心病的露出马脚来。应捕料得有些滋味，押了他不舍。随去到得汪锡家里叩门，一个妇人走将出来开了，那应捕一看着，惊道：“这是前日衢州解来的妇人。”猛然想道：“这个必是真姚滴珠了。”也不说破，吃了茶，凭他送了些酒钱罢了。王婆自道无事，放下心了。应捕明日竟到县中出首。知县添差应捕十来人，急命拘来。公差如狼似虎，到汪锡家里，门口发声喊，打将进去。急得王婆悬梁吊了，把滴珠登时捉到公庭。知县看了道：“便是前日这一个。”又飞一签令，唤潘甲与妻子同来。那假的也来了，同在县堂，真个一般无二。知县莫辨，因令潘甲自认。潘甲自然明白，与真滴珠各说了些私语。知县唤起来研问明白。真滴珠从头供称，被汪锡哄骗情由，说了一遍。知县又问：“曾有人奸骗你不？”滴珠心上有吴大郎，只不说出，但道：“不知姓名。”又叫那假滴珠上来，供称道：“身名郑月娥，自身要报私仇，姚乙要完家讼，因言貌像伊妹，商量做此一事。”知县拿汪锡，已经逃了，做个照提，叠成文卷，连人犯解府。

却说汪锡自酒店逃去之后，撞着同伙程金，一同作伴，走到歙县地方。见汪汝鸾家丫头在溪边洗裹脚，一手扯住他道：“你是我家使婢，逃了出来，却在此处！”便夺他裹脚，拴了就走，要扯上竹筏。那丫头大叫起来。汪锡将袖子掩住他口，丫头尚自呜哩呜喇地喊。程金便一把叉住喉咙，叉得手重，口头又不得通气，一霎呜呼哀哉了。地方人走将拢来，两个都擒住了，送到县里。那歙县方知县问了程金绞罪，汪锡充军，解上府来。正值滴珠一起也解到，一同过堂之时，真滴珠大喊道：“这个不是汪锡？”那太守姓梁，极是个正气的，见了两宗文卷，都为汪锡。大怒道：“汪锡是首恶，如何只问充军？”喝交皂隶，重责六十板，当下气绝。真滴珠给还原夫宁家，假滴珠官卖，姚乙认假作真，倚官拐骗人口，也问了一个太上老。只有吴大郎广有世情，闻知事发，上下使用，并无名字干涉，不致惹着，朦胧过了。潘甲自领了姚滴珠，仍旧完聚。那姚乙定了卫所，发去充军，拘妻签解。姚乙未曾娶妻，只见那郑月娥晓得了，大哭道：“这是我自要脱身泄气，造成此谋，谁知反害了姚乙。今我生死跟了他去，也不枉了一场话把。”姚公心下不舍得儿子，听得此话，即使买出人来，诡名纳价，赎了月娥，改了姓氏，随了儿子做军妻解去。后来遇赦还乡，遂成夫妇。这也是郑月娥一点良心不泯处。姑嫂两个到底有些厮像，徽州至今传为笑谈。有诗为证：

一样良家走歧路，又同歧路转良家。面庞怪道能相似，相法看来也不差。

刘东山夸技顺城门　十八兄奇踪村酒肆

诗曰：

弱为强所制，不在形巨细。蝍蛆带是钳，何曾有长喙？

话说天地间，有一物必有一制。夸不得高，恃不得强。这首诗所言“蝍蛆”是什么？就是那赤足蜈蚣，俗名“百脚”，又名“百足之虫”。这“带”又是什么？是那大蛇。其形似带一般，故得此名。岭南多大蛇，长数十丈，专要害人。那边地方里居民，家家蓄养蜈蚣，有丈尺余者，多放在枕畔或枕中，若有蛇至，蜈蚣便啧啧作声，放他出来。他鞠起腰来，首尾着力一跳，有一丈来高，便搭住在大蛇七寸内，用那铁钩也似一对钳来钳住了，吸他精血，至死方休。这数十丈长、斗来大的东西，反缠死在尺把长、指头大的东西手里，所以古语道：“蝍蛆钳带”，盖谓此也。

汉武帝延和三年，西胡月支国献猛兽一头，形如五六十日新生的小狗，不过比狸猫般大，拖一个黄尾儿。那国使抱在手里，进门来献。武帝见他生得猥琐，笑道：“此小物，何谓猛兽？”使者对曰：“夫威加于百禽者，不必计其大小。是以神麟为巨象之王，凤凰为大鹏之宗，亦不在巨细也。”武帝不信，乃对使者说：“试叫他发声来朕听。”使者乃将手一指，此兽舐唇摇首一会，猛发一声，便如平地上起一个霹雳。两目闪烁，放出两道电光来。武帝登时颠出亢金椅子，急掩两耳，颤一个不住。侍立左右及羽林摆立仗下军士，手中所拿的东西悉皆震落。武帝不悦，即传旨意，叫把此兽付上林苑中，待群虎食之。上林苑令遵旨，只见拿到虎圈边放下，群虎一见，皆缩做一堆，双膝跪倒。上林苑令奏闻，武帝愈怒，要杀此兽。明日连使者与猛兽皆不见了。猛悍到了虎豹，却乃怕此小物。所以人之膂力强弱，智术长短，没个限数。正是：

刘东山夸技顺城门
十八兄奇踪村酒肆

强中更有强中手，莫向人前夸大口。

当时有一个举子，不记姓名地方。他生得膂力过人，武艺出众。一生豪侠好义，真正路见不平，拔刀相助。他进京会试，不带仆从，恃着一身本事，备着一匹好马，腰束弓箭短剑，一鞭独行，一路收拾些雉兔野味，到店肆中宿歇，便安排下酒。一日在山东路上，马跑得快了，赶过了宿头。至一村庄，天已昏黑，自度不可前进，只见一人家开门在那里，灯光射将出来。举子下了马，一手牵着，挨近看时，只见进了门，便是一大空地。空地上有三四块太湖石叠着，正中有三间正房，有两间厢房，一老婆子坐在中间织麻。听见庭中马足之声，起身来问。举子高声道："妈妈，小生是失路借宿的。"那老婆子道："官人不方便，老身做不得主。"听他言词中间，带些凄惨。举子有些疑心，便问道："妈妈，你家男人多在哪里去了？如何独自一个在这里？"老婆子道："老身是个老寡妇，夫亡多年，只有一子，在外做商人去了。"举子道："可有媳妇？"老婆子蹙着眉头道："是有一个媳妇，赛得过男子，尽挣得家住。只是一身大气力，雄悍异常。且是气性粗急，一句差池，经不得一指头，擦着便倒。老身虚心冷气，看他眉头眼后，常是不中意，受他凌辱的，所以官人借宿，老身不敢做主。"说罢，泪如雨下。举子听得，不觉双眉倒竖，两眼圆睁道："天下有如此不平之事！恶妇何在？我为尔除之。"遂把马拴在庭中太湖石上了，拔出剑来。老婆子道："官人不要太岁头上动土，我媳妇不是好惹的。他不习女工针指，每日午饭已毕，便空身走去山里寻几个獐鹿兽兔还家，腌腊起来，卖与客人，得几贯钱。常是一二更天气，才得回来。日逐用度，只靠着他这些，所以老身不敢逆他。"举子按下剑，入了鞘道："我生平专一欺硬怕软，替人出力。谅一个妇女，到得哪里？既是妈妈靠他度日，我饶他性命不杀他，只痛打他一顿，教训他一番，使他改过性子便了。"老婆子道："他将次回来了，只劝官人莫惹事的好。"举子气忿忿地等着，只见门外一大黑影，一个人走将进来，将肩上叉口也似一件东西往庭中一摔，叫道："老嬷，快拿火来，收拾行货。"老婆子战兢兢地道："是甚好物事呀？"把灯一照，吃了一惊，乃是一只死了的斑斓猛虎。说时迟，那时快，那举子的马，在火光里看见了死虎，惊跳不住起来。那人看见便道："此马何来？"举子暗里看时，却是一个黑长妇人。见他模样，又背了个死虎来，忖道："也是个有本事的。"心里就有几分惧他。忙走去带开了马，缚住了，走向前道："小生是失路的举子，赶过宿头，幸到宝庄，见门尚未阖，斗胆求借一宿。"那妇人笑道："老嬷好不晓事！既是个贵人，如何更深时候叫他在露天立着？"指着死虎道："贱婢今日山中，遇此泼花团争持多时，才得了当。归得迟些个，有失主人之礼，贵人勿罪！"举子见他语言爽快，礼度周全，暗想道："也不是不可化诲的。"连声道："不敢，不敢。"

妇人走进堂，提一把椅来，对举子道："该请进堂里坐，只是妇姑两人，都是女流，男女不可相混，屈在廊下一坐罢。"又掇张桌来，放在面前，点个灯来安下。然后下庭中来，双手提了死虎，到厨下去了。须臾之间，烫了一壶热酒，托出一个大盘来，内有热腾腾的一盘虎肉，一盘鹿脯，又有些腌腊雉兔之类五六碟，道："贵人休嫌轻亵则个！"举子见他殷勤，接了自斟自饮。须臾间酒尽肴完，举子拱手道："多谢厚款！"那妇人道："惶愧，惶愧。"便将来收拾桌上盘子碗盏。举子乘间便说道："看娘子如此英雄，举止恁地贤明，怎么尊卑分上觉得欠些个？"那妇人将盘一搠，且不收拾，怒目道："适间老死魅曾对贵人说些甚谎么？"举子忙道："这是不曾，只是看见娘子称呼词色之间，甚觉轻倨，不像个婆媳妇道理，及见娘子待客周全，才能出众，又不像个不近道理的，故此好言相问一声。"那妇人见说，一把扯了举子的衣袂，一只手移着灯，走到太湖石边来道："正好告诉一番。"举子一时间挣扎不脱，暗道："等他说得没理时，算计打他一顿。"只见那妇人倚着太湖石，就在石上拍拍手道："前日有一事，如此如此，这般这般，是我不是，是他不是？"道罢，便把一个食指向石上一划道："这是一件了。"划了一划，只见那石皮乱爆起来，已自抠去了一寸有余深，连连数了三件，划了三划，那太湖石上便似锥子凿成一个“川”字，斜看来又是“三”字，足足皆有寸余，就像镌刻的一般。那举子惊得浑身汗出，满面通红，连声道：“都是娘子的是。”把一片要与他分个皂白的雄心，好像一桶雪水当头一淋，气也不敢抖了。妇人说罢，擎出一张匡床来与举子自睡，又替他喂好了马，却走进去与老婆子关了门，息了火睡了。举子一夜无眠，叹道：“天下有这等大力的人，早是不曾与他交手，不然性命休矣！”巴到天明，备了马，作谢了，再不说一句别的话，悄然去了。自后收拾了好些威风，再也不去惹闲事管，也只是怕逢着啡嗻似他的吃了亏。

今日说一个恃本事说大话的，吃了好些惊恐，惹出一场话柄来。正是：

虎为百兽尊，百兽伏不动。若逢狮子吼，虎又全没用。

话说国朝嘉靖年间，北直隶河间府交河县，一人姓刘名嵚，叫做刘东山，在北京巡捕衙门里，当一个缉捕军校的头。此人有一身好本事，弓马熟娴，发矢再无空落，人号他“连珠箭”。随你异常狠盗，逢着他便如瓮中捉鳖，手到拿来。因此也积攒得有些家事。年三十余，觉得心里不耐烦做此道路，告脱了，在本县去别寻生路。

一日冬底残年，赶着驴马十余头，到京师转卖。约卖得一百多两银子，交易完了，至顺城门(即宣武门)雇骡归家。在骡马主人店中，遇见一个邻舍张二郎入京来，同在店买饭吃。二郎问道：“东山何往？”东山把前事说了一遍，道：“而今在此雇骡，今日宿了，明日走路。”二郎道：“近日路上好生难行。良乡、郑州一带，盗贼出没，白日劫人。老兄带了偌多银子，没个做伴，独来独往，只怕着了道儿，须放仔细些。”东山听罢，不觉须眉开动，唇齿奋扬，把两只手捏了拳头，做一个开弓的手势，哈哈大笑道：“二十年间，张弓追讨，矢无虚发，不曾撞个对手。今番收场买卖，定不到得折本。”店中满座听见他高声大喊，尽回头来看，也有问他姓名的道：“久仰，久仰。”二郎自觉有些失言，作别出店去了。

东山睡到五更头，爬起来，梳洗结束，将银子紧缚裹肚内，扎在腰间。肩上挂一张弓，衣外挎一把刀，两膝下藏矢二十簇。拣一高大的健骡，腾地骑上，一鞭前走。走了三四十里，来到良乡。只见后头有一人奔马赶来，遇着东山的骡，便按辔少驻，东山举目觑见他，却是一个二十岁左右的美少年，且是打扮得好。但见：

黄衫毡笠，短剑长弓。箭房中新矢二十余枝，马额上红缨一大簇。裹腹闹装灿烂，是个白面郎君，恨人紧辔喷嘶，好匹高头骏骑！

东山正在顾盼之际，那少年遥叫道：“我们一起走路则个。”就向东山拱手道：“造次行途，愿问高姓大名。”东山答道：“小可姓刘名嵚，别号东山，人只叫我是刘东山。”少年道：“久仰先辈大名，如雷贯耳，小人有幸相遇。今先辈欲何往？”东山道：“小可要回本籍交河县去。”少年道：“恰好，恰好。小人家住临淄，也是旧族子弟。幼年颇会读书，只因性好弓马，把书本丢了。三年前带了些资本往京贸易，颇得些利息。今欲归家婚娶，正好与先辈作伴，同路行去，放胆壮些。直到河间府城，然后分路，有幸有幸。”东山一路看他腰间沉重，语言温谨，相貌俊逸，身材小巧，谅道不是歹人。且路上有伴，不至寂寞，心上也欢喜道：“当得相陪。”是夜一同下了旅店，同一处饮食歇宿，如兄若弟，甚是相得。

明日，并辔出涿州。少年在马上问道：“久闻先辈最善捕贼，一生捕得多少？

也曾撞着好汉否？”东山正要夸逞自家手段，这一问揉着痒处，且量他年小可欺，便侈口道：“小可生平两只手一张弓，拿尽绿林中人，也不记其数，并无一个对手。这些鼠辈，何足道哉！而今中年心懒，故弃此道路，倘若前途撞着，便中拿个把儿，你看手段！”少年但微微冷笑道：“原来如此。”就马上伸手过来说道：“借肩上宝弓一看。”东山在骡上递将过来，少年左手把住，右手轻轻一拽就满，连放连拽，就如一条软绢带。东山大惊失色，也借少年的弓过来看看。那少年的弓，约有二十斤重。东山用尽平生之力，面红耳赤，不要说扯满，只求如初八夜头的月，再不能够。东山惶恐无地，吐舌道：“使得好硬弓也！”便向少年道：“老弟神力，何至于此！非某所敢望也。”少年道：“小人之力，何足称神？先辈弓自太软耳。”东山赞叹再三，少年极意谦谨，晚上又同宿了。至明日又同行，日西时过雄县，少年拍一拍马，那马腾云也似前面去了。东山望去，不见了少年，他是贼窠中弄老了的，见此行止，如何不慌？私自道：“天叫我这番倒了架也。倘是个不良人，这样神力，如何敌得？势无生理。”心上正如十五个吊桶打水，七上八落的，没奈何，迤迤行去。行得一二铺，遥望见少年在百步外，正弓挟矢，扯个满月，向东山道：“久闻足下手中无敌，今日请先听箭风。”言未罢，飕的一声，东山左右耳根但闻肃肃如小鸟前后飞过，只不伤着东山。又将一箭引满，正对东山之面，大笑道：“东山晓事人，腰间骡马钱快送我罢，休得动手！”东山料是敌他不过，先自慌了手脚，只得跳下鞍来，解了腰间所系银袋，双手捧着，膝行至少年马前，叩头道：“银钱谨奉好汉将去，只求饶命！”少年马上伸手提了银包，大喝道：“要你性命做甚！快走！快走！你老子有事在此，不得同儿子前行了。”掇转马头向北一道烟跑，但见一路黄尘滚滚，霎时不见踪影。东山呆了半晌，捶胸跌足起来道：“银钱失去也罢，叫我如何做人？一生好汉名头，到今日弄坏，真是张天师吃鬼迷了，可恨！可恨！”垂头丧气，有一步没一步的，空手归交河。到了家里，与妻子说知其事，大家懊恼一番。夫妻两个商量收拾些本钱，在村郊开个酒铺，卖酒营生，再不去张弓挟矢了。又怕有人知道，坏了名头，也不敢向人说着这事，只索罢了。

过了三年，一日正值寒冬天道，有词为证：

霜瓦鸳鸯，风帘翡翠，今年早是寒少。矮钉明窗，侧开朱户，断莫乱叫人到。重阴未解，云共雪，商量未了。青帐垂毡要密，红炉围炭宜小。

——词寄《天香子》

却说冬日间，东山夫妻正在店中卖酒，只见门前来了一伙骑马的客人，共是十一个。个个骑的是自备的高头骏马，鞍辔鲜明。身上俱紧束短衣，腰带弓矢刀剑。次第下了马，走入肆中来。解了鞍舆，刘东山接着，替他赶马归槽。后生自去铡草煮豆，不在话下。

内中只有一个未冠的人，年纪可有十五六岁，身长八尺，独不下马。对众道：“弟十八自向对门住休。”众人都答应一声道：“咱们在此少住，便来服侍。”只见其人自走出门去了。十人自来吃酒，主人安排些鸡、豚、牛、羊肉，来做下酒。须臾之间，狼飧虎咽，算来吃够有六七十斤的肉，倾尽了六七坛的酒，又叫主人将酒肴送过对门楼上，与那未冠的人吃。众人吃完了店中东西，还叫未畅，遂开皮囊，取出鹿蹄、野雉、烧兔等物，笑道：“这是我们的东道，可叫主人来同酌。”东山推逊一回，才来坐下。把眼去逐个瞧了一瞧，瞧到北面左手那一人，毡笠儿垂下，遮着脸不甚分明。猛见他抬起头来，东山仔细一看，吓得魂不附体，只叫得苦。你道那人是谁？正是在雄县劫了骡马钱去的那一个同行少年。东山暗想道：

"这番却是死也！我些些生计，怎禁得他要起！况且前日一人尚不敌，今人多如此，想必个个是一般英雄，如何是了？"心中忒忒的跳，真如小鹿儿撞，面向酒杯，不敢则一声。众人多起身与主人劝酒。坐定一回，只见北面左手坐的那一个少年，把头上毡笠一掀，呼主人道："东山别来无恙么？往昔承挈同行周旋，至今想念。"东山面如土色，不觉双膝跪下道："望好汉恕罪！"少年跳离席间，也跪下去扶起来，挽了他手道："快莫要作此状！快莫要作此状！羞死人！昔年俺们众兄弟，在顺城门店中，闻卿自夸手段，天下无敌。众人不平，却叫小弟在途间，作此一番轻薄事，与卿作耍，取笑一回。然负卿之约，不到得河间。魂梦之间，还记得与卿并辔任丘道上，感卿好情，今当还卿十倍。"言毕，即向囊中取出千金，放在案上，向东山道："聊当别来一敬，快请收进。"东山如醉如梦，呆了一晌，怕又是取笑，一时不敢应承。那少年见他迟疑，拍手道："大丈夫岂有欺人的事！东山也是个好汉，直如此胆气虚怯！难道我们弟兄直到得真个取你的银子不成？快收了去。"刘东山见他说话说得慷慨，料不是假，方才如醉初醒，如梦方觉，不敢推辞。走进去与妻子说了，就叫他出来，同收拾了进去。安顿已了，两人商议道："如此豪杰，如此恩德，不可轻慢！我们再须杀牲开酒，索性留他们过宿，顽耍几日则个。"东山出来称谢，就把此意与少年说了。少年又与众人说了，大家道："既是这位弟兄故人，有何不可？只是还要去请问十八兄一声。"便一齐走过对门，与未冠的那一个说话。东山随了去，看这些人见了那个未冠的，甚是恭谨。那未冠的待他众人甚是庄重。众人把主人要留他们过宿顽耍的话说了，那未冠的说道："好，好，不妨。只是酒醉饭饱，不要贪睡，负了主人殷勤之心。少有动静，俺腰间两刀有血吃了。"众人齐声道："弟兄们理会得。"东山一发莫测其意。众人重到肆中，开怀再饮，又携酒到对门楼上，众人不敢陪，只是十八兄自饮。算来他一个吃的酒肉，比得店中五个人。十八兄吃毕，自探囊中，取出一个纯银笊篱来，煽起炭火，做煎饼自啖。连啖了百余个，收拾了大踏步出门去，不知所向。直到天色将晚，方才回来，重到对门住下，竟不到刘东山家来。

众人自在东山家吃耍，走去对门相见。十八兄也不甚与他们言笑，大是倨傲。东山疑心不已，背地扯了那同行少年问他道："你们这个十八兄，是何等人？"少年不答应，反去与众人说了，各各大笑起来。不说来历，但高声吟诗曰："杨柳桃花相间出，不知若个春风？"吟毕，又大笑。住了三日，俱各作别了，结束上马。未冠的在前，其余众人在后，一拥而去。东山到底不明白，却是骤得了千来两银子，手头从容。又怕生出别事来，搬在城内，另做营运去了。后来见人说起此事，有识得的道："详他两句语意，是个'李'字，况且又称十八兄，想必未冠的那人姓李，是个为头的了。看他对众的说话，他恐防有人暗算，故在对门两处住了，好相照察。亦且不与十人作伴同食，有个尊卑的意思。夜间独出，想又去做什么勾当来？却也没处查他的确。"那刘东山一生英雄，遇此一番，过后再不敢说一句武艺上头的话，弃弓折箭，只是守着本分营生度日，后来善终。可见人生一世，再不可自恃高强。那自恃的，只是不曾逢着狠主子哩！有诗单说这刘东山道：

生平得尽弓矢力，直到下场逢大敌。人世休夸手段高，霸王也有悲歌日。

又有诗说这少年道：

英雄从古轻一掷，盗亦有道真堪述，笑取千金偿百金，途中竟是好相识。

程元玉店肆代偿钱　十一娘云冈纵谭侠

赞曰：

红线下世，毒哉仙仙。隐娘出没，跨黑白卫。
香丸袅袅，游刃香烟。崔妾白练，夜半忽失。
侠妪条裂，宅众神耳。贾妻断婴，离恨以豁。
解洵娶妇，川陆毕具。三鬟携珠，塔户严扃。
车中飞度，尺余一孔。

这一篇《赞》，都是序着从前剑侠女子的事。从来世间有这一家道术，不论男女，都有习他的。虽非真仙的派，却是专一除恶扶善。功行透了的，也就借此成仙。所以好事的，类集他做《剑侠传》。又有专把女子类成一书，做《侠女传》。前面这《赞》上说的，多是女子。

那红线就是潞州薛嵩节度家小青衣。因为魏博节度田承嗣养三千外宅儿男，要吞并潞州，薛嵩日夜忧闷。红线闻知，弄出剑术手段，飞身到魏博。夜漏三时，往返七百里，取了他床头金盒归来。明日，魏博搜捕金盒，一军忧疑。这里却叫了使人送还他去。田承嗣一见惊慌，知是剑侠，恐怕取他首级，把邪谋都息了。后来红线说出前世是个男子，因误用医药杀人，故此罚为女子，今已功成，修仙去了。这是红线的出处。

那隐娘姓聂，魏博大将聂锋之女。幼年撞着乞食老尼摄去，教成异术。后来嫁了丈夫，各跨一蹇驴，一黑一白，蹇驴是卫地所产，故又叫做“卫”。用时骑着，不用时就不见了。原来是纸做的。他先前在魏帅左右。魏帅与许帅刘昌裔不和，要隐娘去取他首级。不想那刘节度善算，算定隐娘夫妻该入境，先叫卫将早至城北候他，约道：“但是一男一女，骑黑白二驴的便是。可就传我命拜迎！”隐娘到许，遇见如此，服刘公神明，便弃魏归许。魏帅知道，先遣精精儿来杀他，反被隐娘杀了。又使妙手空空儿来，隐娘化为蠛蠓，飞入刘节度口中，叫刘节度将于阗国美玉围在颈上。那空空儿三更到来，将匕首项下一划，被玉遮了，其声铿然，划不能透。空空儿羞道：“不中。”一去千里，再不来了。刘节度与隐娘俱得免难，这是隐娘的出处。

程元玉店肆代偿钱
十一娘云冈纵谭侠

那香丸女子同一侍儿在观音里。一书生闲步，见他美貌，心动。旁有恶少年数人，就说他许多淫邪不美之行，书生贱之。及归家与妻言及，却与妻家有亲，是个极高洁古怪的女子，亲戚都是敬畏他的。书生不平，要替他寻恶少年出气，未行。只见女子叫侍儿来谢道："郎君如此好心，虽然未行，主母感恩不尽。"就邀书生过去，治酒请他独酌。饮到半中间，侍儿负一皮袋来，对书生道："是主母相赠的。"开来一看，乃是三四个人头，颜色未变，都是书生平日受他侮害的仇人。书生吃了一惊，怕有累及，急要逃走。侍儿道："莫怕！莫怕！"怀中取出一包白色有光的药来，用小指甲挑些弹在头断处，只见头渐缩小，变成李子大。侍儿一个个撮在口中吃了，吐出核来，也是李子。侍儿吃罢，又对书生道："主母也要郎君替他报仇，杀这些恶少年。"书生谢道："我如何干得这等事！"侍儿进一香丸道："不劳郎君动手，但扫净书房，焚此香于炉中，看香烟哪里去，就跟了去，必然成事。"又将先前皮袋与他道："有人头尽纳在此中，仍旧随烟归来，不要惧怕！"书生依言做去，只见香烟袅袅，行处有光，墙壁不碍。每到一处，遇一恶少年，烟绕顶三匝，头已自落，其家不知不觉。书生便将头入皮袋中。如此数处，烟袅袅归来。书生已随了来，到家尚未三鼓，恰如做梦一般。事完，香丸飞去。侍儿已来取头弹药，照前吃了。对书生道："主母传语郎君，这是畏关，此关一过，打点共做神仙便了。"后来不知所往，这女子书生都不知姓名，只传得有《香丸志》。

那崔妾是唐贞元年间，博陵崔慎思应进士举，京中赁房居住。房主是个没丈夫的妇人，年只三十余，有些容色，慎思遣媒道意，要纳为妻。妇人不肯道："我非宦家之女，门楣不对，他日必有悔，只可做妾。"遂随了慎思。二年，生了一子。问他姓氏，只不肯说。一日，崔慎思与他同上了床，睡至半夜，忽然不见，崔生疑心有甚奸情事了，不胜忿怒，遂走出堂前，走来走去，正自彷徨。忽见妇人在屋上走下来，白练缠身，右手持匕首，左手提一个人头，对崔生道："我父昔年被郡守枉杀，求报数年未得，今事已成，不可久留。"遂把宅子赠了崔生，逾墙而去。崔生惊惶。少顷，又来道："是在哺孩子些乳去。"须臾出来道："从此永别。"竟自去了。崔生回房看看，儿子已被杀死。他要免心中记挂，故如此，所以说"崔妾白练"的话。

那侠妪的事，乃元雍妾修容。自言小时，里中盗起，有一老妪来对他母亲说道："你家从来多阴德，虽有盗乱，不必惊怕，吾当藏过你等。"袖中取出黑绫二尺，裂作条子，叫每人臂上系着一条道："但随我来！"修容母子随至一道院，老妪指一个神像道："汝等可躲在他耳中。"叫修容母子闭了眼，背了他进去。小小神像，他母子住在耳中，却像一间房子，毫不窄隘。老妪朝夜来看，饮食都是他送来。这神像耳孔，只有指头大小，但是饮食到来，耳孔便大起来。后来盗平，仍如前负了归家。修容要拜为师，誓修苦行，报他恩德。老妪说："仙骨尚微。"不肯收他。后来不知哪里去了，所以说"侠妪神耳"的说话。

那贾人妻的，与崔慎思妾差不多。但彼是余干县尉王立，调选流落，遇着美妇，道是："原系贾人妻子，夫亡十年，颇有家私。"留王立为婿，生了一子。后来也是一日提了人头回来道："有仇已报，立刻离京。"去了复来，说是再乳婴儿，以豁离恨，抚毕便去。回灯褰帐，小儿身首已在两处。所以说"贾妻断婴"的话，却是崔妾也曾做过的。

那解洵是宋时武职官，靖康之乱，陷在北地，孤苦零落。亲戚怜他，替他另娶一妇为妻。那妇人妆奁丰厚，洵得以存活。偶逢重阳日，想起旧妻坠泪。妇人问知欲归本朝，便替他备办水陆之费，毕具，与他同行。一路水宿山行，防闲营护，皆得其力。到家，其兄解潜军功累积，已为大帅。相见甚喜，赠以四婢。解洵宠爱了，与妇人渐疏。妇人一日酒间责洵道："汝不记昔年乞食赵魏时事乎？非我，已为饿莩。今一旦得志，便尔忘恩，非大丈夫所为！”洵已有酒意，听罢大怒，奋起拳头，连连打去。妇人忍着冷笑，洵又唾骂不止。妇人忽然站起，灯烛皆暗，冷气袭人，四妾惊惶仆地。少顷，灯烛复明，四妾才敢起来，看时，洵已被杀在地上，连头都没了。妇人及房中所有，一些不见踪影。解潜闻知，差壮勇三千人各处追捕，并无下落，这叫做“解洵娶妇”。

那三鬟女子，因为潘将军失却玉念珠，无处访寻，却是他与朋侪作戏，取来挂在慈恩寺塔院相轮上面。后潘家悬重赏，其舅王超问起，他许取还。时寺门方开，塔户尚锁。只见他势如飞鸟，已在相轮上，举手示超，取了念珠下来。王超自去讨赏，明日女子已不见了。

那车中女子又是怎说？因吴郡有一举子入京应举，有两少年引他到家，坐定，只见门迎一车进内，车中走出一女子，请举子试技。那举子只会着靴在壁上行得数步。女子叫坐中少年，各呈妙技。有的在壁上行，有的手摄椽子行，轻捷却像飞鸟。举子惊服，辞去。数日后，复见前两少年来借马，举子只得与他。明日内苑失物，唯收得驮物的马，追问马主，捉举子到内侍省勘问。驱入小门，吏自后一推，倒落深坑数丈，仰望屋顶七八丈，唯见一孔，才开一尺有多。举子苦楚间，忽见一物如鸟飞下到身边，看时，却是前日女子，把绢重系举子胳膊讫，绢头系女子身上。女子腾身飞出宫城，去门数十里乃下，对举子云：“君且归，不可在此。”举人乞食寄宿，得达吴地。这两个女子，便都有些盗贼意思，不比前边这几个报仇雪耻，救难解危，方是修仙正路。然要晓世上有此一种人，所以历历可纪，不是脱空的说话。而今再说一个有侠术的女子，救着一个落难之人，说出许多剑侠的议论，从古未经人道的，真是精绝。有诗为证：

念珠取却犹为戏，若似车中便累人。试听韦娘一席话，须知正直乃为真。

话说徽州府有一商人，姓程名德瑜，表字元玉，禀性缄默端重，不妄言笑，忠厚老诚。专一走川、陕，作客贩货，大得利息。一日收了货钱，待要归家，与带去仆人收拾停当，行囊丰满，自不必说。自骑一匹马，仆人骑了牲口，起身行路。来过文、阶道中，与一伙作客的人，同落一个饭店买酒饭吃。正吃之间，只见一个妇人骑了驴儿，也到店前下了，走将进来。程元玉抬头看时，却是三十来岁的模样，面颜也尽标致，只是装束气质，带些武气，却是雄赳赳的。饭店中客人个个颠头耸脑，看他说他，胡猜乱语，只有程元玉端坐不瞧。那妇人都看在眼里，吃罢了饭，忽然举起两袖，抖一抖道：“适才忘带了钱来，今饭多吃过了主人的，却是怎好？”那店中先前看他这些人，都笑将起来。有的道：“原来是个骗饭吃的。”有的道：“敢是真个忘了？”有的道：“看他模样，也是个江湖上人，不像个本分的，骗饭的事也有。”那店家后生见说没钱，一把扯住不放。店主又发作道：“青天白日，难道有得你吃了饭不还钱不成！”妇人只说：“不带得来，下次补还。”店主道：“谁认得你？”正难分解，只见程元玉便走上前来说道：“看此娘子光景，岂是要少这数文钱的？必是真失带了出来，如何这等逼他？”就把手腰间去，摸出一串钱来道：“该多少，都是我还了就是。”店家才放了手，算一算帐，取了钱去。那妇人走到程元玉跟前，再拜道：“公是个长者，愿闻高姓大名，好加倍奉还。”程元玉道：“些些小事，何足挂齿。还也不消还得，姓名也不消问得。”那妇人道：“休如此说。公去前面，当有小小惊恐，妾将在此处出些力气报公，所以必要问姓名，万勿隐讳。若要晓得妾的姓氏，但记着韦十一娘便是。”程元玉见他说话有些尴尬，不解其故，只得把名姓说了。妇人道：“妾在城西去探一个亲眷，少刻就到东来。”跨上驴儿，加上一鞭，飞也似去了。

程元玉同仆人出了店门，骑了牲口，一头走，一头疑心。细思适间之话，好不蹊跷。随又忖道：“妇人之言，何足凭准。况且他一顿饭钱，尚不能预备，就有惊恐，他如何出力相报得？”以口问心，行了几里，只见途间一人，头带毡笠，身背皮囊，满身灰尘，是个惯走长路的模样。或在前，或在后，参差不一，时常撞见。程元玉在马上问他道：“前面到何处可以宿歇？”那人道：“此去六十里，有杨松镇，是个安歇客商的所在，近处却无宿头。”程元玉也晓得有个杨松镇，就问道：“今日晏了些，还可到得哪里么？”那人抬头把日影看了一看道：“我到得，你到不得。”程元玉道：“又来好笑了。我每是骑马的，反到不得；你是步行的，反说到得，是怎的说？”那人笑道：“此间有一条小路，斜抄去二十里，直到河水湾，再二十里，就是镇上。若你等在官路上走，迂迂曲曲，差了二十多里，故此到不及。”程元玉道：“果有小路快便，相烦指示同行，到了镇上买酒相谢。”那人欣然前行道：“这等，都跟我来。”那程元玉只贪路近，又见这厮是个长路人，信着不疑，把适间妇人所言惊恐都忘了。与仆人策马，跟了那人，前进那一条路来。

初时平坦好走，走得一里多路，地下渐渐多是山根顽石，驴马走甚不便。再行过去，有陡峻高山遮在面前，绕山走去，多是深密林子，仰不见天。程元玉主仆俱慌，埋怨那人道：“如何走此等路？”那人笑道：“前边就平了。”程元玉不得已，又随他走。再度过一个冈子，一发比前崎岖了。程元玉心知中计，叫声“不好！不好！”急掣转马头回路，忽然那人唿哨一声，山前涌出一干人来：

狰狞相貌，劣撅身躯。无非月黑杀人，不过风高放火。盗亦有道，大曾偷习儒者虚声；师出无名，也会剽窃将家实用。人间偶而呼为盗，世上于今半是君。

程元玉见不是头，自道必不可脱。慌慌忙忙下了马，躬身作揖道：“所有财物，但凭太保取去，只是鞍马衣装，须留下做归途盘费则个。”那一伙强盗听了说话，果然只取包裹来，搜了银两去了。

程元玉急回身寻时，那马散了缰，也不知哪里去了。仆人躲避，一发不知去向。凄凄惶惶，剩得一身。拣个高冈立着，四围一望，不要说不见强盗出没去处，并那仆马消息，杳然无踪，四无人烟。且是天色看看黑将下来，没个道理，叹一声道：“我命休矣！”正急得没出豁，只听得林间树叶窣窣价声响。程元玉回头看时，却是一个人，攀藤附葛而来，甚是轻便。走到面前，是个女子。程元玉见了个人，心下已放下了好些惊恐。正要开口问他，那女子忽然走到程元玉面前来，稽首道：“儿乃韦十一娘弟子青霞是也。吾师知公有惊恐，特叫我在此等候。吾师只在前面，公可往会。”程元玉听得说是韦十一娘，又是惊恐之说相合，心下就有些望他救搭意思。略放胆大些了，随着青霞前往。

行不到半里，那饭店里遇着的妇人来了，迎着道：“公如此大惊，不早来相接，甚是有罪。公货物已取还，仆马也在，不必忧疑。”程元玉是惊坏了的，一时答应不出。十一娘道：“公今夜不可前去。小庵不远，且到庵中一饭，就在此寄宿罢了。前途也去不得。”程元玉不敢违，随了去。过了两个冈子，前见一山陡绝，四周并无联属，高峰插于云外。韦十一娘以手指道：“此是云冈，小庵在其上。”引了程元玉，攀萝附木，一路走上。到了陡绝处，韦与青霞共来扶掖，数步一歇。程元玉气喘当不得，他两个就如平地一般。程元玉抬头看高处，恰似在云雾里，及到得高处，云雾又在下面了。约莫有十数里，方得石磴。磴有百来级，级尽方是平地。有茅堂一所，甚是清雅。请程元玉坐了。十一娘又另唤一女童出来，叫做缥云，整备茶果、山簌、松醪，请元玉吃。又叫整饭，意甚殷勤。程元玉方才性定，欠身道："程某自不小心，落了小人圈套。若非夫人相救，那讨性命？只是夫人有何法术制得他，讨得程某货物转来？"

十一娘道："吾是剑侠，非凡人也。适间在饭店中，见公修雅，不像他人轻薄，故此相敬。及看公面上气色有滞，当有忧虞，故意假说乏钱还店，以试公心。见公颇有义气，所以留心。在此相候，以报公德。适间鼠辈无礼，已曾晓谕他过了。"程元玉见说，不觉欢喜敬羡。他从小颇看史鉴，晓得有此一种法术，便问道："闻得剑术起在唐时，到宋时绝了。故自元朝到国朝，竟不闻有此事，夫人在何处学来的？"十一娘道："此术非起于唐，亦不绝于宋。自黄帝受兵符于九天玄女，便有此术。其臣风后习之，所以破得蚩尤。帝以此术神奇，恐人妄用，且上帝立戒甚严，不敢宣扬，但拣一二诚笃之人，口传心授。故此术不曾绝传，也不曾广传。后来张良募来击秦皇；梁王遣来刺袁盎；公孙述使来杀来、岑；李师道用来杀武元衡，皆此术也。此术既不易轻得，唐之藩镇羡慕仿效，极力延致奇踪异迹之人，一时罔利之辈，不顾好歹，皆来为其所用，所以独称唐时有此。不知彼辈诸人，实犯上帝大戒，后来皆得惨祸。所以彼时先师，复申前戒，大略：不得妄传人，妄杀人；不得替恶人出力害善人！不得杀人而居其名。此数戒最大，故赵元昊所遣刺客，不敢杀韩魏公；苗傅、刘正彦所遣刺客，不敢杀张德远，也是怕犯前戒耳。"程元玉道："史称黄帝伐蚩尤，不说有术；张良所募力士，亦不说术。梁王、公孙述、李师道所遣，皆说是盗，如何是术？"十一娘道："公言差矣！此正吾道所谓不居其名也。蚩尤生有异相，且挟奇术，岂是战阵可以胜得？秦始皇万乘之主，仆从仪卫，何等威焰！且秦法甚严，谁敢击他？也没有击了他，可以脱身的。至如袁盎，官居近侍；来、岑身为大帅；武相位在台衡，或取之万众之中，直戕之辇毂之下，非有神术，怎做得成？且武元衡之死，并其颅骨也取了去。那时慌忙中，谁人能有此闲工夫？史传原自明白，公不曾详玩其旨耳。"程元玉道："史书上果是如此，假如太史公所传刺客，想正是此术。至荆轲刺秦王，说他剑术生疏。前边这几个刺客，多是有术的了？"

十一娘道："史迁非也。秦诚无道，亦是天命真主，纵有剑术，岂可轻施？至于专诸、聂政诸人，不过义气所使，是个有血性好汉，原非有术。若这等都叫做剑术，世间拚死杀人，自身不保的，尽是术了？"程元玉道："昆化摩勒如何？"十一娘道："这是粗浅的了。聂隐娘、红线方是至妙的。摩勒用形，但能涉历险阻，试他矫捷手段。隐娘辈用神，其机玄妙，鬼神莫窥，针孔可度，皮郛可藏，倏忽千里，往来无迹，岂得无术？"程元玉道："吾看《虬髯客传》，说他把仇人之首来吃了。剑术也可以报得私仇的？"十一娘道："不然。虬髯之事，寓言，非真也。就是报仇，也论曲直。若曲在我，也是不敢用术报得的。"程元玉道："假如术家所谓仇，必是何等为最？"十一娘道："仇有几等，皆非私仇。世间有做守令官，虐使小民，贪其贿又害其命的；世间有做上司官，张大威权，专好谄奉，反害正直的；世间有做将帅，只剥军饷，不勤武事，败坏封疆的；世间有做宰相，树置心腹，专害异己，使贤奸倒置的；世间有做试官，私通关节，贿赂徇私，黑白混淆，使不才侥幸，才士屈抑的。此皆吾术所必诛者也。至若舞文的滑吏，武断的土豪，自有刑宰主之。忤逆之子、负心之徒，自有雷部司之，不关我事。"程元玉曰："以前所言几等人，曾不闻有显受刺客剑仙杀戮的。"十一娘笑道："岂可使人晓得的？凡此之辈，杀之之道非一。重者或径取其首领及其妻子，不必说了。次者或入其咽，断其喉，或伤其心腹。其家但知为暴死，不知其故。又或用术摄其魂，使他颠蹶狂谬，失志而死。或用术迷其家，使他丑秽迭出，愤郁而死。其有时未到的，但假托神异梦寐，使他惊惧而已。"程元玉道："剑可得试令吾一看否？"十一娘道："大者不可妄用，且怕惊坏了你。小者不妨试试。"乃呼青霞、缥云二女童至，吩咐道："程公欲观剑，可试为之。就此悬崖旋制便了。"二女童应诺。十一娘袖中摸出两个丸子，向空一掷，其高数丈，才坠下来。二女童即跃登树枝梢上，以手接着，毫发不差。各接一丸来一拂，便是雪亮的利刃。程元玉看那树枝，樛曲倒悬，下临绝壑，窅不可测。试一俯瞰，神魂飞荡，毛发森竖，满身生起寒粟子来。十一娘言笑自如，二女童运剑，为彼此击刺之状。初时犹自可辨，到得后来，只如两条白练，半空飞绕，并不看见有人。有顿饭时候，然后下来，气不喘，色不变。程元玉叹道："真神人也！"时已夜深，乃就竹榻上施衾褥，命程在此宿卧，仍加以鹿裘覆之。十一娘与二女童作礼而还，自到石室中去宿了。

时方八月天气，程元玉拥裘覆衾，还觉寒凉，盖缘居处高了。天未明，十一娘已起身梳洗毕。程元玉也梳洗了，出来与他相见了，谢他不尽。十一娘道："山居简慢，恕罪则个。"又供了早膳，复叫青霞操弓矢下山，寻野味作昼馔，青霞去了一会，无一件将来，回说："天气早，没有。"再叫缥云去。坐谭未久，缥云提了一雉一兔上山来。十一娘大喜，叫青霞快整治供客。程元玉疑问道："雉兔山中岂少？何乃难道如此？"十一娘道："山中原不少，只为潜藏难求。"程元玉笑道："夫人神术，何求不得，乃难此雉兔？"十一娘道："公言差矣。吾术岂可用来伤物命以充口腹乎？不唯神理不容也，如此小用不得。雉兔之类，原要挟弓矢，尽人力取之方可。"程元玉深加叹服。须臾，酒至数巡，程元玉请道："夫人家世，愿得一闻。"十一娘踌躇沉吟道："事多可愧。然公是忠厚人，言之亦不妨。妾本长安人，父母贫，携妾寄寓平凉，手艺营生。父亡，独与母居。又二年，将妾嫁同里郑氏子，母又转嫁了人去。郑子佻达无度，喜侠游，妾屡屡谏他，遂至反目。因弃了妾，同他一伙无籍人到边上立功去，竟无音耗回来了。伯子不良，把言语调戏我，我正色拒之。一日，潜走到我床上来。我提床头剑刺之，着了伤走了。我因思我是一个妇人，既与夫不相得，弃在此间，又与伯同居不便。况且今伤了他，住在此不得了。曾有个赵道姑自幼爱我，他有神术，道我可传得。因是父母在，不敢自由。而今只索投他去。次日往见道姑，道姑欣然接纳，又道：'此地不可居，吾山中有庵，可往住之。'就挈我登一峰巅，较此处还险峻，有一团瓢在上。就住其中，教我法术。至暮，径下山去，只留我独宿。戒我道：'切勿饮酒及淫色。'我想道：'深山之中，那得有此两事？'口虽答应，心中不然，遂宿在团瓢中床上。至更余，有一男子逾墙而入，貌绝美。我遽惊起，问他不答，叱他不退。其人直前，将拥抱我，我不肯从。其人求益坚。我抽剑欲击他，他也出剑相刺。他剑甚精利，我方初学，自知不及，只得丢了剑，哀求他道：'妾命薄，久已灰心，何忍乱我？且师有明戒，誓不敢犯。'其人不听，以剑加我颈，逼要从他。我引颈受之曰：'要死便死，吾志不可夺！'其人收剑笑道：'可知子心不变矣！'仔细一看，不是男子，原来就是赵道姑，作此试我的。因此道我心坚，尽把术来传了。我术已成，彼自远游，我便居此山中了。"程元玉听罢，愈加钦重。日已将午，辞了十一娘要行。因问起昨日行装仆马，十一娘道："前途自有人送还，放心前去。”出药一囊送他道：“每岁服一丸，可保一年无病。”送程下山，直至大路方别。才别去，行不数步，昨日群盗将行李仆马，已在路旁等候奉还。程元玉将银钱分一半与他，死不敢受。减至一金做酒钱，也必不肯。问是何故。群盗道：“韦家娘子有命，虽千里之外，不敢有违。违了他的，他就知道。我等性命要紧，不敢换货用。”程元玉再三叹息，仍旧装束好了，主仆取路前进。此后不闻十一娘音耗，已是十余年。

一日程元玉复到四川。正在栈道中行，有一少年妇人，从一个秀士行走，只管把眼来瞧他。程元玉仔细看来，也像个素相识的，却是再想不起，不知在哪里会过。只见那妇人忽然叫道：“程丈别来无恙乎？还记得青霞否？”程元玉方悟是韦十一娘的女童，乃与青霞及秀士相见。青霞对秀士道：“此间便是吾师所重程丈，我也多曾与你说过的。”秀士再与程叙过礼。程问青霞道：“尊师今在何处？此位又是何人？”青霞道：“吾师如旧，吾丈别后数年，妾奉师命嫁此士人。”程问道：“还有一位缥云何在？”青霞道：“缥云也嫁人了，吾师又另有两个弟子了。我与缥云但逢着时节，才去问省一番。”程又问道：“娘子今将何往？”青霞道：“有些公事在此要做，不得停留。”说罢作别，看他意态甚是匆匆，一竟去了。

过得数日，忽传蜀中某官暴卒。某官性诡谲好名，专一暗地坑人夺人。那年进场做房考，又暗通关节，卖了举人，屈了真才。有像十一娘所说必诛之数。程元玉心疑道：“分明是青霞所说做的公事了。”却不敢说破。此后再也无从相闻。此是吾朝成化年间事，秣陵胡太史汝嘉，有《韦十一娘传》。诗云：

侠客从来久，韦娘论独奇。双丸虽有术，一剑本无私。
贤佞能精别，恩仇不浪施。何当时假腕，铲尽负心儿！

酒下酒赵尼媪迷花　机中机贾秀才报怨

诗曰：

色中饿鬼是僧家，尼扮由来不较差。况是能通闺阁内，但叫着手便勾叉。

话说三姑六婆，最是人家不可与他往来出入。盖是此辈功夫又闲，心计又巧，亦且走过千家万户，见识又多，路数又熟。不要说有些不正气的妇女，十个着了九个儿，就是一些针缝也没有的，他会千方百计弄出机关。智赛良、平，辩同何、贾，无事诱出有事来。所以宦户人家有正经的，往往大张告示，不许出入。其间一种最狠的，又是尼姑。他借着佛天为由，庵院为囤，可以引得内眷来烧香，可以引得子弟来游耍。见男人问讯，称呼礼数，毫不异僧家，接对无妨。到内室念佛看经，体格终须是妇女，交搭更便。从来马泊六，撮合山，十桩事到有九桩是尼姑做成，尼庵私会的。

只说唐时有个妇人狄氏，家世显宦。其夫也是个大官，称为夫人。夫人生得明艳绝世，名动京师。京师中公侯戚里人家妇女，争宠相骂的，动不动便道：“你自逞标致，好歹到不得狄夫人，乃敢欺凌我！”美名一时无比，却又资性贞淑，言笑不苟，极是一个有正经的妇人。于时西池春游，都城士女欢集，王侯大家，油车帘幕，络绎不绝。狄夫人免不得也随俗出游。有个少年风流在京候选官的，叫

酒下酒赵尼媪迷花
机中机贾秀才报怨

做滕生，同在池上。看见了这个绝色模样，惊得三魂飘荡，七魄飞扬，随来随去，目不转睛。狄氏也抬起眼来，看见滕生风流行动，他一边无心的，却不以为意。争奈滕生看得痴了，恨不得寻口冷水，连衣服都吞他的在肚里去。问着旁边人，知是有名美貌的狄夫人。车马散了，滕生怏怏归来，整整想了一夜。自是行忘止，食忘飧，却像掉下了一件什么东西的，无时无刻不在心上。熬煎不过，因到他家前后左右，访问消息。晓得平日端洁，无路可通，滕生想道："他平日岂无往来亲厚的女眷？若问得着时，或者寻出机会来，仔细探访。"只见一日他门里走出一个尼姑来，滕生尾着去问路上人，乃是静乐院主慧澄，惯一在狄夫人家出入的。滕生便道："好了，好了。"连忙跑到下处，将银十两封好了，急急赶到静乐院来，问道："院主在否？"慧澄出来，见是一个少年官人，请进奉茶。稽首毕，便问道："尊姓大名？何劳贵步？"滕生通罢姓名道："别无他事，久慕宝房清德，少备香火之资，特来随喜。"袖中取出银两递过来。慧澄是个老世事，一眼瞅去，觉得沉重，料到有事相央，口里推托"不当"，手中已自接了。谢道："承蒙厚赐，必有所言。"滕生只推没有别话，表意而已，别了回寓。慧澄想道："却不奇怪。这等一个美少年，想我老尼什么？送此厚礼，又无别话。"一时也委决不下。只见滕生每日必来院中走走，越见越加殷勤，往来渐熟了。慧澄一日便问道："官人含糊不决，必有什么事故。但有见托，无不尽力。"滕生道："说也不当，料是做不得的。但只是性命所关，或者希冀老师父万分之一，出力救我。事若不成，拼个害病而死罢了。"慧澄见说得尴尬，便道："做得做不得，且说来。"滕生把西池上遇见狄氏，如何标致，如何想慕，若得一了夙缘，万金不惜，说了一遍。慧澄笑道："这事却难。此人与我往来，虽是标致异常，却毫无半点瑕疵，如何动得手？"滕生想一想问道："师父既与他往来，晓得他平日好些什么？"慧澄道："不见他好甚东西。"滕生又道："曾托师父做些什么否？"慧澄道："数日前托我寻些上好珠子，说了两三遍，只有此一端。"滕生大笑道："好也！好也！天生缘分。我有个亲戚是珠商，有的是好珠。我如今下在他家，随你要多少是有的。"即出门雇马，如飞也似去了一会，带了两袋大珠，来到院中，把与慧澄看道："珠值二万贯。今看他标致分上，让他一半，万贯就与他了。"慧澄道："其夫出使北边，他是个女人在家，那能凑得许多价钱？"滕生笑道："便是四五千贯也罢，再不千贯数百贯也罢。若肯圆成好事，一个钱没有也罢了。"慧澄也笑道："好痴话。既有此珠，我与你仗苏、张之舌，六出奇计，好歹设法来院中走走。此时再看机会，弄得与你相见一面，你自放出手段来。成不成，看你造化，不关我事。"滕生道："全仗高手救命则个！"慧澄笑嘻嘻地提了两囊珠子，径往狄夫人家来。与夫人见礼毕，夫人便问："囊中何物？"慧澄道："是夫人前日所托寻取珠子，今有两囊上好的，送来夫人看看。"解开囊来，狄氏随将手就囊中取起来看，口里啧啧道："果然好珠。"看了一看，爱玩不已，问道："要多少价钱？"慧澄道："讨价万贯。"狄氏惊道："此只也要得一半价钱，极是便宜的。但我家相公不在，一时凑不出许多来，怎么处？”慧澄扯狄氏一把道：“夫人且借一步说话。”狄氏同他到房里来，慧澄说道：“夫人爱此珠子，不消得钱，此是一个官人要做一件事的。”

说话的，难道好人家女眷面前好直说道：“送此珠子，求做那件事一场不成？”看官不要性急，你看那尼姑巧舌，自有宛转。当时狄氏问道：“此官人要做何事？”慧澄道：“是一个少年官人，因仇家诬枉，失了官职。只求一关节到吏部，辩白是非，求得复任，情愿送此珠子。我想夫人兄弟及相公伯叔辈，多是显要，夫人想一门路指引他，这珠子便不消钱了。”狄氏道：“这等你且拿去还他，待我慢慢想一想，有了门路再处。”慧澄道：“他事体急了，拿去，他又寻了别人，哪里还捞得他珠子转来？ 不如且留在夫人这里，对他只说有门路，明日来讨回音罢。”狄氏道：“这个使得。”慧澄别了，就去对滕生一一说知。滕生道：“今将何处？”慧澄道：“他既看上珠子，收下了，不管怎地，明日定要设法他来，看手段！”滕生又把十两银子与他了，叫他明日早去。

那边狄氏别了慧澄，再把珠子细看，越看越爱。便想道：“我去托弟兄们，讨此分上不难，这珠眼见得是我的了。”原来人心不可有欲，一有欲心，被人窥破，便要落入圈套。假如狄氏不托尼姑寻珠，便无处生端。就是见了珠子，有钱则买，无钱便罢，一则一,二则二，随你好汉，动他分毫不得。只为欢喜这珠子，又凑不出钱，便落在别人机彀中。把一个冰清玉洁的，弄得没出豁起来。

却说狄氏明日正思量这事，那慧澄也来了，问道：“夫人思量事体可成否？”狄氏道：“我昨夜为他细想一番，门路都有，管取停当。”慧澄道：“却有一件难处，动万贯事体，非同小可。只凭我一个贫姑，秤起来，肉也不多几斤的。说来说去，宾主不相识，便道做得事来，此人如何肯信？”狄氏道：“是到也是，却待怎么呢？”慧澄道：“依我愚见，夫人只做设斋，到我院中，等此官人。只做无心撞见，两下觌面照会，这使得么？”狄氏是个良人心性，见说要他当面见生人，耳根通红起来，摇手道：“这如何使得？”慧澄也变起脸来道：“有什么难事！不过等他自说一段缘故，这里应承做得，使他别无疑心，方才的确。若夫人道见面使不得，这事便做不成，只索罢了。不敢相强。”狄氏又想了一想道：“既是老师父主见如此，想也无妨。后二日我亡兄忌日，我便到院中来做斋，但只叫他立谈一两句，就打发去，须防耳目不雅。”慧澄道：“本意原只如此，说罢了正话，留他何干？ 这不须断当得。”慧澄期约已定，转到院中。滕生已先在，把上项事一一说了。滕生拜谢道：“仪、秦之辩，不过如此矣。”巴到那日，慧澄清早起来，端正斋筵。先将滕生藏在一个人迹不到的静室中，桌上摆设精致酒肴，把门掩上了。慧澄自出来外厢支持，专等狄氏。正是：

安排扑鼻香芳饵，专等鲸鲵来上钩。

狄氏到了这日哺时，果然盛妆而来。他恐怕惹人眼目，连僮仆都打发了去，只带一个小丫鬟进院来。见了慧澄问道：“其人来未？”慧澄道：“未来。”狄氏道：“最好，且完了斋事。”慧澄替他宣扬意旨，祝赞已毕，叫一个小尼领了丫鬟别去玩耍。对狄氏道：“且到小房一坐。”引狄氏转了几条暗巷，到小室前，搴帘而入，只见一个美貌少年独自在内，满桌都是酒肴。吃了一惊，便欲避去。慧澄便捣鬼道：“正要与夫人对面一言，官人还不拜见。”滕生卖弄俊俏，连忙趋到跟前，劈面拜下去，狄氏无奈，只得答他。慧澄道：“官人感夫人盛情，特备一卮酒谢夫人，夫人鉴其微诚，万勿推辞。”狄氏欲待起身，抬起眼来，原是西池上曾面染的。看他生得少年万分，清秀可喜，心里先自软了。带着半羞半喜呐出一句道：“有甚事？但请直说。”慧澄挽着狄氏衣袂道：“夫人坐了好讲，如何彼此站着？”滕生满斟着一杯酒，笑嘻嘻的唱个肥喏，双手捧将过来安席。狄氏不好却得，只得受了，一饮而尽。慧澄接着酒壶，也斟下一杯。狄氏会意，只得也把一杯回敬。眉来眼去，狄氏把先前矜庄模样，都忘怀了。又问道：“官人果要补何官？”滕生便把眼瞅慧澄一瞅道：“师父在此，不好直说。”慧澄道：“我便略回避一步。”跳起身来就走，扑地把小门关上了。说时迟，那时快，滕生便移了己坐，挨到狄氏身边，双手抱住道：“小子自池上见了夫人，朝思暮想，看看待死，只要夫人救小子一命。夫人若肯周全，连身躯性命也是夫人的了，什么得官不得官，放在心上？”双膝跪将下去。狄氏见他模样标致，言词可怜，千夫人万夫人的哀求，真个又惊又爱。欲要叫喊，料是无益。欲要推托，怎当他两手紧紧抱住，就跪的势里，一直抱将起来，走到床前，放倒在床里，便去乱扯小衣。狄氏一时动情，淫兴难遏，没主意了。虽也左遮右掩，终久不大阻拒，任他舞弄起来。那滕生是少年在行，手段高强，弄得狄氏遍体酥麻。原来狄氏虽然有夫，并不曾经着这般境界，欢喜不尽。云雨既散，挈其手道：“子姓甚名谁？若非今日，几虚做了一世人，自此夜夜当与子会。”滕生说了姓名，千恩万谢。恰好慧澄开门起来，狄氏羞惭不语。慧澄道：“夫人勿怪。这官人为夫人几死，贫姑慈悲为本，设法夫人救他一命，胜造七级浮屠。”狄氏道：“你哄得我好！而今要在你身上，夜夜送他到我家来便罢。”慧澄道：“这个当得。”当夜散去。此后每夜便开小门放滕生进来，并无虚夕。狄氏心里爱得紧，只怕他心上不喜欢，极意奉承。滕生也尽力支陪，打得火块也似热的。过得数月，其夫归家了，略略踪迹稀些。然但是其夫出去了，便叫人请他来会。又是年余，其夫觉得有些风声，防闲严切，不能往来。狄氏思想不过，成病而死。本等好好一个妇人，却被尼姑诱坏了身体，又送了性命。然此还是狄氏自己水性，后来有些动情，没正经了，故着了手。而今还有一个正经的妇人，中了尼姑毒计，到底不甘，与夫同心合计，弄得尼姑死无葬身之地，果是快心，罕闻罕见。正合着《普门品》云：

咒咀诸毒药，所欲害身者。念彼观音力，还着于本人。

话说婺州有一个秀才，姓贾，青年饱学，才智过人。有妻巫氏，姿容绝世，素性贞淑。两口儿如鱼似水，你敬我爱，并无半句言语。那秀才在大人家处馆读书，长是半年不回来，巫娘子只在家里做生活。与一个侍儿，叫做春花过日。那娘子一手好针线绣作，曾绣一幅观音大士，绣得庄严，色相俨然如生。他自家十分得意，叫秀才拿到裱褙店里裱着，见者无不赞叹。裱成画轴，取回来挂在一间洁净房里，朝夕焚香供养。只因一念敬奉观音，那条街上有一个观音庵，庵中有个赵尼姑，时常到他家来走走，秀才不在家时，便留他在家做伴两日。赵尼姑也有时请他到庵里坐坐。那娘子本分，等闲也不肯出门，一年也到不得庵里一两遭。

一日春间，因秀才不在，赵尼姑来看他，闲话了一回，起身送他去。赵尼姑道：“好天气，大娘便同到外边望望。”也是合当有事，信步同他出到自家门首，探头门外一看，只见一个人，谎子打扮的，在街上摆来，被他劈面撞见。巫娘子连忙躲了进来，掩在门边。赵尼姑却立定看。原来那人认得赵尼姑的，说道：“赵师父，我那处寻你不到，你却在此。我有话和你商量则个。”尼姑道：“我别了这家大娘，来和你说。”便走进与巫娘子作别了。这边巫娘子关着门，自进来了。

且说那叫赵尼姑这个谎子打扮的人，姓卜名良，乃是婺州城里一个极淫荡不长进的，看见人家有些颜色的妇女，便思勾搭上场，不上手不休。亦且淫滥之性，不论美恶，都要到手。所以这些尼姑，多有与他往来的。有时做他牵头，有时趁着绰趣。这赵尼姑有个徒弟，法名本空，年方二十余岁，尽有姿容，哪里算得出家？只当老尼养着一个粉头一般，陪人歇宿，得人钱财，但只是瞒着人做，这个卜良就是赵尼姑一个主顾。

当日赵尼姑别了巫娘子，赶上了他，问道："卜官人有甚说话？"卜良道："你方才这家，可正是贾秀才家？"赵尼姑道："正是。"卜良道："久闻他家娘子生得标致，适才同你出来，掩在门里的，想正是他了。"赵尼姑道："亏你聪明，他家也再无第二个。不要说他家，就是这条街上，也没再有似他标致的。"卜良道："果然标致，名不虚传。几时再得见见，看个仔细便好。"赵尼姑道："这有何难。二月十九日观音菩萨生辰，街上迎会，看的人，人山人海。你便到他家对门楼上，赁间房子住下了。他独自在家里，等我去约他出来门首看会，必定站立得久。那时任凭你窗眼子张着，可不看一个饱？"卜良道："妙，妙。"

到了这日，卜良依计到对门楼上住下，一眼望着贾家门里。只见赵尼姑果然走进去，约了出来。那巫娘子一来无心，二来是自己门首，只怕街上有人瞧见，怎提防对门楼上暗地里张他？卜良从头至尾，看见仔仔细细，直待进去了，方才走下楼来。恰好赵尼姑也在贾家出来了，两个遇着。赵尼姑笑道："看得仔细么？"卜良道："看到看得仔细了，空想无用，越看越动火，怎生到手便好？"赵尼姑道："阴沟洞里思量天鹅肉吃！他是个秀才娘子，等闲也不出来。你又非亲非族，一面不相干，打从哪里交关起？只好看着罢了。"一头说，一头走到了庵里。卜良进了庵，便把赵尼姑跪一跪道："你在他家走动，是必在你身上想一个计策，够他则个。"赵尼姑摇头道："难，难，难。"卜良道："但略尝尝滋味，死也甘心！"赵尼姑道："这娘子不比别人，说话也难轻说的。若要引动他春心，与你往来，一万年也不能够。若只要尝尝滋味，好歹硬做他一做，也不打紧，却是性急不得。"卜良道："难道强奸他不成？"赵尼姑道："强是不强，不由得他不肯。"卜良道："妙计安在？我当筑坛拜将。"赵尼姑道："从古道：'慢橹摇船捉醉鱼。'除非弄醉了他，凭你施为，你道好么？"卜良道："好到好，如何使计弄他？"赵尼姑道："这娘子点酒不闻的，他执性不吃，也难十分强他。若是苦苦相劝，他疑心起来，或是嗔怒起来，毕竟不吃，就没奈何他。纵然灌他一杯两盏，易得醉，易得醒，也脱哄他不得。"卜良道："而今却是怎么？"赵尼姑道："有个法儿算计他，你不要管。"卜良毕竟要说明，赵尼姑便附耳低言："如此如此，这般这般，你道好否？"卜良跌脚大笑道："妙计，妙计。从古至今，无有此法。"赵尼姑道："只有一件，我做此事哄了他，他醒后认真起来，必是怪我，不与我往来了，却是如何？"卜良道："只怕不到得手，既到了手，他还要认什么真？翻得转面孔？凭着一味甜言媚语哄他，从此做了长相交，也不见得。倘若有些怪你，我自重重相谢罢了。敢怕替我滚热了，我还要替你讨分上哩。"赵尼姑道："看你嘴脸！"两人取笑了一回，各自散了。

自此卜良日日来庵中问信，赵尼姑日日算计要弄这巫娘子。

隔了几日，赵尼姑办了两盒茶食，来贾家探望巫娘子。巫娘子留他吃饭。赵尼姑乘着机会，扯着些闲言语，便道："大娘子与秀才官人两下青春，成亲了多时，也该有喜信生小官人了。"巫娘子道："便是呢。"赵尼姑道："何不发个诚心，祈求一祈求。"巫娘子道："奴在自己绣的观音菩萨面前，朝夕焚香，也曾暗暗祷祝，不见应验。”赵尼姑道：“大娘年纪小，不晓得求子法。求子嗣须求白衣观音。自有一卷《白衣经》，不是平时的观音，也不是《普门品观音经》。那《白衣经》有许多灵验，小庵请的这卷，多载在后面。可惜不曾带来与大娘看。不要说别处，只是我婺州城里城外，但是印施的，念诵的，无有不生子，真是千唤千应，万唤万应的。”巫娘子道：“既是这般有灵，奴家有烦师父，替我请一卷到家来念。”赵尼姑道：“大娘不曾晓得念，这不是就好念得起的，须请大娘到庵中，在白衣大士菩萨面前，亲口许下卷数。待贫姑通了诚，先起个卷头，替你念起几卷。以后到大娘家，把念法传熟了，然后大娘逐日自念便是。”巫娘子道：“这个却好。待我先吃两日素，到庵中许愿起经罢。”赵尼姑道：“先吃两日素，足见大娘虔心。起经以后，但是早晨未念之先，吃些早素，念过了吃荤也不妨的。”巫娘子道：“原来如此。这却容易。”巫娘子与他约定日期到庵中，先把五钱银子与他做经衬斋供之费。赵尼姑自去，早把这个消息通与卜良知道了。

那巫娘子果然吃了两日素，到第三日起个五更，打扮了，领了丫鬟春花，趁早上人稀，步过观音庵来。看官听着，但是尼庵僧院，好人家儿女，不该轻易去的。说话的，若是同年生并时长，在旁边听得，阻拦拉住，不但巫娘子完名全节，就是赵尼姑也保命全躯。只因此一去，有分叫：

旧室娇姿污流玉树，空门孽质血染丹枫。

这是后话，且听接上前因。

那赵尼姑接着巫娘子，千欢万喜，请了进门坐着。奉茶过了，引他来参拜了白衣观音菩萨。巫娘子自已暗暗地祷祝，赵尼姑替他通诚，说道：“贾门信女巫氏，情愿持诵《白衣观音经》卷，专保早生贵子，吉祥如意者。”通诚已毕，赵尼姑敲动木鱼，就念起来。先念了《净口业真言》，次念《安土地真言》，启请过，先拜佛名号多时，然后念经，一气念了二十来遍。说这赵尼姑奸狡，晓得巫娘子来得早，况且前日有了斋供，家里定是不吃早饭的。特地故意忘怀，也不拿东西出来，也不问起曾吃不曾吃，只管延挨，要巫娘子忍这一早饿，对付他。那巫娘子是个娇怯怯的，空心早起，随他拜了佛多时，又觉劳倦，又觉饥饿，不好说得。只叫丫鬟春花，与他附耳低言道：“你看厨下有些热汤水，斟一碗来。”赵尼姑看见，故意问道：“只管念经完正事，竟忘了大娘曾吃早饭未？”巫娘子道：“来得早了，实是未曾。”赵尼姑道：“你看我老昏么？不曾办得早饭，办不及了，怎么处？把昼斋早些罢。”巫娘子道：“不瞒师父说，肚里实是饥了，随分什么点心，先吃些也好。”赵尼姑故意谦逊了一番，走到房里一会，又走到灶下一会，然后叫徒弟本空托出一盘东西，一壶茶来。巫娘子此已饿得肚转肠鸣了，摆上一台好些时新果品，多救不得饿，只有热腾腾的一大盘好糕，巫娘子取一块来吃，又软又甜，况是饥饿头上，不觉一连吃了几块。小师父把热茶冲上，吃了两口，又吃了几块糕，再冲茶来吃。吃不到两三口，只见巫氏脸儿通红，天旋地转，打个呵欠，一堆软倒在椅子里面。赵尼姑假意吃惊道：“怎的来？想是起得早了，头晕了，扶他床上睡一睡起来罢。”就同小师父本空，连椅连人，扛到床边，抱到床上放倒了头，眠好了。你道这糕为何这等厉害？原来赵尼姑晓得巫娘子不吃酒，特地对付下这个糕。乃是将糯米磨成细粉，把酒浆和匀，烘得极干，再研细了，又下酒浆。如此两三度，搀入一两样不按君臣的药末，饎起成糕。一见了热水，药力酒力俱发作起来，就是做酒的酵头一般。别人且当不起，巫娘子是吃糟也醉的人，况且又是清早空心，乘饿头上，又吃得多了，热茶下去，发作上来，如何当得？正是由你奸似鬼，吃了老娘洗脚水。

赵尼姑用此计较，把巫娘子放翻了。春花丫头见家主婆睡着，偷着浮生半日闲，小师父引着他自去吃东西顽耍去了，哪里还来照管？赵尼姑忙在暗处叫出卜良来道："雌儿睡在床上了，凭你受用去。不知怎么样谢我？"那卜良关上房门，揭开帐来一看，只见酒气喷人，巫娘子两脸红得可爱，就如一朵醉海棠一般，越看越标致了。卜良淫兴如火，先去亲个嘴。巫娘子一些不知，就便轻轻去了裤儿。卜良腾的爬上身上，巫娘子软得身体动弹不得，朦胧昏梦中，虽是略略有些知觉，还错认做家里夫妻做事一般，不知一个皂白，凭他轻薄，颠狂了一会。行事已毕，巫娘子兀自昏眠未醒。卜良就一手搭在巫娘子身上，做一头，偎着脸睡下。

多时，巫娘子药力已散，有些醒来，见是一个面生的人一同睡着，吃了一惊，惊出一身冷汗，叫道："不好了！"急坐起来，那时把害的酒意都惊散了。大叱道："你是何人？敢污良人！"卜良也自有些慌张，连忙跪下讨饶道："望娘子慈悲，恕小子无礼则个。"巫娘子见裤儿脱下，晓得着了道儿。口不答应，提起裤儿穿了，一头喊叫："春花！"一头跳下床便走。卜良恐怕有人见，不敢随来，原在房里躲着。巫娘子开了门，走出房，又叫："春花！"春花也为起得早了，在小师父房里打盹，听得家主婆叫响，呵欠连天走到面前。巫娘子骂道："好奴才！我在房里睡了，你怎不相伴我？"巫娘子没处出气，狠狠要打。赵尼姑走来相劝。巫娘子见了赵尼姑，一发恼恨，将春花打了两掌道："快收拾回去！"春花道："还要念经。"巫娘子道："多嘴奴才，谁要你管！"气得面皮紫涨，也不理赵尼姑，也不说破，一径出庵，一口气同春花走到家里。开门进去，随手关了门，闷闷坐着。定性了一回，问春花道："我记得饿了吃糕，如何在床上睡着？"春花道："大娘吃了糕，呷了两口茶，便自倒在椅子上。是赵师父与小师父同扶上床去的。"巫娘子道："你却在何处？"春花道："大娘睡了，我肚里也饿，先吃了大娘剩的糕，后到小师父房里吃茶。有些困倦，打了一个盹。听得大娘叫，就来了。"巫娘子道："你看见有什么人走进房来？"春花道："不见什么人，无非只是师父们。"巫娘子嘿嘿无言，自想睡梦中光景，有些恍惚记得。又将手摸摸自己阴处，见是粘粘涎涎的，叹口气道："罢了，罢了。谁想这妖尼如此奸毒，把我洁净身体，与这个什么天杀的玷污了，如何做得人？"噙着泪眼，暗暗恼恨。欲要自尽，还想要见官人一面。割舍不下，只去对着自绣的菩萨哭告道："弟子有恨在心，望菩萨灵感报应则个。"祷罢，哽哽咽咽思想丈夫，哭了一场，没情没绪睡了。春花正自不知一个头脑。

且不说这边巫娘子烦恼。那边赵尼姑见巫娘子带着怒色，不别而行，晓得卜良着了手。走进房来，见卜良还眠在床上，把指头咬在口里，呆呆地想着光景。赵尼姑见了行径，惹起老骚，连忙骑在卜良身上道："还不谢谢媒人。"卜良道："感恩不尽，夜间尽情陪你罢。况且还要替你商量个后计。"赵尼姑道："你说只要尝滋味，又有什么后计？"卜良道："既得陇，复望蜀，人之常情。既尝着了滋味，如何还好罢得？方才是勉强的，毕竟得他欢欢喜喜，自情自愿往来方为有趣。"赵尼姑道："你好不知足，方才强做了他，他一天怒气，别也不别去了，不知他心下如何，怎好又想后会？直等再看个机会，他与我原不断往来，就有商量了。"卜良道："也是也是。全仗神机妙算。"是夜卜良感激老尼，要奉承他欢喜，躲在庵中，与他纵其淫乐。不在话下。

却说贾秀才在书馆中，是夜得其一梦，梦见身在家中，一个白衣妇人走入门来。正要上前问他，见他径进房里。秀才大踏步赶来，却走在壁间挂的绣观音轴上去了。秀才抬头看时，上面有几行字，仔细看了，从头念去，上写道：

口里来的口里去，报仇雪耻在徒弟。

念罢，掇转身来，见他娘子拜在地下，他一把扯起，撒然惊觉，自想道："此梦难解，莫不娘子身上有些疾病事故？观音显灵相示。"次日就别了主人家，离了馆门，一路上来，详解梦语不出。心下忧疑，到得家中叩门，春花出来开了。贾秀才便问："娘子何在？"春花道："大娘不起来，还眠在床上。"秀才道："这早晚如何不起来？"春花道："大娘有些不快活，口口叫着官人啼哭哩。"秀才见说，慌忙走进房来，只见巫娘子望见官人来了，一毂辘跳将起来。秀才看时，但见蓬头垢面，两眼通红，走起来，一头哭，一头扑地拜在地上。秀才吃了一惊道："如何作此模样？"一手扶起来。巫娘子道："官人与奴做主则个。"秀才道："是谁人欺负你？"巫娘子打发丫头灶下烧茶做饭去了，便哭诉道："奴与官人匹配以来，并无半句口面，半点差池，今有大罪在身，只欠一死。只等你来说个明白，替奴做主，死也瞑目。"秀才道："有何事故？说这等不祥的话？"巫娘子便把赵尼姑如何骗他到庵念经，如何哄他吃糕软醉，如何叫人乘醉奸他，说了又哭倒在地。秀才听罢，毛发倒竖起来，喊道："有这等异事！"便问道："你晓得那个是何人？"娘子道："我哪晓得？"秀才把床头剑拔出来，在桌上一击道："不杀尽此辈，何以为人！但只是既不晓得其人，若不精细，必有漏脱，还要想出计较来。"娘子道："奴告诉官人已过，奴事已毕，借官人手中剑来，即此就死，更无别话。"秀才道："不要短见。此非娘子自肯失身，这是所遭不幸。娘子立志自明，今若轻身一死，有许多不便。"娘子道："有甚不便，也顾不得了。"秀才道："你死了，你娘家与外人都要问缘故。若说了出来，你落得死了丑名难免，抑且我前程罢了。若不说出来，你家里族人，又不肯干休于我，我自身也理不直，冤仇何时而报？"娘子道："若要奴身不死，除非妖尼奸贼多死得在我眼里，还可忍耻偷生。"秀才想了一会道："你当时被骗之后，见了赵尼姑如何说了？"娘子道："奴着了气，一径回来了，不与他开口。"秀才道："既然如此，此仇不可明报。若明报了，须动官司口舌，毕竟难掩真情，众口喧传，把清名玷污。我今心思一计，要报得无些痕迹，一个也走不脱方妙。"低头一想，忽然道："有了，有了。此计正合着观世音梦中之言。妙，妙。"娘子道："计将安出？"秀才道："娘子，你要明你心事，报你冤仇，须一一从我。若不肯依我，仇也报不成，心事也不得明白。"娘子道："官人主见，奴怎敢不依。只是要做得停当便好。"秀才道："赵尼姑面前既是不曾说破，不曾相争，他只道你一时含羞来了，妇人水性，未必不动心。你今反要去赚得赵尼姑来，便有妙计。"附耳低言道："如此如此，这般这般。此乃万全胜算。"巫娘子道："计较虽好，只是羞人。今要报仇，说不得了。"夫妻计议已定。明日，秀才藏在后门静处。巫娘子便叫春花到庵中去请赵尼姑来说话。赵尼姑见了春花，又见说请他，便暗道："这雌儿想是尝着甜头了熬不过，转了风也！"摇摇摆摆，同春花飞也似来了。赵尼姑见了巫娘子便道："日前得罪了大娘，又且简慢了，休要见怪。"巫娘子叫春花走开了，捏着赵尼姑的手，轻问道："前日那个是什么人？"赵尼姑见有些意思，就低低道："是此间极风流底卜大郎，叫做卜良，有情有趣。少年女娘见了，无有不喜欢他的。他慕大娘标致得紧，日夜来拜求我。我怜他一点诚心，难打发他，又见大娘孤单在家，未免清冷。少年时节便相处着个把，也不虚度了青春，故此做成这事。那家猫儿不吃荤？多在我老人家肚里。大娘不要认真，落得便快活快活。等那个人菩萨也似敬你，宝贝也似待你，有何不可？"巫娘子道："只是该与我熟商量，不该做作我。而今事已如此，不必说了。"赵尼姑道："你又不曾认得他，若明说，你怎么肯？今已是一番过了，落得图个长往来好。"巫娘子道："枉出丑了一番，不曾看得明白。模样如何？情性如何？既然爱我，你叫他到我家再会会看。果然人物好，便许他暗地往来也使得。"赵尼姑暗道："中了机谋。"不胜之喜，并无一些疑心。便道："大娘果然如此，老身今夜就叫他来便了。这个人物尽着看，是好的。"巫娘子道："点上灯时，我就自在门内等他。咳嗽为号，领他进房。"赵尼姑千欢万喜，回到庵中，把这消息通与卜良。那卜良听得头颠尾颠，恨不得金乌早坠，玉兔飞升。到得傍晚，已自在贾家门首探头探脑，恨不得就将那话儿拿下来，望门内撩了进去。

看看天晚，只见扑的把门关上了。卜良疑是尼姑捣鬼，却放心未下。正在踌躇，那门里咳嗽一声，卜良外边也接应咳嗽一声。轻轻的一扇门开了，卜良咳嗽一声，里头也咳嗽一声。卜良将身闪入门内，门内数步就是天井。星月光来，朦胧看见巫娘子身躯。卜良上前当面一把抱住道："娘子恩德如山。"巫娘子怀着一天愤气，故意不行推拒，也将两手紧紧抠着，只当是拘住他。卜良急将口来亲着，将舌头伸过巫娘子口中乱搅。巫娘子两手越抠得紧了，咂咣他舌头不住。卜良兴高了，舌头越伸过来。巫娘子性起，吭哧一口，咬住不放。卜良痛极，放手急挣，已被巫娘子啃下五七分一段舌头来。卜良慌了，望外急走。巫娘子吐出舌尖在手，急关了门，走到后门，寻着了秀才道："仇人舌头咬在此了。"秀才大喜，取了舌头，把汗巾包了。带了剑，趁着星月微明，竟到观音庵来。那赵尼姑料道卜良必定成事，宿在贾家，已自关门睡了。只见有人敲门，那小尼是年纪小的，倒头便睡。任人擂破了门，也不会醒。老尼心上有事，想着卜良和巫娘子，欲心正炽，哪里就睡得去？听得敲门，心疑卜良了事回来，忙呼小尼，不见答应，便自家爬起来开门。才开得门，被贾秀才拦头一刀，劈将下来。老尼望后便倒，鲜血直冒，呜呼哀哉了。贾秀才将门关了，提了剑，走将进来寻人，心里还道："倘若那卜良也走在庵里，一同结果他。"见佛前长明灯有火点着，四下里一照，不见一个外人，只见小尼睡在房里，也是一刀，早气绝了。连忙把灯掭亮，却就灯下解开手巾，取出那舌头来，将刀撬开小尼口里，放在里面。打灭了灯，拽上了门，竟自归家。对妻子道："师徒皆杀，仇已报矣。"巫娘子道："这贼只损得舌头，不曾杀得。"秀才道："不妨，不妨。自有人杀他。而今已后，只做不知，再不消提起了。"

却说那观音庵左右邻，看见日高三丈，庵中尚自关门，不见人动静。疑心起来，走去推门，门却不拴，一推就开了。见门内杀死老尼，吃了一惊。又寻进去，见房内又杀死小尼。一个是劈开头的，一个是斫断喉的。慌忙叫了地方坊长、保正人等，多来相视看验，好报官府。地方齐来检看时，只见小尼牙关紧闭，噙着一件物事。取出来，却是人的舌头。地方人道："不消说是奸情事了。只不知凶身是何人，且报了县里再处。"于是写下报单。正值知县升堂，当堂递了。知县说："这要挨查凶身不难。但看城内城外有断舌的，必是下手之人，快行各乡各图，五家十家保甲，一挨查就见明白。"出令不多时，果然地方送出一个人来。原来卜良被咬断舌头，情知中计，心慌意乱，一时狂走，不知一个东西南北，迷了去向。恐怕人追着，拣条僻巷躲去，住在人家门檐下，蹲了一夜。天亮了，认路归家。也是天理合该败，只在这条巷内，东认西认，走来走去，急切里认不得大路，又不好开口问得人。街上人看见这个人踪迹可疑，已自瞧科了几分。须臾之间，喧传尼庵事体，县官告示，便有个把好事的人盘问他起来。口里含糊，满牙关多是血迹。地方人一时哄动，走上了一堆人，围住他道："杀人的不是他是谁？"不由分辩，一索子捆住了，拉到县里来。县里有好些人认得他的，道："这个人原是个不学好的人，眼见得做出事来。"县官升堂，众人把卜良带到。县官问他，只是口里呜哩呜喇，一字也听不出。县官叫掌嘴数下，要他伸出舌头来看，已自没有尖头了，血迹尚新。县官问地方人道："那狗才姓什名谁？"众人有平日恨他的，把他姓名及平日所为奸盗诈伪事，是长是短，一一告诉出来。县官道："不消说了，这狗才必是谋奸小尼。老尼开门时，先劈倒了，然后去强奸小尼。小尼恨他，咬断舌头。这狗才一时怒起，就杀了小尼，有什么得讲？"卜良听得，指手划脚，要辩时，哪里有半个字囫囵。县官大怒道："如此奸人，累什么纸笔！况且口不成语，凶器未获，难以成招。选大样板子，一顿打死罢。"喝叫："打一百！"那卜良是个游花插趣的人，哪里熬得刑惯？打至五十以上，已自绝了气了。县官着落地方，责令尸亲领尸。尼姑尸首，叫地方盛贮烧埋，立宗文卷，上批示：

卜良，吾舌安在？知为破舌之缘。尼僧，好颈谁当？遂作刎颈之契。毙之足矣，情何疑焉！立案存照。

县官发落公事了讫，不在话下。

那贾秀才与巫娘子见街上人纷纷传说此事，夫妻两个暗暗称快。那前日被骗及今日下手之事，到底并无一个人晓得。此是贾秀才识见高强，也是观世音见他虔诚，显此灵通，指破机关，既得报了仇恨，亦且全了声名。那巫娘子见贾秀才干事决断，贾秀才见巫娘子立志坚贞，越相敬重。后人评论此事，虽则报仇雪耻，不露风声，算得十分好了。只是巫娘子清白身躯，毕竟被污。外人虽然不知，自心到底难过。只为轻与尼姑往来，以致有此。有志女人，不可不以此为鉴。

诗云：

好花零落损芳香，只为当春漏隙光。一句良言须听取，妇人不可出闺房。

感神媒张德容遇虎　凑吉日裴越客乘龙

诗曰：

每说婚姻是宿缘，定经月老把绳牵。非徒配偶难差错，时日犹然不后先。

话说婚姻事皆系前定，从来说月下老赤绳系足，虽千里之外，到底相合。若不是因缘，眼面前也强求不得的。就是因缘了，时辰未到，要早一日，也不能够。时辰已到，要迟一日，也不能够。多是氤氲大使暗中主张，非人力可以安排也。

唐朝时有一个弘农县尹，姓李。生一女，年已及笄，许配卢生。那卢生生得伟貌长髯，风流倜傥，李氏一家尽道是个快婿。一日，选定日子，赘他入宅。当时有一个女巫，专能说未来事体，颇有灵验。与他家往来得熟。其日因为他家成婚行礼，也来看看耍子。李夫人平日极是信他的，就问他道："你看我家女婿卢郎，官禄厚薄如何？"女巫道："卢郎不是那个长须后生么？"李母道："正是。"女巫道："若是这个人，不该是夫人的女婿。夫人的女婿，不是这个模样。"李夫人道："吾女婿怎么样的？"女巫道："是一个中形白面，一些髭髯也没有的。"

感神媒张德容遇虎
凑吉日裴越客乘龙

李夫人失惊道："依你这等说起来，我小姐今夜还嫁人不成哩。"女巫道："怎么嫁不成？今夜一定嫁人。"李夫人道："好胡说！既是今夜嫁得成，岂有不是卢郎的事？"女巫道："连我也不晓得缘故。"道言未了，只听得外面鼓乐喧天，卢生来行纳彩礼，正在堂前拜跪。李夫人拽着女巫的手，向后堂门缝里，指着卢生道："你看这个行礼的，眼见得今夜成亲了，怎么不是我女婿？好笑！好笑！"那些使数养娘们见夫人说罢，大家笑道："这老妈妈惯扯大谎，这番不准了。"女巫只不做声。须臾之间，诸亲百眷都来看成婚盛礼。原来唐时衣冠人家，婚礼极重，合卺之夜，凡属两姓亲朋，无有不来的，就中有引礼、赞礼之人，叫做傧相，都不是以下人做，就是至亲好友中间，有礼度熟娴，仪容出众，声音响亮的，众人就推举他做了，是个尊重的事。其时卢生同了两个傧相，堂上赞拜礼毕，新人入房。

卢生将李小姐灯下揭巾一看，吃了一惊，打一个寒噤，叫声"呵呀！"往外就走。亲友问他，并不开口，直走出门，跨上了马，连加两鞭，飞也似去了。宾友之中，有几个与他相好的，要问缘故。又有与李氏至戚的，怕有别话，错了时辰，要成全他的，多来追赶。有的赶不上罢了，有赶着的，问他劝他，只是摇手道："成不得！成不得！"也不肯说出缘故来，抵死不肯回马。众人计无所出，只得走转来，把卢生光景说了一遍。那李县令气得目睁口呆，大喊道："成何事体！成何事体！"自思女儿一貌如花，有何作怪？今且在众亲友面前说明，好叫他们看个明白。因请众亲戚都到房门前，叫女儿出来拜见，就指着道："这个便是许卢郎的小女，岂有惊人丑貌？今卢郎一见就走，若不叫他见见，众位到底认做个怪物了。"众人抬头一看，果然丰姿冶丽，绝世无双。这些亲友也有说是卢郎无福的，也有说卢郎无缘的，也有道日子差池，犯了神煞的，议论一个不定。李县令气忿忿地道："料那厮不能成就，我也不伏气与他了。我女儿已奉见宾客，今夕嘉礼，不可虚废。宾客里面有愿聘的，便赴今夕佳期。有众亲在此作证明，都可做大媒。"只见傧相之中，有一人走近前来，不慌不忙道："小子不才，愿事门馆。"众人定睛看时，那人姓郑，也是拜过官职的了。面如傅粉，唇若涂朱，下颜上真个一根髭须也不曾生，且是标致。众人齐喝一声彩道："如此小姐，该配此才郎。况且年貌相等，门阀相当。"就中推两位年高的为媒，另择一个年少的代为傧相。请出女儿交拜成礼，且应佳期。一应未备礼仪，婚后再补。

是夜竟与郑生成了亲。郑生容貌果与女巫之言相合，方信女巫神见。成婚之后，郑生遇着卢生，他两个原相交厚的，问其日前何故如此。卢生道："小弟揭巾一看，只见新人两眼通红，大如朱盏，牙长数寸，爆出口外两边。哪里是个人形，与殿壁所画夜叉无二。胆俱吓破了，怎不惊走？"郑生笑道："今日归小弟了。"卢生道："亏兄如何熬得？"郑生道："且请到弟家，请出来与兄相见则个。"卢生随郑生到家，李小姐梳妆出拜，天然绰约，绝非房中前日所见模样，懊悔无及。后来闻得女巫先曾有言，如此如此，晓得是有个定数，叹住罢了。正合着古语两句道：

有缘千里能相会，无缘对面不相逢。

而今再说一个唐时故事。乃是乾元年间，有一个吏部尚书，姓张名镐，有第二位小姐，名唤德容。那尚书在京中任上时，与一个仆射姓裴名冕的，两个往来得最好。裴仆射有第三个儿子，曾做过蓝田县尉的，叫做裴越客。两家门当户对。张尚书就把这个德容小姐，许下了他亲事，已拣定日子成亲了。

却说长安西市中有个算命的老人，是李淳风的族人，叫做李知微，星数精妙。凡看命起卦，说人吉凶祸福，必定断下个日子，时刻不差。一日有个姓刘的，是个应袭赁子，到京理荫求官，数年不得。这一年已自钻求要紧关节，叮嘱停当。吏部试判已毕，道是必成。闻西市李老之名，特来请问。李老卜了一卦，笑道："今年求之不得，来年不求自得。"刘生不信，只见吏部出榜，为判上落了字眼，果然无名。到明年又在吏部考试，他不曾央得人情，抑且自度书判中下，未必合式。又来西市问李老，李老道："我旧岁就说过的，君官必成，不必忧疑。"刘生道："若得官，当在何处？"李老道："禄在大梁地方。得了后，你可再来见我，我有话说。"吏部榜出，果然选授开封县尉。刘生惊喜，信之如神，又去见李老。李老道："君去为官，不必清俭，只消恣意求取，自不妨得。临到任满，可讨个差使，再入京城，还与君推算。"刘生记着言语，别去到任。那边州中刺史，见他旧家人物，好生委任他。刘生想着李老之言，广取财贿，毫无避忌。上下官吏都喜欢他，再无说话。到得任满，贮积千万，遂见刺史，讨个差使。刺史依允，就叫他部着本州租税解京。到了京中，又见李老。李老道："公三日内即要迁官。"刘生道："此番进京，实要看个机会，设法迁转。却是三日内，如何能够？况未是那升迁日期，这个未必准了。"李老道："决然不差，迁官也就在彼郡。得了后，可再来相会，还有说话。"刘生去了。明日将州中租赋到左藏库交纳。正在库前，只见东南上偌大一只五色鸟飞来库藏屋顶住着，文彩辉煌，百鸟喧噪，弥天而来。刘生大叫："奇怪！奇怪！"一时惊动了内官宫监、大小人等，都来看嚷。有识得的道："此是凤凰也！"那大鸟住了一会，听见喧闹之声，即时展翅飞起，百鸟渐渐散去。此话闻至天子面前，龙颜大喜，传出敕命来道："哪个先见的，于原身官职，加升一级改用。"内官查得真实，却是刘生先见。遂发下吏部，迁授浚仪县丞。果是三日，又就在此州。刘生愈加敬信李老，再来问此去为官之方，李老云："只须一如前政。"刘生依言，仍旧恣意贪取，又得了千万。任满赴京听调，又见李老。李老曰："今番当得一邑正官，分毫不可妄取了。慎之！慎之！"刘生果授寿春县宰。他是两任得惯了的手脚，哪里忍耐得住？到任不久，旧性复发，把李老之言丢过一边。偏生前日多取之言好听，当得谨依来命；今日不取之言迂阔，只推道未可全信。不多时，上官论劾追赃，削职了。又来问李老道："前两任只叫多取，今却叫不可妄取，都有应验，是何缘故？"李老道："今当与公说明。公前世是个大商，有二千万资财，死在汴州，其财散在人处。公去做官，原是收了自家旧物，不为妄取，所以一些无事。那寿春一县之人，不曾欠公的，岂可过求？如今强要起来，就做坏了。"刘生大伏，惭悔而去。

凡李老之验，如此非一，说不得这许多，而今且说正话。那裴仆射家拣定了做亲日期，叫媒人到张尚书家来通信道日。张尚书闻得李老许多神奇灵应，便叫人接他过来，把女儿八字与婚期，叫他合一合，看怕有什么冲犯不宜。李老接过八字，看了一看道："此命喜事不在今年，亦不在此方。"尚书道："只怕日子不利，或者另改一个也罢，哪有不在今年之理？况且男女两家都在京中，不在此方，更在何处？"李老道："据看命数已定，今年决然不得成亲。吉日自在明年三月初三日。先有大惊之后，方得会合，却应在南方。冥数已定，日子也不必选，早一日不成，迟一日不得。"尚书似信不信的道："哪有此话。"叫管事人封个赏封谢了去。刚出得门，裴家就来接了去，也为婚事将近，要看看休咎。李老到了裴家，占了一卦道："怪哉！怪哉！此卦恰与张尚书家的命数正相符合。"遂取文房四宝出来，写了一柬道：

三月三日，不迟不疾。水浅舟胶，虎来人得。惊则大惊，吉则大吉。

裴越客看了，不解其意，便道："某正为今年尚书府亲事，只在早晚，问个吉凶。这三月三日之说何也？"李老道："此正是婚期。"裴越客道："日子已定，眼见得不到那时了。不准，不准。"李老道："郎君不得性急。老汉所言，万无一误。"裴越客道："'水浅舟胶，虎来人得。'大略是不祥的说话了。"李老道："也未必不祥，应后自见。"作别过了。

正待要欢天喜地，指日成亲，只见补阙、拾遗等官为选举不公，文章论劾吏部尚书。奉圣旨：谪贬张镐为扆州司户，即日就道。张尚书叹道："李知微之言验矣。"便叫媒人回复裴家，约定明年三月初三，到扆州成亲。自带了家眷，星夜到贬处去了。原来唐时大官谪贬甚是萧条，亲眷避忌，不十分肯与往来的。怕有朝廷不测，时时忧恐。张尚书也不把裴家亲事在念了。裴越客得了张家之信，吃了一惊，暗暗道："李知微好准封。毕竟要依他的日子了。"真是到手佳期，却成虚度。闷闷不乐，过了年节。一开新年，便打点束装，前赴扆州成婚。

那越客是豪奢公子，规模不小。坐了一号大座船，满载行李辎重，家人二十多房，养娘七八个，安童七八个，择日开船。越客恨不得肋生双翅，脚下腾云，一眨眼便到扆州。行了多日，已是二月尽边。皆因船只狼犺，行李沉重，一日行不上百来里路。还有搁着浅处，弄了几日，才弄得动的。还差扆州三百里远近，越客心焦，恐怕张家不知他在路上，不打点得，错过所约日子。一面舟行，一面打发一个家人，在岸路驿中讨了一匹快马，先到扆州报信。家人星夜不停，报入扆州来。

那张尚书身在远方，时怀忧闷，况且不知道裴家心下如何，未知肯不嫌路远来赴前约否？正在思忖不定，得了此报，晓得裴郎已在路上将到，不胜之喜。走进衙中，对家眷说了，俱各欢喜不尽。

此时已是三月初三日了，尚书道："明日便是吉期，如何来得及？但只是等裴郎到了，再定日未迟。"是夜因为德容小姐佳期将近，先替他簪了髻。设宴在后花园中，会集衙中亲丁女眷，与德容小姐添妆把盏。那花园离衙斋将有半里。扆州是个山深去处，虽然衙斋左右多是些丛林密箐，与山林之中无异，可也幽静好看。那德容小姐同了衙中姑姨姊妹，尽意游玩。酒席既阑，日色已暮，都起身归衙。众女眷或在前，或在后，大家一头笑语，一头行走。正在喧哄之际，一阵风过，竹林中腾地跳了一个猛虎来，擒了德容小姐便走。众女眷吃了一惊，各各逃窜。那虎已自跳入翳荟之处，不知去向了。众人性定，奔告尚书得知。合家啼哭得不耐烦，那时夜已昏黑，虽然聚得些人起来，四目相视，束手无策，无非打了火把，四下里照得一照，知他在何路上可以救得？干闹嚷了一夜，一毫无干。到得天晓，张尚书噙着眼泪，点起人夫，去寻骸骨。漫山遍野，无处不到，并无一些下落。张尚书又恼又苦，不在话下。

且说裴越客已到定州界内石阡江中。那江中都是些山根石底，重船到处触碍，一发行不得。已是三月初二日了，还差几十里路。越客道："似此行去，如何赶得明日到？"心焦背热，与船上人发极嚷乱。船上人道："这是用不得性的。我们也巴不得到了，讨喜酒吃，谁耐烦在此延挨。"裴越客道："却是明日是吉期，这等担搁怎了？"船上人道："只是船重得紧，所以只管搁浅。若要行得快，除非上了些岸，等船轻了好行。"越客道："有理，有理。"他自家着了急的，叫住了船，一跳便跳上了岸，招呼众家人起来。那些家人见主人已自在岸上了，谁敢不上？一走就走了二十多人起来，那船早自轻了。越客在前，众家人在后，一路走去。那船好转动，不比先前。自在江中，相傍着行。行得四五里，天色将晚，看见岸旁有板屋一间，屋内有竹床一张。越客就走进屋内，叫仆童把竹床上扫拂一扫拂，坐了歇一歇气再走。这许多僮仆，都站立左右，也有站立在门外的。正在歇息，只听得树林中飕飕的风响。于时一线月痕和着星光，虽不甚明白，也微微看得见。约摸风响处，有一物行走甚快。将到近边，仔细看去，却是一个猛虎，背负一物而来。众人惊惶，连忙都躲在板屋里来。其虎看看至近，众人一齐敲着板屋呐喊。也有把马鞭子打在板上，振得一片价响。那虎到板屋侧边，放下了背上的东西，抖抖身子。听得众人叫喊，像似也有些惧怕，大吼一声，飞奔入山去了。众人在屋缝里张着，看那放下的东西，恰像个人一般，又恰像在那里有些动。等了一会，料虎去远了，一齐捏把汗出来看时，却是一个人，口中还微微气喘。来对越客说了，越客吩咐众人救他。慌忙叫放船拢岸，众人扛扶其人，上了船，叫快快解了缆开去，恐防那虎还要寻来。船开了半晌，越客叫点起火来看。舱中养娘们，各拿蜡烛点起，船中明亮。看那人时，却是：

眉湾杨柳，脸绽芙蓉。喘吁吁吐气不齐，战兢兢惊神未定。头垂发乱，是个醉扶上马的杨妃；目闭唇张，好像死乍还魂的杜丽。面庞够可十七八，美艳从来无二三。

越客将这女子上下看罢，大惊说道："看他容颜衣服，决不是等闲村落人家的。"叫众养娘好生看视。众养娘将软褥铺衬，抱他睡在床上。解看衣服，尽被树林荆刺抓破，且喜身体毫无伤痕。一个养娘替他将乱发理清，梳通了，挽起一髻，将一个手帕替他扎了，拿些姜汤灌他。他微微开口，咽下去了。又调些粥汤来灌他。弄了三四更天气，看看苏醒，神安气集。忽然抬起头来，开目一看，看见面前的人一个也不认得，哭了一声，依旧眠倒了。这边养娘们问他来历缘故，及遇虎根由。那女子只不则声，凭他说来说去，竟不肯答应一句。渐渐天色明了，岸上有人走动，这边船上也着水夫上纤。此时离州城只有三十里了。听得前面来的人纷纷讲说道："张尚书第二位小姐，昨夜在后花园中游赏，被虎扑了去，至今没寻尸骸处。"有的道："难道连衣服都吃尽了不成？"水夫闻得此言，想着夜来的事，有些奇怪。商量道："船中那话儿，莫不正是？"就着一个下船来，把路上人来的说话，禀知越客。越客一发惊异道："依此说话，被虎害的，正是我定下的娘子了。这船中救得的，可是不是？"连忙叫一个知事的养娘来，吩咐他道："你去对方才救醒的小娘子说，问可是张家德容小姐不是？"养娘依言去问。只见那女子听得叫出小名来，便大哭将起来道："你们是何人，晓得我的名字？"养娘道："我们正是裴官人家的船，正为来赴小姐佳期，船行的迟，怕赶日子不迭，所以官人只得上岸行走。谁知却救了小姐上船，也是天缘分定。"那小姐方才放下了心，便说："花园遇虎，一路上如腾云驾雾，不知行了多少路？自拼必死。被虎放下地时，已自魂不附体了。后来不知如何，却在船上。"养娘把救他的始末说了一遍。来覆越客道："正是这个小姐。"越客大喜，写了一书，差一个人飞报到州里尚书家来。尚书正为女儿骸骨无寻，又且女婿将到，伤痛无奈，忽见裴家苍头有书到，愈加感切。拆开来看，上写道：

趋赴嘉礼，江行舟涩。从陆倍道，忽遇虎负爱女至。惊逐之顷，虎去而人不伤。今完善在舟，希示进止。子婿裴越客百拜。

尚书看罢，又惊又喜，走进衙中说了，满门叹异。尚书夫人便道："从来罕闻奇事，想是为吉日赶不及了，神明所使。今小姐既在裴郎船上了，还可赶得今朝成亲。"尚书道："有理，有理。"就叫备一匹快马，带了仪从，不上一个时辰，赶到船上来。翁婿相见甚喜。见了女儿又悲又喜，安慰了一番。尚书对裴越客道："好叫贤婿得知，今日之事，旧年间李知微已断定了，说成亲必竟要今日。昨晚老夫见贤婿不能够就到，道是决赶不上今日这吉期，谁想有此神奇之事，把小女竟送到尊舟。如今若等尊舟到州城，水路难行，定不能够。莫若就在尊舟结了花烛，成了亲事，明日慢慢回衙，这吉期便不错过了。"裴越客见说，便想道："若非岳丈之言，小婿几乎忘了。旧年李知微题下六句，首二句道：'三月三日，不迟不疾。'若是小婿在舟行时，只疑迟了，而今虎送将来，正应着今日。中二句道：'水浅舟胶，虎来人得。'小婿起初道不祥之言，谁知又应着这奇事。后来二句：'惊则大惊，吉则大吉。'果然这一惊不小，谁知反因此凑着吉期。李知微真半仙了。"张尚书就在船边分派人，唤起傧相，办下酒席。先在舟中花烛成亲，合卺饮宴。礼毕，张尚书仍旧备马先回，等他明日舟到，接取女儿女婿。是夜，裴越客遂同德容小姐就在舟中，共入鸳帏欢聚。少年夫妇，极尽于飞之乐。明日舟到，一同上岸，拜见丈母诸亲。尚书夫人及姑姨姊妹、合衙人等，看见了德容小姐，恰似梦中相逢一般，欢喜极了，反有堕下泪来的。人人说道："只为好日来不及，感得神明之力，遣个猛虎做媒。把百里之程，顷刻送到，从来无此奇事。"这话传出去，个个奇骇，道是新闻。民间各处，立起个"虎媒之祠"，但是有婚姻求合的，虔诚祈祷，无有不应。至今黔、峡之间，香火不绝。于时有六句口号：

仙翁知微，判成定数。虎是神差，佳期不挫。如此媒人，东道难做。

乌将军一饭必酬　陈大郎三人重会

诗曰：

每讶衣冠多盗贼，谁知盗贼有英豪？试观当日及时雨，千古流传义气高。

话说世人最怕的是个"强盗"二字，做个骂人恶语，不知这也只见得一边。若论起来，天下哪一处没有强盗。假如有一等做官的，误国欺君，侵剥百姓，虽然官高禄厚，难道不是大盗？有一等做公子的，倚靠着父兄势力，张牙舞爪，诈害乡民，受投献，窝赃私，无所不为，百姓不敢声冤，官司不敢盘问，难道不是大盗？有一等做举人秀才的，呼朋引类，把持官府，起灭词讼，每有将良善人家，拆得烟飞星散的，难道不是大盗？只论衣冠中尚且如此，何况做经纪客商，做公

门人役，三百六十行中人尽有狼心狗行、狠似强盗之人在内，自不必说。所以当时李涉博士遇着强盗，有诗云：

暮雨潇潇江上村，绿林豪客夜知闻。相逢何用藏名姓？世上于今半是君。

这都是叹笑世人的话。世上如此之人，就是至亲切友，尚且反面无情，何况一饭之恩，一面之识？倒不如《水浒传》上说的人，每每自称好汉英雄，偏要在绿林中挣气，做出世人难到的事出来。盖为这绿林中也有一贫无奈，借此栖身的；也有为义气上杀了人，借此躲难的；也有朝廷不用，沦落江湖，因而结聚的。虽然只是歹人多，其间仗义疏财的，倒也尽有。当年赵礼让肥，反得粟米之赠；张齐贤遇盗，更多金帛之遗，都是古人实事。

且说近来苏州有个王生，是个百姓人家。父亲王三郎，商贾营生，母亲李氏，又有个婶母杨氏，却是孤孀无子的，几口儿一同居住。王生自幼聪明乖觉，婶母甚是爱惜他。不想年纪七八岁时，父母两口相继而亡，多亏得这杨氏殡葬完备，就把王生养为己子。渐渐长成起来，转眼间又是十八岁了，商贾事体，是件伶俐。

一日，杨氏对他说道："你如今年纪长大，岂可坐吃箱空？我身边有的家赀，并你父亲剩下的，尽够营运。待我凑成千来两，你到江湖上做些买卖，也是正经。"王生欣然道："这个正是我们本等。"杨氏就收拾起千金东西，交付与他。王生与一班为商的计议定了，说南京好做生意。先将几百两银子置了些苏州货物，拣了日子，雇下一只长路的航船，行李包裹，多收拾停当，别了杨氏。起身到船，烧了神福利市，就便开船，一路无话。

不则一日，早到京口，趁着东风过江。到了黄天荡内，忽然起一阵怪风，满江白浪掀天，不知把船打到一个什么去处。天已昏黑了，船上人抬头一望，只见四下里多是芦苇，前后并无第二只客船。王生和那同船一班的人，正在慌张，忽然芦苇里一声锣响，划出三四只小船来。每船上各有七八个人，一拥的跳过船来。王生等喘做一块，叩头讨饶。那伙人也不来和你说话，也不来害你性命，只把船中所有金银货物，尽数卷掳过船，叫声"聒噪"，双桨齐发，飞也似划将去了。满船人惊得魂飞魄散，目睁口呆。王生不觉的大哭起来道："我直如此命薄！"就与同行的商量道："如今盘缠行李俱无，到南京何干？不如各自回家，再作计较。"唧唧哝哝了一会。天色渐渐明了，那时已自风平浪静，拨转船头，望镇江进发。到了镇江，王生上岸，往一个亲眷人家借得几钱银子做盘费，到了家中。

杨氏见他不久就回，又且衣衫零乱，面貌忧愁，已自猜个八九了。只见他走到面前，唱得个喏，便哭倒在地。杨氏问他仔细，他把上项事说了一遍。杨氏慰安他道："儿呀，这也是你的命。又不是你不老成，花费了，何须如此烦恼？且安心在家两日，再凑些本钱出去，务要趁出前番的来便是。"王生道："以后只在近处做些买卖罢，不担这样干系，远处去了。"杨氏道："男子汉千里经商，怎说这话。"住在家一月有余，又与人商量道："扬州布好卖，松江置买了布，到扬州，就带些银子，粜了米豆回来，甚是有利。”杨氏又凑了几百两银子与他，到松江买了百来筒布，独自写了一只满风梢的船，身边又带了几百两籴米豆的银子，合了一个伙计，择日起行。

到了常州，只见前边来的船，只只气叹口渴道：“挤坏了！挤坏了！”忙问缘故，说道：“无数粮船，阻塞住丹阳路，自青羊铺直到灵口，水泄不通，买卖船莫想得进。”王生道：“怎么好？”船家道：“难道我们上前去看他挤不成！打从孟河走他娘罢。”王生道：“孟河路怕恍惚。”船家道：“拼得只是日里行，何碍？不然守得路通，知在何日？”因遂依了船家，走孟河路。果然是天青日白时节，出了孟河，方欢喜道：“好了！好了！若在内河里，几能挣得出来。”正在快活间，只见船后头水响，一只三橹八桨船，飞也似赶来。看看至近，一挠钩搭住，十来个强人，手执快刀、铁尺、金刚圈，跳将过来。原来孟河过东去，就是大海，日里也有强盗的，惟有空船走得。今见是买卖船，又晦气，恰好撞着了，怎肯饶过？尽情搬了去。怪船家手里还捏着橹，一铁尺打去，船家抛橹不及。王生慌忙之中，把眼瞅去，认得就是前日黄天荡里一班人。王生口里喊道：“大王！前日受过你一番了，今日如何又在此相遇？我前世直如此少你的？”那强人中一个长大的说道：“果然如此，还他些做盘缠。”就把一个小小包裹撩将过来，棹开了船，一道烟反望前边江里去了。王生只叫得苦，拾起包裹，打开看时，还有十来两零碎银子在内。噙着眼泪冷笑道：“且喜这番不要借盘缠，侥幸，侥幸！”就对船家说道：“谁叫你走此路，弄得我如此？回去了罢。”船家道：“世情变了，白日打劫，谁人晓得？”只得转回旧路，到了家中。杨氏见来得快，又一心惊。王生泪汪汪地走到面前，哭诉其故。难得杨氏是个大贤之人，又眼里识人，自道：“侄儿必有发迹之日。”并无半点埋怨，只是安慰他，叫他守命，再做道理。

过得几时，杨氏又凑起银子，催他出去道：“两番遇盗，多是命里所招。命该失财，便是坐在家里，也有上门打劫的。不可因此两番，堕了家传行业。”王生只是害怕。杨氏道：“侄儿疑心，寻一个起课的，问个吉凶，讨个前路便是。”果然寻了一个先生到家，接连占卜了几处做生意，都是下卦，惟有南京是个上上卦。又道：“不消到得南京，但往南京一路上去，自然财爻旺相。”杨氏道：“我的儿，大胆天下去得，小心寸步难行。苏州到南京不上六七站路，许多客人往往来来，当初你父亲、你叔叔都是走熟的路。你也是晦气，偶然撞这两遭盗。难道他们专守着你一个，遭遭打劫不成？占卜既好，只索放心前去。”王生依言，仍旧打点动身。也是他前数注定，合当如此。正是：

箧底东西命里财，皆由鬼使共神差。强徒不是无因至，巧弄他们送福来。

王生行了两日，又到扬子江中。此日一帆顺风，真个两岸万山如走马，直抵龙江关口。然后天晚，上岸不及了，打点湾船。他每是惊弹的鸟，傍着一只巡哨号船边拴好了船。自道万分无事，安心歇宿。到得三更，只听得一声锣响，火把齐明，睡梦里惊醒。急睁眼时，又是一伙强人，跳将过来，照前搬个罄尽。看自己船时，不在原泊处所，已移在大江阔处来了。火中仔细看他们抢掳，认得就是前两番之人。王生硬着胆，扯住前日还他包裹这个长大的强盗，跪下道：“大王，小人只求一死。”大王道：“我等誓不伤人性命，你去罢了，如何反来歪缠？”王生哭道：“大王不知，小人幼无父母，全亏得婶娘重托，出来为商。刚出来得三次，恰是前世欠下大王的，三次都撞着大王夺了去，叫我何面目见婶娘？也哪里得许多银子还他？就是大王不杀我时，也要跳在江中死了，决难回去再见恩婶之面了。”说得伤心，大哭不住。

那大王是个有义气的，觉得可怜他，便道：“我也不杀你，银子也还你不成，我有道理。我昨晚劫得一只客船，不想都是打捆的苎麻，且是不少。我要他没用，我取了你银子，把这些与你做本钱去，也够相当了。”王生出于望外，称谢不尽。那伙人便把苎麻乱抛过船来。王生与船家慌忙并叠，不及细看，约摸有二三百捆之数。强盗抛完了苎麻，已自胡哨一声，转船去了。船家认得江中小港门，依旧把船移进宿了。

候天大明，王生道：“这也是有人心的强盗，料道这些苎麻，也差不多有千金了。他也是劫了去，不好发脱，故此与我。我如今就是这样发行去卖，有人认出，反为不美。不如且载回家，打过了捆，改了样式，再去别处货卖罢。”仍旧把船开江，下水船快，不多时到了京口闸。一路到家，见过婶婶，又把上项事，一一说了。杨氏道：“虽没了银子，换了偌多苎麻来，也不为大亏。”便打开一捆来看。只见一层一层解到里边，捆心中一块硬的，缠束甚紧。细细解开，乃是几层棉纸，包着成锭的白金。随开第二捆，捆捆皆同。一船苎麻，共有五千两有余。乃是久惯大客商，江行防盗，假意货苎麻，暗藏在捆内，瞒人眼目的。谁知被强盗不问好歹劫来，今日却富了王生。那时杨氏与王生叫声：“惭愧！”虽然受了两三番惊恐，却平白地得此横财，比本钱加倍了，不胜之喜。自此以后，出去营运，遭遭顺利。不上数年，遂成大富之家。这个虽然是王生之福，却是难得这大王一点慈心。可见强盗中未尝没有好人。

如今再说一个，也是苏州人，只因无心之中，结得一个好汉，后来以此起家，又得夫妻重会。有诗为证：

说时侠气凌霄汉，听罢奇文冠古今。若得世人皆仗义，贪泉自可表清心。

却说景泰年间，苏州府吴江县有个商民，复姓欧阳，妈妈是本府崇明县曾氏，生下一女一儿。儿年十六，未婚。那女儿二十岁了，虽是小户人家，倒也生得有些姿色，就赘本村陈大郎为婿。家道不富不贫，在门前开小小的一爿杂货店铺，往来交易。陈大郎和小舅两人管理，他们翁婿、夫妻、郎舅之间，你敬我爱，做生意过日。

忽遇寒冬天道，陈大郎在苏州置些货物。在街上行走，只见纷纷扬扬，下着国家祥瑞。古人有诗说得好，道是：

尽道丰年瑞，丰年瑞若何？长安有贫者，宜瑞不宜多。

那陈大郎冒雪而行，正要寻一个酒店沽酒暖寒，忽见远远地一个人走将来，你道是怎生模样？但见：

身上紧穿着一领青服，腰间暗悬着一把钢刀。形状带些威雄，面孔更无细肉。两颊无非“不亦悦”，遍身都是“德輶如”。

那个人生得身长七尺，膀阔三停，大大一个面庞，大半被长须遮了。可煞作怪，没有须的所在，又多有毛长寸许，剩去眼睛外，把一个嘴脸遮得缝地也无了。正合着古人笑话：髭髯不仁，侵扰乎其旁而不已，于是面之所余无几。陈大郎见了，吃了一惊，心中想道：“这人好生古怪。只不知吃饭时，如何处置这些胡须，露得个口出来？”又想道：“我有道理，拚得费钱把银子，请他到酒店中一坐，便看出他的行动来了。”他也只是见他异样，要作个耍，连忙躬身向前唱喏，那人还礼不迭。陈大郎道：“小可欲邀老丈酒楼小叙一杯。”那人是个远来的，况兼落雪天气，又饥又寒，听见说了，喜逐颜开。连忙道：“素昧平生，何劳厚意？”陈大郎捣个鬼道："小可见老丈骨格非凡，必是豪杰，敢扳一话。"那人道："却是不当。"口里如此说，却不推辞。两人一同上酒楼来，陈大郎便问酒保打了几角酒，回了一腿羊肉，又摆上些鸡鱼肉菜之类。陈大郎正要看他动口，就举杯来相劝。只见那人接了酒盏，放在桌上，向衣袖取出一对小小的银扎钩来，挂在两耳，将须毛分开扎起，拔刀切肉，恣其饮啖。又嫌杯小，问酒保讨个大碗，连吃了几壶，然后讨饭。饭到，又吃了十来碗。陈大郎看得呆了。那人起身拱手道："多谢兄长厚情，愿闻姓名乡贯。"陈大郎道："在下姓陈名某，本府吴江县人。"那人一一记了。陈大郎也求他姓名，他不肯还个明白，只说："我姓乌，浙江人，他日兄长有事到敝省，或者可以相会。承兄盛德，必当奉报，不敢有忘。"陈大郎连称不敢。当下算还酒钱，那人千恩万谢出门，作别自去了。陈大郎也只道是偶然的说话，哪里认真？归来对家中人说了，也有信他的，也有疑他说谎的，俱各笑了一场，不在话下。

又过了两年有余，陈大郎只为做亲了数年，并不曾生得男女，夫妻两个发心，要往南海普陀珞伽山观音大士处，烧香求子，尚在商量未决。忽一日，欧公有事出去了，只见外边有一个人，走进来叫道："老欧在家么？"陈大郎慌忙出来答应，却是崇明县的褚敬桥。施礼罢，便问："令岳在家否？"陈大郎道："少出。"褚敬桥道："令亲外太妈陆氏，身体违和，特地叫我寄信，请你令岳母相伴几时。"大郎闻言，便进来说与曾氏知道。曾氏道："我去便要去，只是你岳父不在，眼下不得脱身。"便叫过女儿、儿子来，吩咐道："外婆有病，你们姊弟两人可到崇明去服侍几日。待你父亲归家，我就来换你们便了。"当下商议已定，便留褚敬桥吃了午饭，央他先去回复。又过了两日，姊弟二人收拾停当，叫下一只艎船起行。那曾氏又吩咐道："与我上复外婆，须要宽心调理，可说我也就要来的。虽则不多日路，你两人年小，各要小心。"二人领诺，自往崇明去了。只因此一去，有分叫：

绿林此日逢娇冶，红粉从今踏险危。

却说陈大郎自从妻、舅去后十日有余，欧公已自归来，只见崇明又央人寄信来，说道："前日褚敬桥回复道：'叫外甥们就来，如何至今不见？'"那欧公夫妻和陈大郎，都吃了一大惊，便道："去已十日了，怎说不见？"寄信的道："何曾见半个影来？ 你令岳母倒也好了，只是令爱、令郎是甚缘故？"陈大郎忙去寻那载去的船家问他。船家道："到了海滩边，船进去不得，你家小官人与小娘子说道：'上岸去路不多远，我们认得的。你自去罢。'此时天色将晚，两个急急走了去。我自摇船回了，如何不见？"那欧公急得无计可施，便对妈妈道："我在此看家，你可同女婿探望丈母，就访访消息归来。"他每两个心中慌得无措，听得说了，便一刻也迟不得，急忙备了行李，雇了船只。第二日早早到了崇明，相见了陆氏妈妈，问起缘由，方知病体已渐痊可。只是外甥儿女，毫不知些踪迹。那曾氏便是"心肝肉的"放声大哭起来。陆氏及邻舍妇女们惊来问信的，也不知陪了多少眼泪。陈大郎是个性急的人，敲台拍凳的怒道："我晓得，都是那褚敬桥寄个什么鸟信！ 是他趁伙打劫，用计拐去了。"便不管三七二十一，忿气走到褚家。那褚敬桥还不知什么缘由，劈面撞着，正要问个来历，被他劈胸揪住喊道："还我人来！还我人来！"就要扯他到官。此时已闹动街坊人，齐拥来看。那褚敬桥面如土色，嚷道："有何得罪？ 也须说个明白。"大郎道："你还要白赖，我好好的在家里，你寄什么信？把我妻子、舅子拐在哪里去了？"褚敬桥拍着胸膛道："真是冤天屈地，要好成歉。吾好意为你寄信，你妻子自不曾到。今日这话，却不是祸从天上来！"

大郎道："我妻、舅已自来十日了，怎不见到？"敬桥道："可又来。我到你家寄信时，今日算来十二日了。次日傍晚到得这里以后，并不曾出门。此时你妻、舅还在家未动身，我在何时拐骗？如今四邻八舍都是证见，若是我十日内曾出门到那里，这便都算是我的缘故。"众人都道："哪有这事？这不撞着拐子，就撞着强盗了。不可冤屈了平人。"陈大郎情知不关他事，只得放了手，忍气吞声跑回曾家。就在崇明县进了状词，又到苏州府进了状词，批发本县捕衙缉访。又各处粉墙上贴了招子，许出赏银二十两。又寻着原载去的船家，也拉他到巡捕处讨了个保，押出挨查。仍旧到崇明与曾氏共住了二十余日，并无消息。不觉的残冬将尽，新岁又来，两人只得回到家中。欧公已知上项事了，三人哭做一堆，自不必说。

别人家多欢欢喜喜过年，独有他家烦烦恼恼。一个正月又匆匆的过了，不觉又是二月初头，依旧没有一些影响。陈大郎猛然想着道："去年要到普陀进香，只为要求儿女，如今不想连儿女的母亲都不见了。我直如此命蹇！今月十九日是观音菩萨生日，何不到彼进香还愿？一来祈求的观音报应，二来看些浙江景致，消遣闷怀，就便做些买卖。"算计已定，对丈人说过，托店铺与他管了，收拾行李，取路望杭州来。过了杭州钱塘江，下了海船，到普陀上岸。三步一拜，拜到大士殿前，焚香顶礼已过，就将分离之事通诚了一番，重复叩头道："弟子虔诚拜祷，伏望菩萨大慈大悲，救苦救难，广大灵感，使夫妻再得相见。"拜罢下船，就泊在岩边宿歇。睡梦中见观音菩萨口授四句诗道：

合浦珠还自有时，惊危目下且安之。姑苏一饭酬须重，大海茫茫信可期。

陈大郎飒然惊觉，一字不忘。他虽不甚精通文理，这几句却也解得。叹口气道："菩萨果然灵感。依他说话，相逢似有可望。但只看如此光景，哪得能够？"心下悒快，那一饭的事早已不记得了。

清早起来，开船归家，行不得数里，海面忽地起一阵飓风，吹得天昏地暗，连东西南北都不见了。舟人牢把船舵，任风飘去，须臾之间，飘到一个岛边，早已风恬日朗。那岛上有小喽罗数百，正在那里使枪弄棒，比箭抡拳。一见有海船飘到，正是老鼠在猫口边过，如何不吃？便一伙的都抢下船来，将一船人身边银两行李，尽数搜出。那多是烧香客人，所有不多，不满众意，提起刀来吓他要杀。陈大郎情急了，大叫："好汉饶命！"那些喽罗听得是东路声音，便问道："你是哪里人？"陈大郎战战兢兢道："小的是苏州人。"喽罗们便说道："既如此，且绑到大王面前发落，不可便杀。"因此连众人都饶了，齐齐绑到聚义厅来。陈大郎此时也不知是何主意，总之，这条性命一大半是阎家的了。闭着泪眼，口里只念："救苦救难观世音菩萨。"只见那厅上一个大王，慢慢地踱下厅来，将大郎细看了又看，大惊道："原来是吾故人到此，快放了绑！"陈大郎听得此话，才敢偷眼看那大王时节，正是那两年前遇着多须多毛、酒楼上请他吃饭这个人。喽罗连忙解脱绳索，大王便扯一把交椅过来，推他坐了，纳头便拜道："小孩儿每不知进退，误犯仁兄，望乞恕罪。"陈大郎还礼不迭，说道："小人触冒山寨，理合就戮，敢有他言？"大王道："仁兄怎如此说？小可感仁兄雪中一饭之恩，于心不忘。屡次要来探访仁兄，只因山寨中多事不便。日前曾吩咐孩儿们，凡遇苏州客商，不可轻杀。今日得遇仁兄，天假之缘也。"陈大郎道："既蒙壮士不弃小人时，乞将同行众人包裹行李见还，早回家乡，誓当衔环结草。"大王道："未曾尽得薄情，仁兄如何就去？况且有一事要与仁兄慢讲。"回头吩咐小喽罗，宽了众人的绑，还了行李货物，先放还乡。众人欢天喜地，分明是鬼门关上放将转来，把头似捣蒜的一般，拜谢了大王，又谢了陈大郎。只恨爹娘少生了两只脚，如飞的开船去了。

大王便叫摆酒，与陈大郎压惊。须臾齐备，摆上厅来。那酒肴内，山珍海错也有，人肝人脑也有。大王定席之后，饮了数杯。陈大郎开口问道："前日仓卒有慢，不曾备细请教得壮士大名，伏乞详示。"大王道："小可生在海边，姓乌名友，少小就有些膂力，众人推我为尊，权主此岛。因见我须毛太多，称我做乌将军。前日由海道到崇明县，得游贵府，与仁兄相会。小可不是铺啜之徒，感仁兄一饭，盖因我辈钱财轻、义气重，仁兄若非尘埃之中，深知小可，一个素不相识之人，如何肯欣然款纳？所谓士为知己者死，仁兄果我之知己耳。"大郎闻言，又惊又喜，心里想道："好侥幸也。若非前日一饭，今是连性命也难保。"又饮了数杯，大王开言道："动问仁兄，宅上有多少人口？"大郎道："只有岳父母、妻子、小舅，并无他人。"大王道："如今各平安否？"大郎下泪道："不敢相瞒，旧岁荆妻、妻弟，一同往崇明探亲，途中有失，至今不知下落。"大王道："既是这等，尊嫂定是寻不出了。小可这里有个妇女，也是贵乡人，年貌与兄正当，小可欲将他来奉仁兄箕帚，意下如何？"大郎恐怕触了大王之怒，不敢推辞。大王便大喊道："请将来！请将来！"只见一男一女，走到厅上。大郎定睛看时，原来不是别人，正是妻子与小舅，禁不住相持痛哭一场。大王便叫增了筵席，三人坐了客位，大王坐了主位，说道："仁兄知尊嫂在此之故否？旧岁冬间，孩儿每往崇明海岸无人处，做些细商道路。见一男一女傍晚同行，拿着前来。小可问出根由，知是仁兄宅眷，忙令各馆别室，不敢相轻，于今两月有余。急忙里无个缘便，心中想道：'只要得邀仁兄一见，便可用小力送还。'今日不期而遇，天使然也。"三人感谢不尽。那妻子与小舅私对陈大郎说道："那日在海滩上，望得见外婆家了，打发了来船。姊弟正走间，遇见一伙人，捆缚将来，道是性命休矣。不想一见大王，查问来历，我等一一实对，便把我们另眼相看，我们也不知其故。今日见说，却记得你前年间曾言苏州所遇，果非虚话了。"陈大郎又想道："好侥幸也！前日若非一饭，今日连妻子也难保。"酒罢起身，陈大郎道："妻父母望眼将穿，既蒙壮士厚恩完聚，得早还家为幸。"大王道："既如此，明日送行。"当夜送大郎夫妇在一个所在，送小舅在一个所在，各歇宿了。

次日，又置酒相饯，三口拜谢了要行。大王又叫喽罗托出黄金三百两，白银一千两，彩缎货物在外，不计其数。陈大郎推辞了几番道："重承厚赐，只身难以持归。"大王道："自当相送。"大郎只得拜受了。大王道："自此每年当一至。"大郎应允。大王相送出岛边，喽罗们已自驾船相等。他三人欢欢喜喜，别了登舟。那海中是强人出没的所在，怕甚风涛险阻。只两日竟由海道中送到崇明上岸，海船自去了。他三人竟走至外婆家来。见了外婆，说了缘故，老人家肉天肉地的叫，欢喜无极。陈大郎又叫了一只船，三人一同到家。欧公、欧妈见儿女、女婿都来，还道是睡里梦里。大郎便将前情告诉了一遍，各各悲欢了一场。欧公道："此果是乌将军义气，然若不遇飓风，何缘得到岛中？普陀大士真是感应。"大郎又说着大士梦中四句诗，举家叹异。从此大郎夫妻年年到普陀进香，都是乌将军差人从海道迎送，每番多则千金，少则数百，必致重负而返。陈大郎也年年往他州外府，觅些奇珍异物奉承，乌将军又必加倍相答，遂做了吴中巨富之家，乃一饭之报也。后人有诗赞曰：

胯下曾酬一饭金，谁知剧盗有情深。世间每说奇男子，何必儒林胜绿林！

韩秀才乘乱聘娇妻　吴太守怜才主姻簿

诗曰：

嫁女须求女婿贤，贫穷富贵总由天。姻缘本是前生定，莫为炎凉轻变迁。

话说人生一世，沧海变为桑田，目下的贵贱穷通，都做不得准的。如今世人一肚皮势利念头，见一个人新中了举人、进士，生得女儿，便有人抢来定他为媳。生得男儿，便有人捱来许他为婿。万一官卑禄薄，一旦夭亡，仍旧是个穷公子、穷小姐，此时懊悔，已自迟了。尽有贫苦的书生，向富贵人家求婚，便笑他阴沟洞里思量天鹅肉吃。忽然青年高第，然后大家懊悔起来，不怨怅自己没有眼睛，便嗟叹女儿无福消受。所以古人会择婿的，偏拣着富贵人家不肯应允，却把一个如花似玉的爱女，嫁与那酸黄齑、烂豆腐的秀才，没有一人不笑他呆痴，道是："好一块羊肉，可惜落在狗口里了。"一朝天子招贤，连登云路，五花诰，七香车，尽着他女儿受用，然后服他先见之明。这正是：凡人不可貌相，海水不可斗量。只在论女婿的贤愚，不在论家势的贫富。当初韦皋、吕蒙正多是样子。

却说春秋时郑国有一个大夫，叫做徐吾犯，父母已亡，只有一同胞妹子。那小姐年方十六，生得肌如白雪，脸似樱桃，鬓若堆鸦，眉横丹凤。吟得诗，作得赋，琴棋书画，女工针指，无不精通。还有一件好处：那一双娇滴滴的秋波，最会相人。大凡做官的与他哥哥往来，他常在帘中偷看，便识得那人贵贱穷通，终身结果，分毫没有差错，所以一发名重。当时却有大夫公孙楚聘他为妇，尚未成婚。那公孙楚有个从兄，叫做公孙黑，官居上大夫之职。闻得那小姐貌美，便央人到徐家求婚，徐大夫回他已受聘了。公孙黑原是不良之徒，便倚着势力，不管他肯与不肯，备着花红酒礼，笙箫鼓乐，送上门来。徐大夫无计可施，次日备了酒宴，请他兄弟二人来，听妹子自择。

韩秀才乘乱聘娇妻
吴太守怜才主姻簿

公孙黑晓得要看女婿，便浓妆艳服而来，又自卖弄富贵，将那金银彩缎，排列一厅。公孙楚只是常服，也没有甚礼仪。旁人观看的，都赞那公孙黑，暗猜道："一定看中他了。"酒散，二人谢别而去。小姐房中看过，便对哥哥说道："公孙黑官职又高，面貌又美，只是带些杀气，他年决不善终。不如嫁了公孙楚，虽然小小有些折挫，久后可以长保富贵。"大夫依允，便辞了公孙黑，许了公孙楚，择日成婚已毕。

那公孙黑怀恨在心，奸谋又起。忽一日，穿了甲胄，外边用便服遮着，到公孙楚家里来，欲要杀他，夺其妻子。已有人通风与公孙楚知道，疾忙执着长戈赶出。公孙黑措手不及，着了一戈，负痛飞奔出门，便到宰相公孙侨处告诉。此时大夫都聚，商议此事，公孙楚也来了，争辨了多时。公孙侨道："公孙黑要杀族弟，其情未知虚实。却是论官职也该让他，论长幼也该让他。公孙楚卑幼，擅动干戈，律当远窜。"当时定了罪名，贬在吴国安置。公孙楚回家，与徐小姐抱头痛哭而行。公孙黑得意，越发耀武扬威了，外人看见，都懊怅徐小姐不嫁得他。就是徐大夫也未免世俗之见，小姐全然不以为意，安心等守。

却说郑国有个上卿游吉，该是公孙侨之后，轮着他为相。公孙黑思想夺他权位，日夜蓄谋，不时就要作起反来。公孙侨得知，便疾忙乘其未发，差官数了他的罪恶，逼他自缢而死。这正合着徐小姐不善终的话了。

那公孙楚在吴国住了三载，赦罪还朝，就代了那上大夫职位，富贵已极，遂与徐小姐偕老。假如当日小姐贪了上大夫的声势，嫁着公孙黑，后来做了叛臣之妻，不免守几十年之寡。即此可见目前贵贱，都是论不得的。

说话的，你又差了，天下好人也有穷到底的，难得一个个为官不成？俗语道得好："赊得不如现得。"何如把女儿嫁了一个富翁，且享此目前的快活。看官有所不知，就是会择婿的，也都要跟着命走。一饮一啄，莫非前定。却毕竟不如嫁了个读书人，到底不是个没望头的。如今再说一个生女的富人，只为倚富欺贫，思负前约，亏得太守廉明，成其姻事。后来妻贵夫荣，遂成佳话。有诗为证：

当年红拂困闺中，有意相随李卫公。日后荣华谁可及？只缘双目识英雄。

话说国朝正德年间，浙江台州府天台县有一秀士，姓韩名师愈，表字子文。父母双亡，也无兄弟，只是一身。他十二岁上就游庠的，养成一肚皮的学问，真个是：

才过子建，貌赛潘安。胸中博览五年，腹内广罗千古。他日必为攀桂客，目前尚作采芹人。

那韩子文虽是满腹文章，却当不过家道消乏，在人家处馆，勉强糊口。所以年过二九，尚未有亲。一日，遇着端阳节近，别了主人家回来，住在家里了数日。忽然心中想道："我如今也好议亲事了。据我胸中的学问，就是富贵人家把女儿匹配，也不冤屈了他。却是如今世人谁肯？"又想了一回道："说便是这样说，难道与我一样的儒家，我也还对他的女儿不过？"当下开了拜匣，称出束脩银伍钱，做个封筒封了，放在匣内，叫书僮拿了随着，信步走到王媒婆家里来。

那王媒婆接着，见他是个穷鬼，也不十分动火他的。吃过了一盏茶，便开口问道："秀才官人几时回家的？甚风推得到此？"子文道："来家五日了，今日到此，有些事体相央。"便在家僮手中接过封筒，双手递与王婆道："薄意伏乞笑纳，事成再有重谢。"王婆推辞一番，便接了道："秀才官人敢是要说亲么？"子文道："正是，家下贫穷，不敢仰攀富户，但是一样儒家女儿，可备中馈、延子嗣足矣。积下数年束脩，四五十金聘礼也好勉强出得。乞妈妈与我访个相应的人家。"王婆晓得穷秀才说亲，自然高来不成，低来不就的，却难推拒他。只得回复道："既承官人厚惠，且请回家，待老婢子慢慢的寻觅。有了话头，便来回报。"那子文自回家去了。

一住数日，只见王婆走进门来叫道："官人在家么？"子文接着问道："姻事如何？"王婆道："为着秀才官人，鞋子都走破了。方才问得一家，乃是县前许秀才的女儿，年纪十七岁。那秀才前年身死，娘子寡居在家里。家事虽不甚富，却也过得。说起秀才官人，倒也有些肯了。只是说道：'我女儿嫁个读书人，尽也使得。但我们妇人家又不晓得文字，目今提学要到台州岁考，待官人考了优等，就出吉帖便是。'"子文自恃才高，思忖此事十有八九，对王婆道："既如此说，便待考过议亲不迟。”当下买几杯白酒，请了王婆，自别去了。

子文又到馆中，静坐了一月有余，宗师起马牌已到。那宗师姓梁名士范，江西人。不一日到了台州，那韩子文头上戴了紫菜的巾，身上穿了腐皮的衫，腰间系了芋艿的绦，脚下穿了木耳的靴，同众生员迎接入城。行香讲书已过，便张告示，先考府学及天台、临海两县。到期，子文一笔写完，甚是得意。出场来将考卷誊写出来，请教了几个先达，几个朋友，无不叹赏。又自已玩了几遍，拍着桌子道：“好文字，好文字。就做个案元、帮补也不为过，何况优等？”又把文字来鼻头边闻一闻道：“果然有些老婆香。”

却说那梁宗师是个不识文字的人，又且极贪，又且极要奉承乡官及上司。前日考过杭、嘉、湖，无一人不骂他的，几乎吃秀才们打了。曾编着几句口号道：“道前梁铺，中人姓富，出卖生儒，不误主顾。”又有一个对道：“公子笑欣欣，喜弟喜兄都入学；童生愁惨惨，恨祖恨父不登科。”又把《四书》几语，做着几股道：“君子学道公则悦，小人学道尽信书。不学诗，不学礼，有父兄在，如之何其废之？诵其诗，读其书，虽善不尊，如之何其可也。”那韩子文是个穷儒，哪有银子钻刺？十日后发出案来，只见公子富翁都占前列了。你道那韩师愈的名字，却在哪里？正是：似“王”无一竖，如“川”却又眠。曾有一首《黄莺儿》词，单道那三等的苦处：

无辱又无荣，论文章是弟兄。鼓声到此如春梦，高才命穷，庸才运通。廪生到此便宜贡，且从容，一边站立，看别个赏花红。

那韩子文考了三等，气得目睁口呆，把那梁宗师乌龟王八的骂了一场，不敢提起亲事。那王婆也不来说了。只得勉强自解，叹口气道：

娶妻莫恨无良媒，书中有女颜如玉。

发落已毕，只得萧萧条条，仍旧去处馆。见了主人家及学生，都是面红耳热的，自觉没趣。

又过了一年有余，正遇着正德爷爷崩了，遗诏册立兴王。嘉靖爷爷就藩邸召入登基，年方一十五岁。妙选良家子女，充实掖庭。

那浙江纷纷的讹传道：“朝廷要到浙江各处点绣女。”那些愚民一个个信了。一时间嫁女儿的，讨媳妇的，慌慌张张，不成礼体。只便宜了那些卖杂货的店家，吹打的乐人，服侍的喜娘，抬轿的脚夫，赞礼的傧相。还有最可笑的传说道：“十个绣女要一个寡妇押送。”赶得那七老八十的，都起身嫁人去了。但见：

十三四的男儿，讨着二十四五的女子；十二三的女子，嫁着三四十的男儿。粗蠢黑的面孔，还恐怕认做了绝世芳姿；宽定宕的东西，还恐怕认做了含花嫩蕊。自言节操凛如霜，做不得二夫烈女。不久躯驱将就木，再拼个一度春风。

当时无名子有一首诗，说得有趣：

一封丹诏未为真，三杯淡酒便成亲。夜来明月楼头望，惟有嫦娥不嫁人。

那韩子文恰好归家，见民间如此慌张，便闲步出门来玩景。只见背后一个人，将子文忙忙的扯一把。回头看时，却是开典当的徽州金朝奉。对着子文施个礼说道：“家下有一小女，今年十六岁了，若秀才官人不弃，愿纳为室。”说罢，也不管子文要与不要，摸出吉帖，望子文袖中乱摔。子文道：“休得取笑。我是一贫如洗的秀才，怎承受得令爱起？”朝奉皱着眉道：“如今事体急了，官人如何说此懈话？若略迟些，恐防就点了去。我们夫妻两口儿，只生这个小女，若远远地到北京去了，再无相会之期，如何割舍得下！官人若肯府从，便是救人一命。”说罢便思量要拜下去。子文分明晓得没有此事，他心中正要妻子，却不说破，慌忙一把搀起道：“小生囊中只有四五十金，就是不嫌孤寒，聘下令爱时，也不能够就完姻事。”朝奉道：“不妨，不妨。但是有人定下的，朝廷也就不来点了。只须先行谢吉之礼，待事平之后，慢慢的做亲。”子文道：“这倒也使得，却是说开，后来不要翻悔。”那朝奉是情急的，就对天设起誓来道：“若有翻悔，就在台州府堂上受刑。”子文道：“设誓到也不必，只是口说无凭。请朝奉先回，小生即刻去约两个敝友，同到宝铺来。先请令爱一见，就求朝奉写一纸婚约，待敝友们都押了花字，一同做个证见。纳聘之后，或是令爱的衣裳，或是头发，或是指甲，告求一件藏在小生处，才不怕后来变卦。”那朝奉只要成事，满担应承道：“何消如此多疑！使得，使得。一唯尊命，只求快些。”一头走，一头说道：“专望，专望。”自回铺子里去了。

韩子文便望学中，会着两个朋友，乃是张四维、李俊卿。说了缘故，写着拜帖，一同往典铺中来。朝奉接着奉茶，寒温已罢，便唤出女儿朝霞到厅。你道生得如何？但见：

眉如春柳，眼似秋波。几片夭桃脸上来，两枝新笋裙间露。即非倾国倾城色，自是超群出众人。

子文见了女子的姿容，已自欢喜。一一施礼已毕，便自进房去了。子文又寻个算命先生，合一合婚，说道：“果是大吉，只是将婚之前，有些闲气。”那金朝奉一味要成，说道：“大吉便自十分好了，闲气自是小事。”便取出一幅全帖，上写道：

立婚约金声，系徽州人。生女朝霞，年十六岁，自幼未曾许聘何人。今有台州府天台县儒生韩子文礼聘为妻，实出两愿。自受聘之后，更无他说。张、李二公，与闻斯言。

嘉靖元年　月　日。立婚约：金声。同议友人：张安国、李文才。

写罢，三人多用了画押，付子文藏了。这也是子文见自己贫困，作此不得已之防，不想他日果有负约之事，这是后话。

当时便先择个吉日，约定行礼。到期，子文将所积束修五十余金，粗粗的置几件衣段首饰，其余的都是现银，写道：“奉申纳币之敬，子婿韩师愈顿首百拜。”又送张、李二人银各一两，就请他为媒，一同行聘到金家铺来。那金朝奉是个大富之家，与妈妈程氏见他礼不丰厚，虽然不甚喜欢，为是点绣女头里，只得收了，回盘甚是整齐。果然依了子文之言，将女儿的青丝细发，剪了一缕送来。子文一一收好，自想道：“若不是这一番哄传，连妻子也不知几时定得，况且又有妻财之分。”心中甚是快活不题。

光阴似箭，日月如梭，暑往寒来，又是大半年光景。却早嘉靖二年，点绣女的讹传已自息了。金氏夫妻见安平无事，不舍得把女儿嫁与穷儒，渐渐的懊悔起来。那韩子文行礼了一番，已把囊中所积束修用个罄尽，所以还不说起做亲。

一日，金朝奉正在当中算帐，只见一个客人，跟着一个十七八岁孩子走进铺来。叫道：“姊夫，姊姊在家么？”原来是徽州程朝奉，就是金朝奉的舅子，领着亲儿程寿，打从徽州来，要与金朝奉合伙开当的。金朝奉慌忙迎接，又引程氏、朝霞都相见了。叙过寒温，便叫暖酒来吃。程朝奉从容问道：“外甥女如此长成得标致了，不知曾受聘未？本不该如此说，犬子尚未有亲，姊夫若不弃，做个中表夫妻也好。”金朝奉叹口气道：“便是呢。我女儿若把与内侄为妻，有甚不甘心处。只为旧年点绣女时，心里慌张，草草的将来许了一个什么韩秀才。那人是个穷儒，我看他满脸饿文，一世也不能够发迹。前年梁学道来，考了一个三老官，料想也中不成。叫我女儿如何嫁得他？也只是我女儿没福，如今也没处说了。”程朝奉沉吟了半晌，问道：“姊夫姊姊，果然不愿与他么？”金朝奉道：“我如何说谎？”程朝奉道：“姊夫若是情愿把甥女与他，再也休提；若不情愿时，只须用个计策，要官府断离，有何难处？”金朝奉道：“计将安出？”程朝奉道：“明日待我台州府举一状词，告着姊夫。只说从幼中表约为婚姻，近因我羁滞徽州，姊夫就赖婚改适，要官府断与我儿便了。犬子虽则不才，也强如那穷酸饿鬼。”金朝奉道：“好便好，只是前日有亲笔婚书，及女儿头发在彼为证。官府如何就肯断与你儿？况且我先有一款不是了。”程朝奉道：“姊夫真是不惯衙门事体，我与你同是徽州人，又是亲眷，说道从幼结儿女姻，也是容易信的。常言道：‘有钱使得鬼推磨。’我们不少的是银子，匡得将来买上买下，再央一个乡官在太守处说了人情，婚约一纸，只须一笔勾消。剪下的头发知道是何人的？哪怕他不如我愿！既有银子使用，你也自然不到得吃亏的。”金朝奉拍手道：“妙哉！妙哉！明日就做。”当晚酒散，各自安歇了。

次日天明，程朝奉早早梳洗，讨些朝饭吃了，请个法家商量，定了状词。又寻一个姓赵的，写做了中证，同着金朝奉取路投台州府来。这一来，有分教：

丽人指日归佳士，诡计当场受苦刑。

到得府前，正值新太守吴公弼升堂。不逾时抬出放告牌来，程朝奉随着牌进去。太守叫义民官接了状词，从头看道：

告状人程元，为赖婚事。万恶金声，先年曾将亲女金氏，许元子程寿为妻，六礼已备，讵恶远徙台州，背负前约。于去年　　月间，擅自改许天台县儒生韩师愈。赵孝等证，人伦所系，风化攸关，恳乞天台明断，使续前缘。上告。

原告：程元，徽州府歙县人。

被犯：金声，徽州府歙县人。韩师愈，台州府天台县人。

干证：赵孝，台州府天台县人。

本府大老爷施行。

太守看罢，便叫程元起来，问道：“那金声是你什么人？”程元叩头道：“青天爷爷，是小人嫡亲姊夫。因为是至亲至眷，恰好儿女年纪相若，故此约为婚姻。”太守道：“他怎么就敢赖你？”程元道：“那金声搬在台州住了，小的却在徽州，路途先自遥远了。旧年相传点绣女，金声恐怕真有此事，就将来改适韩生。小的近日到台州探亲，正打点要完姻事，才知负约真情。他也只为情急，一时错做此事。小人却如何平白地肯让一个媳妇与别人了？若不经官府，那韩秀才如何又肯让与小人？万乞天台老爷做主。”太守见他说得有些根据，就将状子当堂批准，吩咐道：“十日内听审。”程元叩头出去了。金朝奉知得状子已准，次日便来寻着张、李二生，故意做个慌张的景象，说道：“怎么好？怎么好？当初在下在徽州的时节，妻弟有个儿子，已将小女许嫁他。后来到贵府，正值点绣女事急，只为远水不救近火，急切里将来许了贵相知。原是二公为媒说合的，不想如今妻弟到来，已将在下的姓名告在府间，如何处置？”那二人听得，便怒从心上起，恶向胆边生，骂道：“不知生死的老贼驴！你前日议亲的时节，誓也不知罚了许多。只看婚约是何人写的，如今却放出这个屁来？我晓得你嫌韩生贫穷，生此奸计。那韩生是个才子，须不是穷到底的。我们动了三学的朋友去见上司，怕不打断你这老驴的腿！管教你女儿一世不得嫁人！”

金朝奉却待分辩，二人毫不理他，一气走到韩家来，对子文说知缘故。那子文听罢，气得呆了半晌，一句话也说不出。又定了一会儿，张、李二人只是气愤愤的，要拉了子文合起学中朋友见官。倒是子文劝他道："二兄且住。我想起来，那老驴既不愿联姻，就是夺得那女子来时，到底也不和睦。吾辈若有寸进，怕没有名门旧族来结丝萝？这一个富商又非大家，直恁希罕！况且他有的是钱财，官府自然为他的。小弟家贫，哪有闲钱与他打官司？他年有了好处，不怕没有报冤的日子。有烦二兄去对他说，前日聘金原是五十两，若肯加倍赔还，就退了婚也得。”二人依言，子文就开拜匣取了婚书吉帖与那头发，一同的望着典铺中来。张、李二人便将上项的言语说了一遍。金朝奉大喜道："但得退婚，免得在下受累，哪在乎这几十两银子。”当时就取过天平，将两个元宝共兑了一百两之数，交与张、李二人收着。就要子文写退婚书，兼讨前日婚约、头发。子文道："且完了官府的事情，再来写退婚书及奉还原约未迟。而今官事未完，也不好轻易就这样还得，总是银子也未就领去不妨。”程朝奉又取二两银子，送了张、李二生，央他出名归息。二生就讨过笔砚，写了息词，同着原告、被告、中证一行人进府里来。吴太守方坐晚堂，一行人就将息词呈上。太守从头念一遍道：

劝息人张四维、李俊卿，系天台县学生，切徽人金声，有女，已受程氏之聘，因迁居天台，道途修阻。女年及笄，程氏音问不通，不得已，再许韩生，以致程氏斗争成讼。兹金声愿还聘礼，韩生愿退婚姻，庶不致寒盟于程氏，维等忝为亲戚，意在息争，为此上禀。

原来那吴太守是闽中一个名家，为人公平正直，不爱那有“贝”字的“财”，只爱那无“贝”字的“才”。自从前日准过状子，乡绅就有书来，他心中已晓得是有缘故的了。当下看过息词，抬头看了韩子文风采堂堂，已有几分欢喜，便叫唤那秀才上来。韩子文跪到面前，太守道："我看你一表人才，决不是久困风尘的。就是我招你为婿，也不枉了你。却如何轻聘了金家之女？今日又如何就肯轻易退婚？”那韩子文是个点头会意的人，他本等不做指望了，不想着太守心里为他，便转了口道："小生如何舍得退婚。前日初聘的时节，金声朝天设誓，犹恐怕不足为信，复要金声写了亲笔婚约，张、李二生都是同议的。如今现有‘不曾许聘他人’句句证。受聘之后，又回却青丝发一缕，小生至今藏在身边，朝夕把玩，就如见我妻子一般。如今一旦要把萧郎做个路人看待，却如何甘心得过？程氏结姻从来不曾见说，只为贫不敌富，所以无端生出是非。”说罢，便噙下泪来。恰好那吉帖、婚书、头发都在袖中，随即一并呈上。

太守仔细看了，便叫将程元、赵孝远远的另押在一边去。先开口问金声道："你女儿曾许程家么？”金声道："爷爷，实是许的。”又问道："既如此，不该又与韩生了。”金声道："只为点绣女事急，仓猝中不暇思前算后，做此一事，也是出于无奈。”又问道："那婚约可是你的亲笔？”金声道："是。”又问道："那上边写道：‘自幼不曾许聘何人’，却怎么说？”金声道："当时只要成事，所以一一依他，原非实话。”太守见他言语反复，已自怒形于色，又问道："你与程元结亲，却是几年几月几日？”金声一时说不出来，想了一回，只得扭捏道："是某年某月某日。”太守喝退了金声，又叫程元起来问道："你聘金家女儿，有何凭据？”程元道："六礼既行，便是凭据了。”又问道：“原媒何在？”程元道：“原媒自在徽州，不曾到此。”又道：“你媳妇的吉帖，拿与我看。”程元道：“一时失带在身边。”太守冷笑了一声，又问道：“你何年何月何日与他结姻的？”程元也想了一回，信口诌道：“是某年某月某日。”与金声所说日期，分毫不相合了。太守心里已自了然，便再唤那赵孝上来问道：“你做中证，却是哪里人？”赵孝道：“是本府人。”又问道：“既是台州人，如何晓得徽州事体？”赵孝道：“因为与两家有亲，所以知道。”太守道：“既如此，你可记得何年月日结姻的？”赵孝也约莫着说个日期，又与两人所言不相对了。原来他三人见投了息词，便道：“不消费得气力。”把那答应官府的说话，都不曾打得照会。谁想太爷一个个的盘问起来。那些衙门中人虽是受了贿赂，因惮太守严明，谁敢在旁边帮衬一句，自然露出马脚。

那太守就大怒道：“这一班光棍奴才，敢如此欺公罔法！且不论没有点绣女之事，就是愚民惧怕时节，金声女儿若果有程家聘礼为证，也不消再借韩生就躲避之策了。如今韩生吉帖婚书，并无一毫虚谬。那程元却都是些影响之谈，况且既为完姻而来，岂有不与原媒同行之理？至于三人所说结姻年月日期，各自一样，这却是何缘故？那赵孝自是台州人，分明是你们要寻个中证，急切里再没有第三个徽州人可央，故此买他出来的。这都只为韩生贫穷，便起不良之心，要将女儿改适内侄。一时通同合计，造此奸谋，再有何说？”便伸手抽出签来，喝叫把三人各打三十板。三人连声的叫苦，韩子文便跪上禀道：“大人既与小生做主，成其婚姻，这金声便是小生的岳父了。不可结了冤仇，伏乞饶恕。”太守道：“金声看韩生分上，饶他一半。原告、中证，却饶不得！”当下各各受责，只为心里不打点得，不曾用得杖钱，一个个打得皮开肉绽，叫喊连天。那韩子文、张安国、李文才三人在旁边，暗暗的欢喜。这正应着金朝奉往年所设之誓。太守便将息词涂坏，提笔判曰：

韩子贫惟四壁，求淑女而未能。金声富累千箱，得才郎而自弃。只缘择婿者原乏知人之鉴，遂使图婚者爰生诉讼之奸。程门旧约，两两无凭。韩氏新姻，彰彰可据。百金即为婚具，幼女准属韩生。金声、程元、赵孝构衅无端，各行杖警。

判毕，便将吉帖、婚书、头发一齐付与韩子文。一行人辞了太守出来，程朝奉做事不成，羞惭满面，却被韩子文一路千老驴、万老驴的骂，又道：“做的好事，果然做的好事，我只道打来是不痛的。”程朝奉只得忍气吞声，不敢回答一句。又害那赵孝打了屈棒，免不得与金朝奉共出些遮羞钱与他，尚自喃喃呐呐的怨怅，这叫做“赔了夫人又折兵”，当下各自散讫。

韩子文经过了一番风波，恐怕又有什么变卦，便疾忙将这一百两银子，备了些催装速嫁之类，择个吉日，就要成亲。仍旧是张、李二生请期通信，金朝奉见太守为他，不敢怠慢。欲待与舅子到上司做些手脚，又少不得经由府县的，正所谓敢怒而不敢言，只得一一听从。花烛之后，朝霞见韩生气宇轩昂，丰神俊朗，才貌甚是相当，哪里管他家贫？自然你恩我爱，少年夫妇，极尽颠鸾倒凤之欢，倒怨怅父亲多事。真个是：早知灯是火，饭熟已多时。自此无话。

次年，宗师田洪录科考，韩子文又得吴太守一力举荐，拔为前列。春秋两闱，联登甲第。金家女儿已自做了夫人。丈人思想前情，惭悔无及。若预先知有今日，就是把女儿与他为妾也情愿了。有诗为证：

蒙正当年也困穷，休将肉眼看英雄。堪夸仗义人难得，太守廉明即古洪。

恶船家计赚假尸银　狠仆人误投真命状

诗曰：

杳杳冥冥地，非非是是天。害人终自害，狠计总徒然。

话说那杀人偿命，是人世间最大的事，非同小可。所以是真难假，是假难真。真的时节，纵然有钱可以通神，目下脱逃宪网，到底天理不容，无心之中自然败露。假的时节，纵然严刑拷掠，诬伏莫伸，到底有个辩白的日子。假饶误出误人，那有罪的老死牖下，无罪的却命绝于囹圄刀锯之间，难道头顶上这个老翁，是没有眼睛的么？所以古人说得好：

湛湛青天不可欺，未曾举意已先知。善恶到头终有报，只争来早与来迟。

说话的，你差了。这等说起来，不信死囚牢里，再没有个含冤负屈之人？那阴间地府，也不须设得枉死城了。看官不知，那冤屈死的，与那杀人逃脱的，大概都是前世的事。若不是前世缘故，杀人竟不偿命，不杀人倒要偿命，死者生者，怨气冲天，纵然官府不明，皇天自然鉴察。千奇百怪的，巧生出机会来了此公案。所以说道："人恶人怕天不怕，人善人欺天不欺。"又道是："天网恢恢，疏而不漏。"

古来清官察吏，不止一人。晓得人命关天，又且世情不测，尽有极难信的事，偏是真的；极易信的事，偏是假的。所以就是情真罪当的，还要细细体访几番，方能够狱无冤鬼。如今为官做吏的人，贪爱的是钱财，奉承的是富贵，把那"正直公平"四字，抛却东洋大海。明知这事无可宽容，也将来轻轻放过；明知这事有些尴尬，也将来草草问成。竟不想杀人可恕，情理难容。那亲动手的奸徒，若不明正其罪，被害冤魂何时瞑目？至于扳诬冤枉的，却又六问三推，千般锻炼，严刑之下，就是凌迟碎剐的罪，急忙里只得轻易招成。搅得他家破人亡，害他一人，便是害他一家了。只做自己的官，毫不管别人的苦，我不知他肚肠阁落里边，也思想积些阴德与儿孙么？如今所以说这一篇，专一奉劝世上廉明长者，一草一木都是上天生命，何况祖宗赤子？须要慈悲为本，宽猛兼行，护正诛邪，不失为民父母之意。不但万民感戴，皇天亦当佑之。

且说国朝有个富人王甲，是苏州府人氏，与同府李乙是个世仇。王甲百计思量害他，未得其便。忽一日大风大雨，鼓打三更，李乙与妻子吃过晚饭，熟睡多时。只见十余个强人，将红朱黑墨搽了脸，一拥的打将入来。蒋氏惊慌，急往床下躲避。只见一个长须大面的，把李乙头发揪住，一刀砍死，竟不抢东西，登时散了。蒋氏却在床下看得亲切，战抖抖的走将出来，

恶船家计赚假尸银
狠仆人误投真命状

穿了衣服，向丈夫尸首嚎啕大哭。此时邻人已都来看了，各各悲伤，劝慰了一番。蒋氏道："杀奴丈夫的，是仇人王甲。"众人道："怎见得？"蒋氏道："奴在床下看得明白。那王甲原是仇人，又且长须大面，虽然搽墨，却是认得出的。若是别的强盗，何苦杀我丈夫，东西一毫不动？这凶身不是他是谁？有烦列位与奴做主。"众人道："他与你丈夫有仇，我们都是晓得的。况且地方盗发，我们该报官。明早你写纸状词，同我们到官首告便是，今日且散。"众人去了。蒋氏关了房门，又哽咽了一会。哪里有心去睡，苦啾啾的挨到天明，央邻人买状式写了，取路投长洲县来。正值知县升堂放告，蒋氏直至阶前，大声叫屈。知县看了状子，问了来历，见是人命盗情重事，即时批准。地方也来递失状，知县委捕官相验，随即差了应捕，擒捉凶身。

却说那王甲自从杀了李乙，自恃搽脸，无人看破，洋洋得意，毫不提防。不期一伙应捕，拥入家来，正是疾雷不及掩耳，一时无处躲避。当下被众人索了，登时押到县堂。知县问道："你如何杀了李乙？"王甲道："李乙自是强盗杀了，与小人何干？"知县问蒋氏道："你如何告道是他？"蒋氏道："小妇人躲在床底看见，认得他的。"知县道："夜晚间如何认得这样真？"蒋氏道："不但认得模样，还有一件真情可推：若是强盗，如何只杀了人便散了，不抢东西？此不是平日有仇的却是哪个？"知县便叫地邻来问他道："那王甲与李乙果有仇否？"地邻尽说："果然有仇。那不抢东西，只杀了人，也是真的。"知县便喝叫把王甲夹起。那王甲是个富家出身，忍不得痛苦，只得招道："与李乙有仇，假装强盗杀死是实。"知县取了亲笔供招，下在死囚牢中。王甲一时招承，心里还想辩脱，思量无计，自忖道："这里有个讼师，叫做邹老人，极是奸滑，与我相好。随你十恶大罪，与他商量，便有生路。何不等儿子送饭时，叫他去与邹老人商量？"

少顷，儿子王小二送饭来了。王甲说知备细，又吩咐道："倘有使用处，不可吝惜钱财，误我性命。"小二一一应诺，径投邹老人家来，说知父亲事体，求他计策谋脱。老人道："令尊之事，亲口供招。知县又是新到任的，自手问成，随你哪里告辩，出不得县间初案。他也不肯认错翻招，你将二三百两与我，待我往南京走走，寻个机会，定要设法出来。"小二道："如何说法？"邹老人道："你不要管我，只要交银子与我了，日后便见手段。而今不好先说得。"小二回去，当下凑了三百两银子，到邹老人家交付得当，随即催他起程。邹老人道："有了许多白物，好歹要寻出一个机会来，且宽心等待等待。"小二谢别而回，老人连夜收拾行李，往南京进发。

不一日来到南京，往刑部衙门细细打听。说有个浙江司郎中徐公，甚是通触，抑且好客。当下就央了一封先容的荐书，备了一副盛礼，去谒徐公。徐公接见了，见他会说会笑，颇觉相得。自此频频去见。渐厮熟来。正无个机会处，忽一日，捕盗衙门肘押海盗二十余人，解到刑部定罪。老人上前打听，知有两个苏州人在内，老人点头大喜，自言自语道："计在此了。"此日整备筵席，写帖请徐公饮酒。不逾时酒筵完备，徐公乘轿而来。老人笑脸相迎，定席以后，说些闲话。饮至更深时分，老人屏去众人，便将百两银子托出，献与徐与。徐公吃了一惊，问其缘故。老人道："今有舍亲王某，被陷在本县狱中，伏乞周旋。"徐公道："苟可效力，敢不从命？只是事在彼处，难以为谋。"老人道"不难，不难。王某只为与李乙有仇，今李乙被杀，未获凶身，故此遭诬下狱。昨见解到贵部海盗二十余人，内二人苏州人也。今但逼勒二盗，要他自认做杀李乙的，则二盗总是一死，未尝加罪。舍亲王某已沐再生之恩了。”徐公许诺，轻轻收过银子，亲放在扶手匣里面。唤进从人，谢酒乘轿而去。老人又密访着二盗的家属，许他重谢，先送过一百两银子，二盗也应允了。到得会审之时，徐公唤二盗近前，开口问道：“你们曾杀过多少人？”二盗即招某时某处杀某人；某月某日夜间到李家杀李乙。徐公写了口词，把诸盗收监，随即叠成文案。邹老人便使用书房行文书，抄招到长洲县知会，就是他带了文案，别了徐公，竟回苏州，到长洲县当堂投了。知县拆开，看见杀李乙的已有了主名，便道：“王甲果然屈招。”正要取监犯释放，忽见王小二进来叫喊诉冤。知县信之不疑，喝叫监中取出王甲，登时释放。蒋氏闻知这一番说话，没做理会处，也只道前日夜间果然自己错认了，只得罢手。

却说王甲得放归家，欢欢喜喜，摇摆进门。方才到得门首，忽然一阵冷风，大叫一声道：“不好了！李乙哥在这里了！”蓦然倒地，叫唤不醒，霎时气绝，呜呼哀哉。有诗为证：

胡脸阎王本认真，杀人偿命在当身。暗中假换天难骗，堪笑多谋邹老人。

前边说的人命，是将真作假的了。如今再说一个将假作真的。只为些些小事，被奸人暗算，弄出天大一场祸来。若非天道昭昭，险些儿死于非命。正是：

福善祸淫，昭彰天理。欲害他人，先伤自己。

话说国朝成化年间，浙江温州府永嘉县有个王生名杰，字文豪，娶妻刘氏，家中只有夫妻二人。生一女儿，年方二岁。内外安童养娘数口，家道亦不甚丰富。王生虽是业儒，尚不曾入泮，只在家中诵习，也有时出外结友论文。那刘氏勤俭作家，甚是贤慧，夫妻彼此相安。

忽一日，正遇暮春天气，二三友人扯了王生，往郊外踏青游赏。但见：

迟迟丽日，拂拂和风。紫燕黄莺，绿柳丛中寻对偶；狂蜂浪蝶，夭桃队里觅相知。王孙公子兴高时，无日不来寻酒肆。艳质娇姿，心动处，此时未免露闺容。须叫残醉可重扶，幸喜落花犹未扫。

王生看了春景融和，心中欢畅，吃了薄醉，取路回家里来。只见两个家僮，正和一个人门首喧嚷。原来那人是湖州客人，姓吕，提着竹篮卖姜。只为家僮要少他的姜价，故此争执不已。王生问了缘故，便对那客人道：“如此价钱，也好卖了，如何只管在我家门首喧嚷？好不晓事！”那客人是个憨直的人，便回话道：“我们小本经纪，如何要打短我的？相公须放宽洪大量些，不该如此小家子相。”王生乘着酒兴，大怒起来，骂道：“哪里来这老贼驴！辄敢如此放肆，把言语冲撞我！”走近前来，连打了几拳，一手推将去。不想那客人是中年的人，有痰火病的，就这一推里，一跤跌去，闷倒在地。正是：

身如五鼓衔山月，命似三更油尽灯。

原来人生最不可使性，况且这小人买卖，不过争得一二个钱，有何大事？常见大人家强梁僮仆，每每借着势力，动不动欺打小民。到得做出事来，又是家主失了体面。所以有正经的，必然严行惩戒。只因王生不该自己使性，动手打他，所以到底为此受累，这是后话。

却说王生当日见客人闷倒，吃了一大惊，把酒意都惊散了。连忙喝叫扶进厅来眠了，将茶汤灌将下去，不逾时苏醒转来。王生对客人谢了个不是，讨些酒饭与他吃了，又拿出白绢一匹与他，权为调理之资。那客人回嗔作喜，称谢一声，望着渡口去了。若是王生有未卜先知的法术，慌忙向前拦腰抱住，扯将转来，就养他在家半年两个月，也是情愿，不到得惹出飞来横祸。只因这一去，有分教：

双手撒开金线网，从中钓出是非来。

那王生见客人已去，心头尚自跳一个不住。走进房中，与妻子说了，道："几乎做出一场大事来，侥幸！侥幸！"此时天已晚了，刘氏便叫丫鬟摆上几样菜蔬，烫热酒与王生压惊。饮过数杯，只闻得外边叩门声甚急，王生又吃一惊。掌灯出来看时，却是渡头船家周四，手中拿了白绢、竹篮，仓仓皇皇，对王生说道："相公，你的祸事到了，如何做出这人命来？"唬得王生面如土色，只得再问缘由。周四道："相公可认得白绢、竹篮么？"王生看了道："今日有个湖州的卖姜客人到我家来，这白绢是我送他的，这竹篮正是他盛姜之物，如何却在你处？"周四道："下昼时节，是有一个湖州姓吕的客人，叫我的船过渡。到得船中，痰火病大发，将次危了，告诉我道：'被相公打坏了。'他就把白绢、竹篮交付与我做个证据，要我替他告官，又要我到湖州去报他家属前来，伸冤讨命。说罢，瞑目死了。如今尸骸尚在船中。船已撑在门首河头了，且请相公自到船中看看，凭相公如何区处。"王生听了，惊得目睁口呆，手麻脚软，心头恰像有个小鹿儿撞来撞去的。口里还只得硬着胆道："哪有此话。"背地叫人走到船里看时，果然有一个死尸骸。王生是虚心病的，慌了手脚，跑进房中与刘氏说知。刘氏道："如何是好？"王生道："如今事到头来，说不得了。只是买求船家，要他乘此暮夜，将尸首设法过了，方可无事。"

王生便将碎银一包，约有二十多两，袖在手中出来，对船家说道："家长不要声张，我与你从长计议。事体是我自做得不是了，却是出于无心的。你我同是温州人，也须有些乡里之情，何苦到为着别处人报仇。况且报得仇来，与你何益？不如不要提起，待我出些谢礼与你，求你把此尸载到别处抛弃了。黑夜里谁人知道？"船家道："抛弃在哪里？倘若明日有人认出来，追究根源，连我也不得干净。"王生道："离此不数里，就是我先父的坟茔，极是僻静，你也是认得的。乘此暮夜无人，就烦你船载到那里，悄悄地埋了。人不知，鬼不觉。"周四道："相公的说话，甚是有理。却怎么样谢我？"王生将手中之物出来与他，船家嫌少道："一条人命，难道值得这些些银子？今日凑巧死在我船中，也是天与我的一场小富贵。一百两银子，须是少不得的。"王生只要完事，不敢违拗，点点头进去了一会，将着些现银及衣裳首饰之类，取出来递与周四道："这些东西，约莫有六十金了。家下贫寒，望你将就包容罢了。"周四见有许多东西，便自口软了，道："罢了，罢了。相公是读书之人，只要时常看觑我就是，不敢计较。"

王生此时是情急的，正是：

得他心肯日，是我运通时。

心中已自放下几分，又摆出酒饭与船家吃了。随即唤过两个家人，吩咐他寻了锄头、铁钯之类。内中一个家人姓胡，因他为人凶狠，有些气力，都称他做胡阿虎。当下一一都完备了，一同下船到坟上来，拣一块空地，掘开泥土，将尸首埋藏已毕。又一同上船回家里来，整整弄了一夜。渐渐东方已发动了，随即又请船家吃了早饭，作别而去。王生叫家人关了大门，各自散讫。

王生独自回进房来，对齐氏说道："我也是个故家子弟，好模好样的，不想遭这一场，反被那小人逼勒。"说罢，泪如雨下。刘氏劝道："官人，这也是命里所招，应得受些惊恐，破此财物，不须烦恼。今幸得靠天，太平无事，便是十分侥幸了。辛苦了一夜，且自将息将息。"当时又讨些茶饭与王生吃了，各各安息不题。

过了数日，王生见事体平静，又买些三牲福物之类，拜献了神明祖宗。那周四不时的来假做探望，王生殷殷勤勤待他，不敢冲撞，些小借掇，勉强应承。周四已自从容了，卖了渡船，开着一个店铺，自此无话。

看官听说：王生到底是个书生，没甚见识。当日既然买嘱船家，将尸首载到坟上，只该聚起干柴，一把火焚了，无影无踪，却不干净？只为一时没有主意，将来埋在地中，这便是斩草不除根，萌芽春再发。

又过了一年光景，真个"浓霜只打无根草，祸来只奔福轻人"。那三岁的女儿出起极重的痘子来，求神问卜，请医调治，百无一灵。王生只有这个女儿，夫妻欢爱，十分不舍，终日守在床边啼哭。一日有个亲眷，办着盒礼来望痘客。王生接见，茶罢，诉说患病的十分沉重，不久当危。那亲眷道："本县有个小儿科姓冯，真有起死回生手段，离此有三十里路，何不接他来看觑看觑？"王生道："领命。"当时天色已黑，就留亲眷吃了晚饭，自别去了。

王生便与刘氏说知，写了请帖，连夜唤将胡阿虎来，吩咐道："你可五鼓动身，拿此请帖去请冯先生，早来看痘。我家里一面摆着午饭，立等立等。"胡阿虎应诺去了，当夜无话。

次日，王生果然整备了午饭，直等至未申时，杳不见来。不觉的又过了一日，到床前看女儿时，只是有增无减。挨至三更时分，那女儿只有出的气，没有入的气，告辞父母往阎家里去了。正是：

金风吹柳蝉先觉，暗送无常死不知。

王生夫妻就如失了活宝一般，各各哭得发昏。当时盛殓已毕，就焚化了。天明以后，到得午牌时分，只见胡阿虎转来回复道："冯先生不在家里，又守了大半日，故此到今日方回。"王生垂泪道："可见我家女儿命该如此，如今再也不消说了。"直到数日之后，同伴中说出实话来。却是胡阿虎一路饮酒沉醉，失去请贴，故此直挨至次日方回，造此一场大谎。王生闻知，思念女儿，勃然大怒，即时唤进胡阿虎，取出竹片要打。胡阿虎道："我又不曾打杀了人，何须如此？"王生闻得这话，一发怒从心上起，恶向胆边生。连忙叫家僮扯将下去，一气打了五十多板，方才住手，自进去了。

胡阿虎打得皮开肉绽，拐呀拐的，走到自己房里来，恨恨的道："为甚的受这般鸟气，你女儿痘子本是没救的了，难道是我不接得郎中，断送了他？不值得将我这般毒打。可恨！可恨！"又想了一回道："不妨事，大头在我手里，且待我将息棒疮好了，也叫他看我的手段。不知还是井落在吊桶里，吊桶落在井里。如今且不要露风声，等他先做了整备。"正是：

势败奴欺主，时衰鬼弄人。

不说胡阿虎暗生奸计。再说王生自女儿死后，不觉一月有余。亲眷朋友，每每备了酒肴与他释泪，他也渐不在心上了。忽一日，正在厅前闲步，只见一班应捕拥将进来，带了麻绳铁索，不管三七二十一，往王生颈上便套。王生吃一惊，问道："我是个儒家子弟，怎把我这样凌辱？却是为何？"应捕呸了一呸道："好个杀人害命的儒家子弟！官差吏差，来人不差。你自到太爷面前去讲。"当时刘氏与家僮妇女听得，正不知什么事头发了，只好立着呆看，不敢向前。

此时不由王生做主，那一伙如狼似虎的人，前拖后扯，带进永嘉县来。跪在堂下右边，却有个原告跪在左边。王生抬头看时，不是别人，正是家人胡阿虎。已晓得是他怀恨在心，出首的了。

那知县明时佐开口问道："今有胡阿虎首你打死湖州客人姓吕的，这怎么说？"王生道："青天老爷，不要听他说谎。念王杰弱怯怯的一个书生，如何会得打死人？那胡阿虎原是小的家人，只为前日有过，将家法痛治一番，为此怀恨，构此大难之端。望爷台照察。"胡阿虎叩头道："青天爷爷，不要听这一面之词。家主打人自是常事，如何怀得许多恨？如今尸首现在坟茔左侧，万乞老爷差人前去掘取，只看有尸是真，无尸是假。若无尸时，小人情愿认个诬告的罪。"

知县依言，即便差人押去起尸。胡阿虎又指点了地方尺寸，不逾时，果然抬个尸首到县里来。知县亲自起身相验，说道："有尸是真，再有何说？"正要将王生用刑，王生道："老爷听我分诉，那尸骸已是腐烂的了，须不是目前打死的。若是打死多时，何不当时就来首告，直待今日？分明是胡阿虎那里寻这尸首，霹空诬陷小人的。"知县道："也说得是。"胡阿虎道："这尸首实是一年前打死的，因为主仆之情，有所不忍。况且以仆首主，先有一款罪名，故此含藏不发。如今不想家主行凶不改，小的恐怕再做出事来，以致受累，只得重将前情首告。老爷若不信时，只须唤那四邻八舍到来，问去年某月日间，果然曾打死人否？即此便知真伪了。"知县又依言。不多时，邻舍唤到。知县逐一动问，果然说："去年某月某日，有个姜客被王家打死，暂时救醒，以后不知何如。"

王生此时被众人指实，颜色都变了，把言语来左支右吾。知县道："情真罪当，再有何言？这厮不打，如何肯招！"疾忙抽出签来，喝一声："打！"两边皂隶吆喝一声，将王生拖翻，着力打了二十板。可怜瘦弱书生，受此痛棒拷掠。王生受苦不过，只得一一招成。知县录了口词，说道："这人虽是他打死的，只是没有尸亲执命，未可成狱。且一面收监，待有了认尸的，定罪发落。"随即将王生监禁狱中，尸首依旧抬出埋藏，不得轻易烧毁，听后检偿。发放众人散讫，退堂回衙。那胡阿虎道是私恨已泄，甚是得意，不敢回王家见主母，自搬在别处住了。

却说王家家僮们在县里打听消息，得知家主已在监中，唬得两耳雪白，奔回来报与主母。刘氏一闻此信，便如失去了三魂，大哭一声，往后便倒：

未知性命何如？先见四肢不动。

丫鬟们慌了手脚，急急叫唤，那刘氏渐渐醒将转来。叫声："官人！"放声大哭，足有两个时辰，方才歇了。疾忙收拾些零碎银子，带在身边，换了一身青衣，叫一个丫鬟随了，吩咐家僮在前引路，径投永嘉县狱门首来。夫妻相见了，痛哭失声。王生又哭道："却是阿虎这奴才，害得我至此。"刘氏咬牙切齿，恨恨的骂了一番。便在身边取出碎银，付与王生道："可将此散与牢头狱卒，叫他好好看觑，免致受苦。"王生接了，天色昏黑，刘氏只得相别。一头啼哭，取路回家。胡乱用些晚饭，闷闷上床思量："昨夜与官人同宿，不想今日遭此祸事，两地分离。"不觉又哭一场，凄凄惨惨，睡了不题。

却说王生自从到狱之后，虽则牢头禁子受了钱财，不受鞭捶之苦。却是相与的，都是那些蓬头垢面的囚徒，心中有何快活？况且大狱未决，不知死活如何，虽是有人殷勤送衣送饭，到底不免受些饥寒之苦，身体日渐羸瘠了。刘氏又将银来买上买下，思量保他出去。又道是："人命重事，不易轻放。"只得在监中耐守。

光阴似箭，日月如梭。王生在狱中，又早恹恹的挨过了半年光景，劳苦忧愁，染成大病。刘氏求医送药，百般无效，看看待死。

一日，家僮来送早饭，王生望着监门吩咐道："可回去对你主母说，我病势沉重不好，旦夕必要死了。叫主母可作急来一看，我从此要永诀了。”家僮回家说知，刘氏心慌胆战，不敢迟延，疾忙顾了一乘轿，飞也似抬到县前来。离了数步，下了轿，走到狱门首，与王生相见了。泪如涌泉，自不必说。王生道：“愚夫不肖，误伤人命，以致身陷缧绁，辱我贤妻。今病势有增无减了，得见贤妻一面，死也甘心。但只是胡阿虎这个逆奴，我就到阴司地府，决不饶过他的。”刘氏含泪道：“官人不要说这不祥的话。且请宽心调养，人命既是误伤，又无苦主。奴家匡得卖尽田产，救取官人出来，夫妻完聚。阿虎逆奴，天理不容，到底有个报仇日子，也不要在心。”王生道：“若得贤妻如此用心，使我重见天日，我病体也就减几分了。但恐弱质恹恹，不能久待。”刘氏又劝慰了一番，哭别回家，坐到房中纳闷。

僮仆们自在厅前斗牌耍子。只见一个半老的人，挑了两个盒子，径进王家里来，放下扁担，对家僮问道：“相公在家么？”只因这个人来，有分教：负屈寒儒，得遇秦庭朗镜；行凶诡计，难逃萧相明条。有诗为证：

湖商自是隔天涯，舟子无端起祸胎。指日王生冤可白，灾星换做福星来。

那些家僮见了那人，仔细看了一看，大叫道：“有鬼！有鬼！”东逃西窜。你道那人是谁，正是一年前来卖姜的湖州吕客人。那客人忙扯住一个家僮问道：“我来拜你家主，如何说我是鬼？”刘氏听得厅前喧闹，走将出来。吕客人上前唱了个喏，说道：“大娘听禀，老汉湖州姜客吕大是也。前日承相公酒饭，又赠我白绢，感激不尽。别后到了湖州，这一年半里边，又到别处做些生意。如今重到贵府走走，特地办些土宜来探望你家相公，不知你家大官们，如何说我是鬼？”旁边一个家僮嚷道：“大娘，不要听他，一定得知道大娘要救官人，故此出来现形索命！”刘氏喝退了，对客人说道：“这等说起来，你真不是鬼了。你害得我家丈夫好苦！”吕客人吃了一惊道：“你家相公在哪里？怎的是我害了他？”刘氏便将周四如何撑尸到门，说留绢篮为证。丈夫如何买嘱船家，将尸首埋藏，胡阿虎如何首告，丈夫招承下狱的情由，细细说了一遍。

吕客人听罢，捶着胸膛道：“可怜！可怜！天下有这等冤屈的事！去年别去，下得渡船，那船家见我的白绢，问及来由。我不合将相公打我垂危，留酒赠绢的事情，备细说了一番。他就要买我白绢，我见价钱相应，即时卖了。他又要我的竹篮儿，我就与他作了渡钱。不想他赚得我这两件东西，下这般狠毒之计！老汉不早到温州，以致相公受苦，果然是老汉之罪了。”刘氏道：“今日不是老客人来，连我也不知丈夫是冤枉的。那绢儿、篮儿是他骗去的了。这死尸却是哪里来的？”吕客人想了一回道：“是了，是了。前日正在船中，说这事时节，只见水面上一个尸骸，浮在岸边。我见他注目而视，也只道出于无心，谁知因此就生奸计了。好狠！好狠！如今事不宜迟，请大娘收进了土宜，与老汉同到永嘉县诉冤，救相公出狱，此为上着。”刘氏依言，收进盘盒，摆饭请了吕客人。他本是儒家之女，精通文墨，不必假借讼师，就自己写了一纸诉状。雇乘女轿，同吕客人及僮仆等取路投永嘉县来。

等了一会儿，知县升晚堂了。刘氏与吕大大声叫屈，递上诉词。知县接上，从头看过，先叫刘氏起来问。刘氏便将丈夫争价误殴，船家撑尸得财，家人怀恨出首的事，从头至尾，一一分割，又说：“直至今日姜客重来，才知受枉。”

知县又叫吕大起来问，吕大也将被殴始末，卖绢根由，一一说了。知县道：“莫非你是刘氏买出来的？”吕大叩头道：“爷爷，小的虽是湖州人，在此为客多年，也多有相识的在这里，如何瞒得老爷过？当时若果然将死，何不央船家寻个相识来见一见，托他报信复仇，却将来托与一个船家？这也还道是临危时节，无暇及此了。身死之后，难道湖州再没有个骨肉亲戚，见是久出不归，也该有人来问个消息。若查出被殴伤命，就该到府县告理。如何直待一年之后，反是王家家人首告？小人今日才到此地，见有此一场屈事，那王杰虽不是小人陷他，其祸都因小人而起。实是不忍他含冤负屈，故此来到台前控诉，乞老爷笔下超生。”知县道：“你既有相识在此，可报名来。”吕大屈指头说出十数个。知县一一提笔记了，却到把后边的点出四名，唤两个应捕上来，吩咐道：“你可悄悄地唤他同做证见的邻舍来。”应捕随应命去了。

不逾时，两伙人齐唤了来。只见那相识的四人，远远地望见吕大，便一齐道：“这是湖州吕大哥，如何在这里？一定前日原不曾死。”知县又叫邻舍人近前细认，都骇然道：“我们莫非眼花了？这分明是被王家打死的姜客，不知还是到底救醒了，还是面庞厮像的？”内中一个道：“天下哪有这般相像的理。我的眼睛一看过，再不忘记，委实是他，没有差错。”此时知县心里已有几分明白了，即便批准诉状。叫起这一干人，吩咐道：“你们出去，切不可张扬，若违我言，拿来重责。”众人唯唯而退。知县随即唤几个应捕，吩咐道：“你们可密访着船家周四，用甘言美语哄他到此，不可说出实情。那原首人胡阿虎自有保家，俱到明日午后，带齐听审。”应捕应诺，分头而去。知县又吩咐刘氏、吕大回去，到次日晚堂伺候。二人叩头同出，刘氏引吕大到监门前，见了王生，把上项事情尽说了。王生闻得，满心欢喜，却似醍醐灌顶，甘露洒心，病体已减去六七分了，说道：“我初时只怪阿虎，却不知船家如此狠毒。今日不是老客人来，连我也不知自己是冤枉的。”正是：

雪隐鹭鸶飞始见，柳藏鹦鹉语方知。

刘氏别了王生，出得县门，乘着小轿，吕大与僮仆随了，一同径到家中。刘氏自进房里，叫家僮们陪客人吃了晚食，自在厅上歇宿。

次日过午，又一同地到县里来，知县已升堂了。不多时，只见两个应捕将周四带到。原来那周四自得了王生银子，在本县开个布店。应捕得了知县的令，对他说：“本县太爷要买布。”即时哄到县堂上来，也是天理合当败露，不意之中，猛抬头见了吕大，不觉两耳通红。吕大叫道：“家长哥，自从买我白绢、竹篮，一别直到今日。这几时生意好么？”周四顿口无言，面如槁木。少顷，胡阿虎也取到了。原来胡阿虎搬在他方，近日偶回县中探亲，不期应捕正遇着他，便上前捣个鬼道：“你家家主人命事已有苦主了，只待原首人来，即便审决。我们那一处不寻得到？”胡阿虎认真，欢欢喜喜随着公人，直到县堂跪下。知县指着吕大问道：“你可认得那人？”胡阿虎仔细一看，吃了一惊，心下好生踌躇，委决不下，一时不能回答。

知县将两人光景，一一看在肚里了。指着胡阿虎大骂道：“你这个狼心狗行的奴才！家主有何负你？直得便与船家同谋，觅这假尸诬陷人命？”胡阿虎道：“其实是家主打死的，小人并无虚谬。”知县怒道：“还要口强，吕大既是死了，那堂下跪的是什么人？”喝叫左右夹将起来：“快快招出奸谋便罢！”胡阿虎被夹，大喊道：“爷爷，若说小人不该怀恨在心，首告家主，小人情愿认罪。若要小人招做同谋，便死也不甘的。当时家主不合打倒了吕大，即刻将汤救醒，与了酒饭，赠了白绢，自往渡口去了。是夜二更天气，只见周四撑尸到门，又有白绢、竹篮为证，合家人都信了。家主却将钱财买住了船家，与小人同载至坟茔埋讫。以后因家主毒打，小人挟了私仇，到爷爷台下首告，委实不知这尸真假。今日不是吕客人来，连小人也不知是家主冤枉的。那死尸根由，都在船家身上。”

知县录了口语，喝退胡阿虎。便叫周四上前来问，初时也将言语支吾，却被吕大在旁边面对。知县又用起刑来，只得一一招承道：“去年某月某日，吕大怀着白绢下船，偶然问起缘由，始知被殴详细。恰好渡口原有这个死尸在岸边浮着，小的因此生心要诈骗王家。特地买他白绢，又哄他竹篮，就把水里尸首，捞在船上了。前到王家，谁想他一说便信。以后得了王生银子，将来埋在坟头。只此是真，并无虚话。”知县道：“是便是了，其中也还有些含糊。那里水面上，恰好有个流尸，又恰好与吕大厮像？毕竟又从别处谋害来，诈骗王生的。”周四大叫道：“爷爷冤枉！小人若要谋害别人，何不就谋害了吕大。前日因见流尸，故此生出买绢篮的计策。心中也道：‘面庞不像，未必哄得信？’小人欺得王生，一来是虚心病的，二来与吕大只见得一面，况且当日天色昏了，灯光之下，一般的死尸谁能细辨明白？三来白绢、竹篮，又是王生及姜客的东西，定然不疑。故此大胆哄他一哄，不想果被小人瞒过，并无一个人认得出真假。那尸首的来历，想是失脚落水的，小人委实不知。”吕大跪上前禀道：“小人前日过渡时节，果然有个流尸，这话实是真情了。”知县也录了口语，周四道：“小人本意，只要诈取王生财物，不曾有心害他，乞老爷从轻拟罪。”知县大喝道：“你这没天理的狠贼！你自己贪他银子，便几乎害得他家破人亡。似此诡计凶谋，不知陷过多少人了？我今日也为永嘉县中除了一害。那胡阿虎身为家奴，拿着影响之事，背恩卖主，情实可恨！合当重行责罚。”

当时喝叫把两人扯下，胡阿虎重打四十，周四不计其数，以气绝为止。不想那阿虎近日伤寒病未痊，受刑不起，也只为奴才背主，天理难容，打不上四十，死于堂前。周四直至七十板后，方才昏绝。可怜二恶凶残，今日毙于杖下。知县见二人死了，责令尸亲前来领尸。监中取出王生，当堂释放。又抄取周四店中布匹，估价一百金，原是王生被诈之物，例该入官。因王生是个书生，屈陷多时，怜他无端，改赃物做了给主，也是知县好处。坟旁尸首掘起验时，手爪有沙，是个失水的，无有尸亲，责令仵作埋之义冢。

王生等三人谢了知县，出来到得家中，与刘氏相持，痛哭了一场，又到厅前与吕客人重新见礼。那吕大见王生为他受屈，王生见吕大为他辩诬，俱各致个不安，互相感激。这叫做不打不成相识，以后遂不绝往来。王生自此戒了好些气性，就是遇着乞儿，也只是一团和气。感愤前情，思想荣身雪耻，闭户读书，不交宾客。十年之中，遂成进士，所以说为官做吏的人，千万不可草菅人命，视同儿戏。假如王生这一桩公案，惟有船家心里明白，不是姜客重到温州，家人也不知家主受屈，妻子也不知道丈夫受屈，本人也不知自己受屈。何况公庭之上，岂能尽照覆盆？慈祥君子，须当以此为鉴。

图圄刑措号仁君，吉网罗钳最枉人。寄语昏污诸酷吏，远在儿孙近在身。

陶家翁大雨留宾　蒋震卿片言得妇

诗曰：

一饮一啄，莫非前定。一时戏语，终身话柄。

话说人生万事，前数已定。尽有一时间偶然戏耍之事，取笑之话，后边照应将来，却像是个谶语响卜，一毫不差。乃知当他戏笑之时，暗中已有鬼神做主，非偶然也。

只如宋朝崇宁年间，有一个姓王的公子，本贯浙西人。少年发科，到都下会试。一日将晚，到延秋坊人家赴席。在一个小宅子前经过，见一女子生得十分美貌，独立在门内，徘徊凝望，却像等候什么人的一般。王生正注目看他，只见前面一伙骑马的人喝拥而来，那女子避了进去。王生匆匆也行了，不曾问得这家姓张姓李。

赴了席，吃得半醉归家，已是初更天气。复经过这家门首，往门内一看，只见门已紧闭，寂然无人声。王生嗤嗤从左傍墙脚下一带走去，意思要看他有后门没有。只见数十步外有空地丈余，小小一扇便门，也关着在那里。王生想道："日间美人只在此中，怎能够再得一见？"看了他后门，正在恋恋不舍，忽然隔墙丢出一件东西来，掉在地下一响，王生几乎被他打着，拾起来看，却是一块瓦片。此时皓月初升，光同白昼。看那瓦片时，有六个字在上面，写道："夜间在此相候。"王生晓得有些蹊跷，又带着几分酒意，笑道："不知是何等人约人做事的？待我要他一要。"就在墙上剥下些石灰粉来，写在瓦背上道："三更后可出来。"仍旧往墙里丢了进去。走开十来步，远远地站着，看他有何动静。

等了一会儿，只见一个后生走到墙边，低着头却像找寻什么东西的。寻来寻去，寻了一回，不见什么，对着墙里叹了一口气，有一步没一步的快快走了去。王生在黑影里看得明白，便道："想来此人定是所约之人了。只不知里边是什么人？好歹有个人出来，必要等着他。"等到三更，月色已高，烟雾四合。王生酒意已醒，看看瞌睡上来，伸伸腰，打个呵欠，自笑道："睡到不去睡，管别人这样闲事。"正要举步归寓，忽听得墙边小门呀的一响，轧然开了，一个女子闪将出来，月光之下，望去看时，且是娉婷。随后一个老妈，背了一只大竹箱，跟着往外就走。王生迎将上去，看得仔细，正是日间独立门首这女子。那女子看见人来，一些不避，直到当面一看，吃一惊道："不是，不是。"回转头来看老妈。老妈上前擦擦眼，把王生一认，也道："不是，不是。快进去。"那王生倒将身拦在后门边了，一

陶家翁大雨留宾　蒋震卿片言得妇

把扯住道："还思量进去！你是人家闺中女子，约人夜晚间在此相会，可是该的？我今声张起来，拿你见官，丑声传扬，叫你合家做人不成！我偶然在此遇着，也是我与你的前缘，你不如就随了我去。我是在此会试的举人，也不辱没了你。"那女子听罢，战抖抖的泪如雨下，没做道理处。老妈说道："若是声张，果是厉害。既然这位官人是个举人，小娘子权且随他到下处再处。而今没奈何了，一会子天明了，有人看见，却了不得。"那女子一头哭，王生一头扯扯拉拉，只得软软地跟他走到了下处。放他在一个小楼上面，连那老妈也就留了他服侍。

女子性定，王生问他备细。女子道："奴家姓曹，父亲早丧，母亲只生得我一人，甚是爱惜，要将我许聘人家。我有个姑姑的儿子，从小往来，生得聪俊，心里要嫁他。这个老妈就是我的奶娘，我央他对母亲说知此情。母亲嫌他家里无官，不肯依从。所以叫奶娘通情，说与他子，约他今夜以掷瓦为信，开门从他私奔。他已曾还掷一瓦，叫三更后出来。乃至出得门来，却是官人，到不见他，不知何故？"王生笑把适才戏写掷瓦，及一男子寻觅东西不见，长叹走去的事，说了一遍。女子叹口气道："这走去的正是他了。"王生笑道："却是我幸得撞着，岂非五百年前姻缘做定了？"女子无计可奈，见王生也自一表非俗，只得从了他。新打上的，恩爱不浅。

到得会试过了榜发，王生不得第。却恋着那女子，正在欢爱头上，不把那不中的事放在心里，只是朝欢暮乐。那女子前日带来竹箱中，多是金银宝物，王生缺用，就拿出来与他盘缠。迁延数月，王生竟忘记了归家。

王生的父亲在家盼望，见日子已久，不见王生归来。遍问京中来的人，都说道："他下处有一女子，相处甚是得意，那得肯还？"其父大怒，写着严切手书，差着两个管家，到京催他起身。又寄封书与京中同年相好的，叫他们遣个马票，兼请逼勒他出京，不许耽延。王生不得已，与女子作别，道："事出无奈，只得且去，得便就来。或者禀明父亲，径来接你，也未可知。你须耐心同老妈在此寓所住着等我。"含泪而别。王生到得家中，父亲升任福建。正要起身，就带了同去。一时未便，不好说得女子之事，闷闷随去任所，朝夕思念不题。

且说京中女子同奶妈，住在寓所守候。身边所带东西，王生在时已用去将有一半，今又两口在寓所食用，有出无入。看看所剩不多，王生又无信息。女子心下着忙，叫老妈打听家里母亲光景，指望重到家来与母亲相会。不想母亲因失了这女儿，终日啼哭，已自病死多时。那姑姑之子，次日见说舅母家里不见了女儿，恐怕是非缠在身上，逃去无踪了。女子见说，大哭了一场，与老妈商量道："如今一身无靠，汴京到浙西也不多路，趁身边还有些东西，做了盘缠，到他家里去寻他。不然如何了当？"就央老妈雇了一只船，下汴京一路来。行到广陵地方，盘缠已尽。那老妈又是高年，船上早晚感冒些风露，一病不起。那女子极得无投奔，只是啼哭。

原来广陵即是而今扬州府，极是一个繁华之地。古人诗云："烟花三月下扬州。"又道是："二十四桥明月夜，玉人何处叫吹箫？"从来仕宦官员、王孙公子，要讨美妾的，都到广陵郡来拣择聘娶。所以填街塞巷，都是些媒婆撞来撞去。看见船上一个美貌女子啼哭，都攒将拢来问缘故。女子说道："汴京下来，到浙西寻丈夫。不想此间奶母亡故，盘缠用尽，无计可施，所以啼哭。"内中一个婆子道："何不去寻苏大商量？"女子道："苏大是何人？"那婆子道："苏大是此间好汉，专一替人出闲力的。"女子慌忙之中，不知一个好歹，便出口道："有烦指引则个。"

婆子去了一会儿，寻取一个人来。那人一到船边，问了详细，便去引领一起人来，抬了尸自上岸埋葬。算船钱打发船家，对女子道："收拾行李，到我家里，停住几日再处。"叫一乘轿来抬女子。女子见他措置有方，只道投着好人，亦且此身无主，放心随他去。谁知这人却是扬州一个大光棍，当机兵、养娼妓、接子弟的，是个烟花的领袖，乌龟的班头。轿抬到家，就有几个粉头出来，相接作伴。女子情知尴尬，落在套中，无处分诉，自此改名苏媛，做了娼妓了。

王生在福建随任两年，方回浙中。又值会试之期，束装北上，道经扬州。扬州司理乃是王生乡举同门，置酒相待。王生赴席，酒筵之间，官妓叩头送酒。只见内中一人，屡屡偷眼看王生不已。生亦举目细看，心里疑道："如何甚像京师曹氏女子？"及问姓名，全不相同，却再三看来，越看越是。酒半起身，苏媛捧觞上前，劝生饮酒。觌面看得较切，口里不敢说出，心中想着旧事，不胜悲伤，禁不住两行珠泪，簌簌的落将下来，堕在杯中。生情知是了，也垂泪道："我道像你，原来果然是你。却是因何在此？"那女子把别后事情，及下汴寻生，盘缠尽了，失身为娼始末根缘，说了一遍，不觉大恸。生自觉惭愧，感伤流泪，力辞不饮，托病而起。随即召女子到自己寓所，各诉情怀，留同枕席。次日密托扬州司理，追究苏大拘良为娼，问了罪名，脱了苏媛乐籍，送生同行。后来与生生子，仕至尚书郎。想着起初，只是一时拾得掷瓦，做此戏谑之事，谁知是老大一段姻缘，几乎把女子一生断送了，还亏得后来成了正果。而今更有一段话文，只因一句戏言，致得两边错认，得了一个老婆。全始全终，比前话更为完美。有诗为证：

戏言偶尔作恢奇，谁道从中遇美妻。假女婿为真女婿，失便宜处得便宜。

这一本话文，乃是国朝成化年间，浙江杭州府余杭县有一个人，姓蒋名霆，表字震卿。本是儒家子弟，生来心性倜傥佻挞，顽耍戏浪，不拘小节。最喜游玩山水，出去便是累月累日，不肯呆坐家中。一日想道："从来说山阴道上，千岩竞秀，万壑争流，是个极好去处。此去绍兴府隔得多少路，不去游一游？"恰好有乡里两个客商，要过江南去贸易，就便搭了伴同行。过了钱塘江，搭了西兴夜船，一夜到了绍兴府城。两客自去做买卖，他便兰亭、禹穴、蕺山、鉴湖，没处不到，游得一个心满意足。两客也做完了生意，仍旧合伴同归。

偶到诸暨村中行走，只见天色看看傍晚，一路是些青畦绿亩，不见一个人家。须臾之间，天上洒下雨点来，渐渐下得密了。三人都不带得雨具，只得慌忙向前奔走，走得一个气喘。却见林子里露出一所庄宅来，三人远望道："好了，好了，且到那里躲一躲则个。"两步挪来一步，走到面前，却是一座双檐滴水的门坊。那两扇门，一扇关着，一扇半掩在那里。蒋震卿便上前，一手就去推门。二客道："蒋兄惯是莽撞，借这里只躲躲雨便了，知是什么人家，便去敲门打户？"蒋震卿最好取笑，便大声道："何妨得！此乃是我丈人家里。"二客道："不要胡说惹祸。"过了一会儿，那雨越下得大了。只见两扇门忽然大开，里头踱出一个老者来。看他怎生打扮：

头戴斜角方巾，手持盘头拄拐。方巾内竹箨冠，罩着银丝样几茎乱发；拄拐上虬须节，握着干姜般五个指头。宽袖长衣，摆出浑如鹤步；高跟深履，踱来一似龟行。想来圯上可传书，应是商山随聘出。

原来这老者姓陶，是诸暨村中一个殷实大户，为人耿直忠厚，极是好客尚义认真的人。起初傍晚，正要走出大门来，看人关闭，只听得外面说话响，晓得有人在门外躲雨。故迟了一步，却把蒋震卿取笑的说话，一一听得明白。走进去对妈妈与合家说了，都道："有这样放肆可恶的，不要理他！"而今见下得雨大，晓得躲雨的没去处，心下过意不去，有心要出来留他们进去，却又怪先前说这讨便宜话的人。踌躇了一回，走出来见是三个，就问道："方才说老汉是他丈人的，是哪一个？"蒋震卿见问着这话，自觉先前失言，耳根通红。二客又同声将他埋怨道："原是不该。"老者看见光景，就晓得是他了。便对二客道："两位不弃老拙，便请到寒舍里面，盘桓一盘桓。这位郎君，依他方才所说，他是吾子辈，与宾客不同，不必进来，只在此伺候罢。"二客方欲谦逊，被他一把扯了袖子，拽进大门，刚跨进槛内，早把两扇门扑的关好了。

二客只得随老者登堂，相见叙坐，各道姓名，及偶过避雨，说了一遍。那老者犹兀自气忿忿的道："适间这位贵友，途路之中，如此轻薄无状，岂是个全身远害的君子。二公不与他相交得也罢了。"二客替他称谢道："此兄姓蒋，少年轻肆，一时无心失言，得罪老丈，休得计较。"老者只不释然。须臾，摆下酒饭相款，竟不提起门外尚有一人。二客自己非分取扰，已出望外，况见老者认真着恼，难道好又开口周全得蒋震卿，叫他一发请了进来不成？只得由他，且管自家食用。

那蒋震卿被关在大门之外，想着适间失言，老大没趣。独自一个栖栖在雨檐之下，黑魆魆地，靠来靠去，好生冷落。欲待一口气走了去，一来雨黑，二来单身，不敢前行。只得忍气吞声，耐了心性等着。只见那雨渐渐止了，轻云之中，有些月色上来。侧耳听着门内，人声寂静了。便道："他们想已安寝，我却如何痴等？不如趁此微微月色，路径好辨，走了去吧。"又想一想道："那老儿固然怪我，他们两个便直得如此撇下了我，只管自己自在不成？毕竟有安顿我处，便再等他一等。"

正在踌躇不定，忽听得门内有人低低道："且不要去。"蒋震卿心下道："我说他们定不忘怀了我。"就应一声道："晓得了，不去。"过了一会，又听得低低道："有些东西拿出来，你可收拾好。"蒋震卿心下又道："你看他两个白白里打搅了他一餐，又拿了他的什么东西？忒煞欺心！"却口里且答应道："晓得了。"站住等着。

只见墙上有两件东西，扑搭地丢将出来，急走上前看时，却是两个被囊。提一提看，且是沉重，把手捻两捻，累累块块，像是些金银器物之类。蒋震卿恐怕有人开门出来追寻，急负在背上，望前便走。走过百余步，回头看那门时，已离得略远了，站着脚，再看动静，远望去墙上两个人跳将下来。蒋震卿道："他两个也来了，恐有人追，我只索先走，不必等他。"提起脚便走，望后边这两个也不忙赶，只尾着他，慢慢地走。蒋震卿走得稍远，心下想道："他两个赶着了，包裹东西，必要均分，趁他们还在后边，我且开囊看看。总是不义之物，落得先藏起他些好的。"立住了，把包裹打开，将黄金重货另包了一囊，把钱布之类仍旧放在被囊里，提了又走。又望后边两个人，却还未到。原来见他住也住，见他走也走，黑影里远远尾着，只不相近。如此行了半夜，只是隔着一箭之路。

看看天明了，那两个方才脚步走得急促，赶将上来。蒋震卿道："正是来一路走。"走到面前把眼一看，吃了一惊，谁知不是昨日同行的两个客人，到是两个女子。一个头扎临清帕，身穿青绸衫，且是生得美丽。一个散挽头髻，身穿青布袄，是个丫鬟打扮。仔细看了蒋震卿一看，这一惊可也不小，急得忙闪了身子开来。蒋震卿上前，一把将美貌的女子劫住道："你走哪里去！快快跟了我去，倒有商量；若是不从，我同到你家去出首。"女子低首无言，只得跟了他走。

走到一个酒馆中，蒋生拣个僻静楼房与他住下了。哄店家道："是夫妻烧香，买早饭吃的。"店家见一男一女，又有丫鬟跟随，并无疑心，自去支持早饭上来吃。蒋震卿对女子低声问他来历，那女子道："奴家姓陶，名幼芳，就是昨日主人翁之女。母亲王氏，奴家幼年间许嫁同郡褚家，谁想他双目失明了，我不愿嫁他。有一个表亲之子王郎，少年美貌，我心下有意于他，与他订约日久，约定今夜私奔出来，一同逃去。今日日间不见回音，将到晚时，忽听得爹爹进来大嚷道：'是门前有个人，口称这里是他丈人家里，胡言乱语，可恶！'我心里暗想：'此必是我所约之郎到了。'急急收并赀财，引这丫鬟拾翠为伴，逾墙出来。看见你在前面背囊而走，心里道：'自然是了。'恐怕人看见，所以一路不敢相近。谁知跟到这里，却是差了。而今既已失却那人，又不好归去得，只得随着官人罢，也是出于无奈了。"蒋震卿大喜道："此乃天缘已定，我言有验。且喜我未曾娶妻，你不要慌张，我同你家去便了。"蒋生同他吃了早饭，丫鬟也吃了，打发店钱，独讨一个船，也不等二客，一直同他随路换船，径到了余杭家里。家人来问，只说是路上礼聘来的。

那女子入门，待上接下，甚是贤能，与蒋震卿十分相得。过了一年，已生了一子。却提起父母，便凄然下泪。一日，对蒋震卿道："我那时不欲从那瞽夫，所以做出这些冒礼勾当来。而今身已属君，可无悔恨。但只是双亲年老无靠，失我之后，在家必定忧愁。且一年有余，无从问个消息，我心里一刻不能忘。再如此思念几时，毕竟要生出病来了。我想父母平日爱我如珠似宝，而今便是他知道了，他只以见我为喜，定然不十分嗔怪的。你可计较，怎生通得一个信去？"蒋震卿想了一回道："此间有一个教学的先生，姓阮，叫阮太始，与我相好，他专在诸暨往来。待我与他商量看。"蒋震卿就走去，把这事始末根由，一五一十对阮太始说了。阮太始道："此老是诸暨一个极忠厚的长者，与学生也曾相会几番过的。待学生寻个便，到那里替兄委曲通知，周全其事，决不有误。"蒋震卿称谢了，来回浑家的话不题。

且说陶老是晚款留二客在家歇宿。次日，又拿早饭来吃了。二客千恩万谢，作别了起身。老者送出门来，还笑道："昨日狂生不知哪里去宿了？也等他受些恓惶，以为轻薄之戒！"二客道："想必等不得，先去了。容学生辈寻着他，埋怨他一番。老丈再不必介怀。"老者道："老拙也是一时耐不得，昨日够奈何他了。哪里还挂在心上。"道罢，各自作别去了。老者入得门时，只见一个丫鬟，慌慌张张走到面前，喘做一团道："阿爹不好了！姐姐不知哪里去了？"老者吃了一惊道："怎的说？"一步一攧，忙走进房中来。只见王妈妈儿天儿地的放声大哭，哭倒在地。老者问其详细，妈妈说道："昨晚好好在他房中睡的，今早因外边有客，我且照管灶下早饭，不曾见他起来。及至客去了，叫人请他来一处吃早饭。只见房中箱笼大开，连服侍的丫鬟拾翠也不见，不知哪里去了？"老者大骇道："这却为何？"一个养娘便道："莫不昨日投宿这些人是个歹人，夜里拐的去了？"老者道："胡说！他们都是初到此地的。那两个宿了一夜，今日好好别了去的，如何拐得？这一个因是我恼他，连门里不放他进来，一发什么相干？必是日前与人有约，今因见有客，趁闹打劫而逃去了。你们平日看见姐姐有甚破绽么？”一个养娘道：“阿爹，此猜十有八九。姐姐只为许了个盲子，心中不乐，时时流泪。惟有王家某郎与姐姐甚说得来，时常叫拾翠与他传消递息的，想必约着跟他走了。”老者见说得有因，密地叫人到王家去访时，只见王郎好好的在家里，并无一些动静。老者没做理会处，自道：“家丑不可外扬，切勿令传出去。褚家这盲子退得便罢，退不得，苦一个丫头不着，还他罢了。只是身边没有了这个亲生女儿，好生冷静。”与那王妈妈说道，便哭一个不住。后来褚家盲子死了，感着老夫妻念头，又添上几场悲。哭道：“便早死了年把，也不见得女儿如此。”

如是一年有多。只见一日门上递个名帖进来，却是余杭阮太始。老者出来接着道：“甚风吹得到此？”阮太始道：“久疏贵地诸友，偶然得暇，特过江来拜望一番。”老者便叫置酒相待。

饮酒中间，大家说些江湖上的新闻。也有可信的，也有可疑的。阮太始道：“敝乡一年之前，也有一件新闻，这事却是实的。”老者道：“何事？”阮太始道：“有一个少年朋友，出来游耍归去。途路之间，一句戏话上边，得了一个妇人，至今做夫妻在那里。说道：‘这妇人是贵乡的人。’老丈曾晓得么？”老者道：“可知这妇人姓什么？”阮太始道：“说道也姓陶。”那老者大惊道：“莫非是小女么？”阮太始道：“小名幼芳，年纪一十八岁，又有个丫头名拾翠。”老者撑着眼道：“真是吾小女了，如何在他那里？”阮太始道：“老丈还记得雨中叩门，冒称是岳家，老丈闭他在门外，不容登堂的事么？”老者道：“果有这个事。此人平日原非相识，却又关在外边，无处通风。不知那晚，小女如何却随着他去了？”阮太始把蒋生所言，一一告诉，说道：“一边妄言，一边发怒，一边误认，凑合成了这事，真是稀奇。而今已生子了，老翁要见他么？”老者道：“可知要见哩。”

只见王妈妈在屏风后边，听得明明白白，忍不住跳将出来。不管是生是熟，大哭，拜倒在阮太始面前道：“老夫妇只生得此女，自从失去，几番哭绝，至今奄奄不欲生。若是客人果然致得吾女相见，必当重报。”阮太始道：“老丈与孺人固然要见令爱，只怕有些见怪令婿，令婿便不敢来见了。”老者道：“果然得见，庆幸不暇，还有什么见怪？”阮太始道：“令婿也是旧家子弟，不辱没了令爱的。老丈既不嗔责，就请老丈同到令婿家里，去一见便是。”老者欣然置装，就同阮太始一路到余杭来。

到了蒋家门首，阮太始进去，把以前说话备细说了。阮太始同蒋生出来接了老者。那女儿久不见父亲，也直接至中堂。阮太始暂避开了。父女相见，倒在怀中，大家哭倒。老者就要蒋生同女儿到家去，那女儿也要去见母亲，就一同到诸暨村来。母女两个相见了，又抱头大哭道：“只说此生再不得相会了，谁道还有今日？”哭得旁边养娘们个个泪出。哭罢，蒋生拜见丈人、丈母，叩头请罪道：“小婿一时与同伴门外戏言，谁知岳丈认了真，致犯盛怒。又谁知令爱认了错，得谐私愿。小婿如今想起来，当初说此话时，何曾有分毫想到此地位的？都是偶然，望岳丈勿罪。”老者大笑道：“天叫贤婿说出这话，有此凑巧。此正前定之事，何罪之有？”正说话间，阮太始也封了一封贺礼，到门叫喜。老者就将彩帛银两，拜求阮太始为媒，置酒大会亲族。重叫蒋震卿夫妇拜天地成礼，厚赠妆奁，送他还家，夫妻谐老。

当时蒋生不如此戏耍取笑，被关在门外，便一样同两个客人一处儿吃酒了，哪里撞得着这老婆来？不知又与哪个受用去了。可见前缘分定，天使其然。

此本说话，出在祝枝山《西樵野记》中，事体本等有趣。只因有个没见识的，做了一本《鸳衾记》，乃是将元人《玉清庵错送鸳鸯被》杂剧，与嘉定篦工徐达拐逃新人的事三四件，做了个扭名粮长，弄得头头不了，债债不清。所以今日依着本传，把此话文重新流传于世，使人简便好看。有诗为证：

片言得妇是奇缘，此等新闻本可传。扭捏无端殊舛错，故将话本与重宣。

赵六老舐犊丧残生　张知县诛枭成铁案

诗曰：

从来父子是天伦，凶暴何当逆自亲。为说慈乌能反哺，应叫飞鸟骂伊人。

话说人生极重的是那“孝”字，盖因为父母的自乳哺三年，直盼到儿子长大，不知费尽了多少心力。又怕他三病四痛，日夜焦劳，又指望他聪明成器，时刻注意。抚摩鞠育，无所不至。《诗》云：“哀哀父母，生我劬劳。欲报之德，昊天罔极。”说到此处，就是卧冰哭竹，扇枕温衾，也难报答万一。况乃锦衣玉食，归之自己，担饥受冻，委之二亲。漫然视若路人，甚而等之仇敌，败坏彝伦，灭绝天理，真狗彘之所不为也。

如今且说一段不孝的故事，从前寡见，近世罕闻。

正德年间，松江府城有一富民姓严，夫妻两口儿过活。三十岁上无子，求神拜佛，无时无处不将此事挂在念头上。忽一夜，严娘子似梦非梦间，只听得空中有人说道：“求来子，终没耳；添你丁，减你齿。”严娘子分明听得，次日即对严公说知，却不解其意。自此以后，严娘子便觉得眉低眼慢，乳胀腹高，有了身孕。怀胎十月，历尽艰辛，生下一子，眉清目秀。夫妻二人欢喜倍常。万事多不要紧，只愿他易长易成。

赵六老舐犊丧残生
张知县诛枭成铁案

光阴荏苒，又早三年。那时也倒聪明伶俐，做爷娘的百依百顺，没一事违拗了他。休说是世上有的物事，他要时定要寻来，便是天上的星，河里的月，也恨不得爬上天捉将下来，钻入河捞将出来。似此情状，不可胜数。又道是：“棒头出孝子，箸头出忤逆。”为是严家夫妻养娇了这孩儿，到得大来，就便目中无人，天王也似的大了。却是为他有钱财使用，又好结识那一班惨刻狡猾、没天理的衙门中人。多只是奉承过去，哪个敢与他一般见识，却又极好樗蒲，搭着一班儿伙伴，多是高手的赌贼。那些人贪他是出钱施主，当面只是甜言蜜语，谄笑胁肩，赚他上手。他只道众人真心喜欢，且十分帮衬，便放开心地，大胆呼卢，把那黄白之物，无算的暗消了去。严公时常苦劝，却终究溺着一个“爱”

字，三言两语，不听时也只索罢了。岂知家私有数，经不得十转九空。似此三年，渐渐凋耗。

严公原是积攒上头起家的，见了这般情况，未免有些肉痛。一日有事出外，走过一个赌坊，只见数十来个人团聚一处，在那里喧嚷。严公望见，走近前伸头一看，却是那众人裹着他儿子讨赌钱。他儿子分说不得，你拖我扯，无计可施。严公看了，恐怕伤坏了他，心怀不忍，挨开众人，将身蔽了孩儿。对众人道："所欠钱物，老夫自当赔偿。众弟兄各自请回，明日到家下拜纳便是。"一头说，一手且扯了儿子，怒愤愤的投家里来。关上了门，采了他儿子头发，硬着心，做势要打，却被他挣扎脱了。严公赶去，扯住不放。他掇转身来，望严公脸上只一拳，打个满天星，昏晕倒了。儿子也自慌张，只得将手扶时，原来打落了两个门牙，流血满胸。儿子晓得不好，且望外一溜走了。严公半晌方醒，愤恨之极，道："我做了一世人家，生这样逆子，荡了家私，又几乎害我性命，禽兽也不如了！还要留他则甚？"一径走到府里来，却值知府升堂，写着一张状子。将那打落牙齿为证，告了忤逆。知府准了状，当日退堂，老儿且自回去。

却有严公儿子平日最爱的相识，一个外郎，叫做丘三，是个极狡黠奸诈的。那时见准了这状，急急出衙门，寻见了严公儿子，备说前事。严公儿子着忙，恳求计策解救。丘三故意作难，严公儿子道："适带得赌钱三两在此，权为使用，是必打点，救我性命则个。"丘三又故意迟延了半晌道："今日晚了，明早府前相会，我自有话对你说。"严公儿子依言，各自散讫。

次早俱到府前相会，严公儿子问："有何妙计？幸急救我。"丘三把手招他到一个幽僻去处，说道："你来，你来。对你说。"严公儿子便以耳接着丘三的口，等他讲话，只听得跄踔一响，严公儿子大叫一声，疾忙掩耳。埋怨丘三道："我百般求你解救，如何倒咬落我的耳朵？却不恁地与你干休！"丘三冷笑道："你耳朵原来却恁地值钱？你家老儿牙齿直恁地不值钱？不要慌，如今却真对你说话，你慢些只说如此如此，便自没事。"严公儿子道："好计。虽然受些痛苦，却得干净了身子。"

随后府公升堂，严公儿子带到。知府问道："你如何这般不孝，只贪赌博。怪父教诲，甚而打落了父亲门牙，有何理说？"严公儿子泣道："爷爷青天在上，念小的焉敢悖伦胡行？小的偶然出外，见赌坊中争闹，立定闲看，谁知小的父亲也走将来，便疑小的亦落赌场。采了小的回家痛打，小的吃打不过，不合伸起头来，父亲便将小的毒咬一口，咬落耳朵。老人家齿不坚牢，一时性起，遂至坠落。岂有小的打落之理？望爷爷明镜照察。"知府叫上去验看，果然是一只缺耳，齿痕尚新，上有凝血。信他言词是实，微微的笑道："这情是真，不必再问了。但看赌钱可疑，父齿复坏，责杖十板赶出，免拟。"严公儿子喜得无恙归家，求告父母道："孩儿愿改从前过失，侍奉二亲，官府已责罚过，任父亲发落。"老儿昨日一口气上到府告官。过了一夜，又见儿子已受了官刑，只这一番说话，心肠已自软了。他老夫妻两个，原是极溺爱这儿子的，想起道："当初受孕之时，梦中四句言语说：'求来子，终没耳，添你丁，减你齿。'今日老儿落齿，儿子啮耳，正此验也。这也是天数，不必说了。"自此那儿子当真守分，孝敬二亲，后来却得善终。这叫做改过自新，皇天必宥。

如今再说一个肆行不孝，到底不悛，明彰报应的。

某朝某府某县有一人姓赵，排行第六，人多叫他做赵六老。家声清白，囊橐肥饶。夫妻两口生下一子，方离乳哺，是他两人心头的气，身上的肉。未生下时，两人各处许下了偌多香愿。只此一节上，已为这儿子费了无数钱财。不期三岁上出起痘来，两人终夜无寐，遍访名医，多方觅药，不论资财，只求得孩儿无恙，便杀了己身，也自甘心。两人忧疑惊恐，巴得到痘花回好，就是黑夜里得了明珠，也没得这般欢喜。看看调养得精神完固，也不知服了多少药料，吃了多少辛勤，坏了多少钱物，殷殷抚养。到了六七岁，又要送他上学。延一个老成名师，择日叫他拜了先生，取个学名叫做赵聪。先习了些《神童》、《千家诗》，后习《大学》。两人又怕儿子辛苦了，又怕先生拘束他，生出病来，每日不上读得几句书，便歇了。那赵聪也倒会体贴他夫妻两人的意思，常只是诈病佯疾，不进学堂。两人却是不敢违拗了他。那先生看了这些光景，口中不语，心下思量道："这真叫做禽犊之爱。适所以害之耳。养成于今日，后悔无及矣。"却只是冷眼旁观，任主人家措置。过了半年三个月，忽又有人家来议亲，却是一家宦户人家，姓殷，老儿曾任太守，故了。赵六老却要扳高，央媒求了口帖，选了吉日，极隆重的下了一副谢允礼，自此聘下了殷家女子。逢时致时，逢节致节，往往来来，也不知费用了多少礼物。

韶光短浅，赵聪因为娇养，直挨到十四岁上，才读完得经书。赵六老还道是他出人头地，欢喜无限。十五六岁，免不得叫他试笔作文。六老此时为这儿子面上，家事已弄得七八了。没奈何要儿子成就，情愿借贷延师，又重币延请一饱学秀才，与他引导。每年束脩五十金，其外节仪，与夫供给之盛，自不必说。那赵聪原是个极贪安宴，十日九不在书房里的。做先生到落得吃自在饭，得了重资，省了气力。为此，就有那一班不成才、没廉耻的秀才，便要谋他馆谷。自有那有志向、诚实的，往往却之不就，此之谓贤愚不等。

话休絮烦，转眼间又过了一个年头。却值文宗考童生，六老也叫赵聪没张没致的前去赴考。又替他钻刺央人情，又枉自折了银子。考事已过，六老又思量替儿子毕姻。却是手头委实有些窘迫了，又只得央中写契，借到某处银四百两。那中人叫做王三，是六老平时专托他做事的。似此借票已写过了几纸。多只是他居间。其时在刘上户家借了四百银子，交与六老，便将银备办礼物，择日纳采，订了婚期。过了两月，又近吉日，却又欠接亲之费。六老只得东挪西凑，寻了几件衣饰之类，往典铺中解了四十两银子，却也不够使用。只得又寻了王三，写一纸票，又往褚员外家借了六十金，方得发迎会亲。殷公子送妹子过门，赵六老极其殷勤谦让，吃了五七日筵席，各自散了。

小夫妻两口恩爱如山，在六老间壁一个小院子里居住，快活过日。殷家女子倒百般好，只有些儿毛病，专一恃贵自高，不把公婆看在眼里。且又十分悭吝，一文千贯，惯会唆那丈夫做些惨刻之事。若是殷家女子贤慧时，劝他丈夫学好，也不到得后来惹出这场大事了。

自古妻贤夫祸少，应知子孝父心宽。

这是后话。

却说那殷家嫁资丰富，约有三千金财物。殷氏收掌，没一些儿放空。赵六老供给儿媳，惟恐有甚不到处，反十分小心，儿、媳两个，倒嫌长嫌短的不像意。光阴迅速，又早三年。赵老娘因害痰火病，起不得床，一发把这家事，托与那媳妇掌管。殷氏承当了供养公婆，初时也尚像样，渐渐半年三个月，要茶不茶，要饭不饭。两人受淡不过，有时只得开口，勉强取讨得些。殷氏便发话道："有什么大家事交割与我？却又要长要短，原把去自当不得，我也不情愿当这样的吃苦差使，到终日搅得不清净。”赵六老闻得，忍气吞声，实是没有什么家计分授与他，如何好分说得？叹了口气，对妈妈说了。妈妈是个积病之人，听了这些声响，又看了儿媳这一翻怠慢光景，手中又十分窘迫，不比三年前了。且又索债盈门，箱笼中还剩得有些衣饰，把来偿利，已准过七八了。就还有几亩田产，也只好把与别人做利。

赵妈妈也是受用过来的，今日穷了，休说是外人，嫡亲儿媳也受他这般冷淡。回头自思，怎得不恼？一气气得头昏眼花，饮食多绝了。儿、媳两个也不到床前去看视一番，也不将些汤水调养病人，每日三餐，只是这几碗黄齑，好不苦恼。挨了半月，痰喘大发，呜呼哀哉，伏维尚飨了。

儿、媳两个免不得干号了几声，就走了过去。赵六老跌脚捶胸，哭了一回，走到间壁去对儿子道："你娘今日死了，实是囊底无物，送终之具，一无所备。你可念母子亲情，买口好棺木盛殓，后日择块坟地殡葬，也见得你一片孝心。"赵聪道："我哪里有钱买棺？不要说是好棺木价重买不起，便那轻敲杂树的，也要二三两一具，叫我那得东西去买？前村李作头家，有一口轻敲些的在那里，何不去赊了来？明日再做理会。"六老噙着眼泪，怎敢再说，只得出门到李作头家去了。

且说赵聪走进来对殷氏道："俺家老儿一发不知进退了，对我说要讨件好棺木盛殓老娘。我回说道：'休说好的，便是歹的，也要二三两一个。'我叫他且到李作头家赊了一具轻敲的来，明日还价。"殷氏便接口道："哪个还价？"赵聪道："便是我们舍个头疼，替他胡乱还些罢。"殷氏怒道："你哪里有钱来替别人买棺材？买与自家了不得？要买时，你自还钱，老娘却是没有。我又不曾受你爷娘一分好处，没事便兜揽这些来打搅人。松了一次，便有十次。还他十个没有，怕怎地？"赵聪顿口无言道："娘子说得是，我则不还便了。"随后六老雇了两个人，抬了这具棺材到来，盛殓了妈妈。大家举哀了一场，将一杯水酒浇奠了，停柩在家。儿、媳两个也不守灵，也不做什么盛羹饭，每日仍只是这几碗黄齑。夜间单留六老一人，冷清清的在灵前伴宿。六老有好气没好气，想了便哭。

过了两七，李作头来讨棺银。六老道："去替我家小官人讨。"李作头依言，去对赵聪道："官人家赊了上人棺木，幸赐价银则个。"赵聪光着眼，啐了一声道："你莫不见鬼了！你眼又不瞎。前日是哪个来你家赊棺材，便与哪个讨，却如何来和我说？"李作头道："是你家老官来赊的，方才是他叫我来与官人讨。"赵聪道："休听他放屁！好没廉耻！他自有钱买棺材，如何图赖得人？你去时便去，莫要讨老爷怒发。"背叉着手，自进去了。李作头回来，将这段话对六老说知，六老纷纷泪落，忍不住哭起来。李作头劝住了道："赵老官，不必如此，没有银子，便随分什么东西准两件，与小人罢了。"赵六老只得进去，翻箱倒笼，寻得三件冬衣，一根银镟子，把来准与李作头去了。

忽又过了七七四十九，赵六老原也有些不知进退，你看了买棺一事，随你怎么，也不可求他了。到得过了断七，又忘了这段光景，重复对儿子道："我要和你娘寻块坟地，你可主张则个。"赵聪道："我晓得什么主张？我又不是地理师，那晓寻什么地？就是寻时，难道有人家肯白送？依我说时，只好拣个日子，送去东村烧化了，也倒稳当。"六老听说，默然无言，眼中掉泪。赵聪也不再说，竟自去了。六老心下思量道："我妈妈做了一世富家之妻，岂知死后无葬身之所？罢！罢！这样逆子，求他则甚！"再检箱中，看有些少物件，解当些来买地，并作殡葬之资。六老又去开箱，翻前翻后，检得两套衣服，一只金钗，当得六两银子。将四两买了二分地，余二两唤了四个和尚，做些功果。雇了几个扛夫，抬出去殡葬了。六老喜得完事，且自归家，随缘度日。

倏忽间又是寒冬天道，六老身上寒冷，赊了一斤丝绵，无钱得还，只得将一件夏衣，对儿子道："一件衣服在此，你要便买了，不要时，便当几钱与我。"赵聪道："冬天买夏衣，正是：那得闲钱补笊篱，放着这件衣服，日后怕不是我的，却买他？也不买，也不当。"六老道："既恁地时，便罢。"自收了衣服不题。

却说赵聪便来对殷氏说了，殷氏道："这却是你呆了。他见你不当时，一定便将去解铺中解了，日后一定没了。你便将来胡乱当他几钱，不怕没便宜。"赵聪依允，来对六老道："方才衣服，媳妇要看一看，或者当了也不可知。"六老道："任你将去不妨，若当时，只是七钱银子也罢。"赵聪将衣服与殷氏看了，殷氏道："你可将四钱去，说如此时便捉了，要多时，回他便罢。"赵聪将银付与六老，六老哪里敢嫌多少，欣然接了。赵聪便写一纸短押，上写"限五月没"，递与六老去了。六老看了短押，紫胀了面皮，把纸扯得粉碎，长叹一声道："生前作了罪过，故今亲子报应。天也！天也！"怨恨了一回，过了一夜。次日起身梳洗，只见那作中的王三，蓦地走将进来。六老心头吃了一跳，面如土色，正是：

入门休问荣枯事，观看容颜便得知。

王三施礼了，便开口道："六老莫怪惊动。便是褚家那六十两头，虽则年年清利，却则是些货钱准折，又还得不爽利。今年他家，要连本利多楚，小人却是无说话回他。六老遮莫做一番计较，清楚了这一项，也省多少口舌，免得门头不清净。"六老叹口气道："当初要为这逆子做亲，负下了这几主重债。年年增利，囊橐一空。欲待在逆子处那借来奉还褚家，争奈他两个丝毫不肯放空。便是老夫身衣口食，日常也不能如意，哪得有钱来清楚这一项银？王兄幸作方便，善为我辞，宽限几时，感恩非浅。"王三变了面皮道："六老说哪里话。我为褚家这主债上，馋唾多分说干了。你却不知他家上门上户，只来寻我中人。我却又不得了几许中人钱，没来由讨这样不自在吃？只是当初做差了事，没摆布了。他家动不动要着人来坐催，你却还说这般懈话。就是你手头来不及时，当初原为你儿子做亲借的，便和你儿子那借来还，有什么不是处？我如今不好去回话，只坐在这里罢了。"六老听了这一篇话，眼泪汪汪，无言可答，虚心冷气的道："王兄见教极是，容老夫和这逆子计议便了。王兄暂请回步，来早定当报命。"王三道："是则是了，却是我转了背，不可就便放松。又不图你一碗儿茶，半盅儿酒，着甚来历？"摊手摊脚，也不作别，径走出去了。

六老没计奈何，寻思道："若对赵聪说明，又怕受他冷淡，若不去说时，实是无路可通。老王说也倒是，或者当初是为他借的，他肯那移也不可知。"要一步，不要一步，走到赵聪处来。只见他们闹闹热热，炊烟盛举。六老问道："今日为甚事忙？"有人答道："殷家大公子到来，留住吃饭，故此忙。"六老垂首丧气，只得回身。肚里思量道："殷家公子在此留饭，我为父的也不值得带挈一带挈。且看他是如何？"停了一会儿，只见依旧搬将那平时这两碗黄糙米饭来。六老看了喉咙气塞，也吃不落。

那日，赵聪和殷公子吃了一日酒。六老不好去唐突，只得歇了。次早走将过去，回说："赵聪未曾起身。"六老呆呆的等了个把时辰，赵聪走出来道："清清早起，有甚话说？"六老倒陪笑道："这时候也不早了，有一句紧要说话，只怕你不肯依我。”赵聪道：“依得时便说，依不得时便不必说。有什么依不依？”六老半嗫半嚅的道：“日前你做亲时，曾借下了褚家六十两银子，年年清利。今年他家连本要还，我却怎地来得及？本钱料是不能够，只好依旧上利。我实是手无一文，别样本也不该对你说，却是为你做亲借的。为此只得与你那借些，还他利钱则个。”赵聪怫然变色，摊着手道：“这却不是笑话。恁地说时，原来人家讨媳妇，多是儿子自己出钱。等我去各处问一问，看是如此时，我还便了。”六老又道：“不是说要你还，只是目前挪借些个。”赵聪道：“有甚挪借不挪借？若是后日有得还时，他们也不是这般讨得紧了。昨日殷家阿舅有准盒礼银五钱在此，待我去问媳妇，肯时将去做个东道，请请中人，再挨几时便是。”说罢自进去了。六老想道：“五钱银干什么事？况又去与媳妇商量，多分是水中捞月了。”

等了一会，不见赵聪出来，只得回去。却见王三已自坐在那里，六老欲待躲避，早被他一眼瞧见。王三迎着六老道：“昨日所约如何？褚家又是三五替人我家来过了。”六老舍着羞脸说道：“我家逆子，分毫不肯通融，本钱实是难处。只得再寻些货物，准过今年利钱，容老夫徐图，望乞方便。”一头说，一头不觉的把双膝屈了下去。王三歪转了头，一手扶六老，口里道：“怎地是这样，既是有货物准得过时，且将去准了。做我不着，又回他过几时。”六老便走进去，开了箱子，将妈妈遗下这几件首饰衣服，并自已穿的这几件直身，拣一个空，尽数将出来，递与王三。王三宽打料帐，约够了二分起息十六两之数，连箱子将了去了。六老此后身外更无一物。

话休絮烦。隔了两日，只见王三又来索取那刘家四百两银子的利钱，一发重大。六老手足无措，只得跪说道：“已和我儿子借得两个元宝在此，待将去倾销一倾销，且请回步，来早拜还。”王三见六老是个诚实人，况又不怕他走了哪里去，只得回家。六老想道：“虽然哄了他去，这疖少不得要出脓，怎赖得过？”又走过来对赵聪道：“今日王三又来索刘家的利钱，吾如今实是只有这一条性命了。你也可怜见我生身父母，救我一救。”赵聪道：“没事又将这些说话来恐唬人。便有些得替还了不成？要死便死了，活在这里也没干。”六老听罢，扯住赵聪，号天号地的哭。赵聪奔脱了身，径进去了。有人劝住了六老，且自回去。六老千思万想，若王三来时，怎生措置？人极计生，六老想了半日，忽然的道：“有了。有了。除非如此如此。除了这一件，真便死也没干。”看看天色晚来，六老吃了些夜饭，自睡。

却说赵聪夫妻两个，吃罢了夜饭，洗了脚手，吹灭了火去睡。赵聪却睡不稳，清眠在床。只听得房里有些脚步响，疑是有贼，却不做声。原来赵聪因有家资，时常防贼，做整备的。听了一会儿，又闻得门儿隐隐开响，渐渐有些窸窣之声，将近床边。赵聪只不做声，约莫来得切近，悄悄的床底下拾起平日藏下的一把斧头，趁着手势一劈，只听得扑地一响，望床前倒了。赵聪连忙爬起来，踏住身子，再加两斧，见寂然无声，知是已死。慌忙叫醒殷氏道：“房里有贼，已砍死了。点起火来，恐怕外面还有伴贼。”先叫破了地方邻舍，多有人走起来救护，只见墙门左侧，老大一个壁洞。已听见赵聪叫过：“砍死了一个贼，在房里。”一齐拥进来看，果然一个死尸，头劈做了两半。众人看了，有眼快的叫道：“这却不是赵六老？”众人仔细齐来相了一回，多道：“是也，是也。却为甚做贼？偷自家的东西，却被儿子杀了，好蹊跷作怪的事。”有的道：“不是偷东西，敢是老没廉耻要扒灰。儿子愤恨，借这个贼名杀了。”那老成的道：“不要胡嘈，六老平生不是这样人。”

赵聪夫妻实不知是什么缘故，饶你平时奸猾，到这时节不由你不呆了。一头假哭，一头分说道："实不知是我家老儿，只认是贼，为此不问事由杀了。只看这墙洞，须知不是我故意的。"众人道："既是做贼来偷，你夜晚间不分皂白，怪你不得。只是事体重大，免不得报官。"哄了一夜，却好天明。众人押了赵聪到县前去。这里殷氏也心慌了，收拾了些财物，暗地到县里打点去使用。

那知县姓张名晋，为人清廉正直，更兼聪察非常。那时升堂，见众人押这赵聪进来，问了缘故。差人相验了尸首，张晋道是以子杀父，该问十恶重罪。旁边走过一个承行孔目，禀道："赵聪以子杀父，罪犯宜重，却实是黄夜拒盗。不知是父，又不宜坐大辟。"那些地方里邻也是一般说话。张晋由众人说，径提起笔来判道：

赵聪杀贼可恕，不孝当诛。子有余财，而使父贫为盗，不孝明矣，死何辞焉？

判毕。即将赵聪重责四十，上了死囚枷，押入牢里。众人谁敢开口？况赵聪那些不孝的光景，众人一向久慕。见张晋断得公明，尽皆心服。张晋又责令取赵聪家财，买棺殡殓了六老。殷氏纵有扑天的本事，敌国的家私，也没门路可通。只好多使些银子，时常往监中看觑赵聪一番。不想进监多次，惹了牢瘟，不上一个月死了。赵聪原是受享过来的，怎熬得囹圄之苦。殷氏既死，没人送饭，饿了三日，死在牢中，拖出牢洞，抛尸在千人坑里。这便是那不孝父母之报。

张晋更着将赵聪一应家财入官，那时刘上户、褚员外并六老平日的债主，多执了原契，禀了张晋，一一多派还了。其余所有，悉行入库。他两个刻剥了这一生，自己的父母也不能够近他一文钱钞，思量积攒来传授子孙，为永远之计。谁知家私付之乌有？并自己也无葬身之所。要见天理昭彰，报应不爽。正是：

由来天网恢恢，何曾漏却阿谁？王法还须推勘，神明料不差池。

丹客半黍九还　富翁千金一笑

诗曰：

破布衫巾破布裙，逢人惯说会烧银。
自家何不烧些用？担水河头卖与人。

这四句诗，乃是国朝唐伯虎解元所作。世上有这一伙烧丹炼汞之人，专一设立圈套，神出鬼没，哄那贪夫痴客道："能以药草炼成丹药，铅铁为金，死汞为银。"名为黄白之术，又叫得炉火之事，只要先将银子为母，后来觑个空儿，偷了银子便走，叫做提罐。曾有一个道人，将此术来寻唐解元，说道："解元仙风道骨，可以做得这件事。"解元贬驳他道："我看你身上褴褛，你既有这仙术，何不烧些来自己用度，却要作成别人？"道人道："贫道有的是术法，乃造化所忌，却要寻个大福气的，承受得起，方好与他作为。贫道自家却没这些福气，所以难做。看见解元正是个大福气的人，来投合伙。我们术家叫做访外护。"唐解元道："这等与你说过，你的法术施为，我一些都不管，我只管出着一味福气帮你。等丹成了，我与你平分便是。"道人见解元说得蹊跷，晓得是奚落他，不是主顾，飘然而去了。所以唐解元有这首诗，也是点明世人的意思。

丹客半黍九还 富翁千金一笑

却是这伙里的人，更有花言巧语，如此说话，说他不倒的。却是为何？他们道：“神仙必须度世，妙法不可自私。必竟有一种具得仙骨，结得仙缘的，方可共炼共修。内丹成，外丹亦成。”有这许多好说话。这些说话，何曾不是正理？就是炼丹，何曾不是仙法？却是当初仙人留此一种丹砂化黄金之法，只为要广济世间的人，尚且纯阳吕祖虑他五百年后，复还原质，误了后人。原不曾说道与你置田买产，畜妻养子，帮做人家的。只如杜子春遇仙，在云台观炼药将成，寻他去做外护，只为一点爱根不断，累他丹鼎飞败。如今这些贪人，拥着娇妻美妾，求田问舍，损人肥己，掂斤播两，何等肚肠？寻着一伙酒肉道人，指望炼成了丹，要受用一生，遗之子孙，岂不痴了！只叫他把“内丹成，外丹亦成”这两句，想一想，难道是吊起内养工夫，单单弄那银子的？只这点念头，也就万万无有炼得丹成的事了。

看官，你道小子说到此际，随你愚人也该醒悟，这件事没影响，做不得的。却是这件事，偏是天下一等聪明的，要落在圈套里，不知何故？

今小子说一个松江富翁，姓潘，是个国子监监生。胸中广博，极有口才，也是一个有意思的人。却有一件癖性，酷信丹术。俗语道：“物聚于所好。”果然有了此好，方士源源而来，零零星星，也弄掉了好些银子，受过了好些丹客的骗。他只是一心不悔，只说无缘，遇不着好的。从古有这家法术，岂有做不来的事？毕竟有一日弄成了，前边些小所失，何足为念？把这事越好得紧了。这些丹客，我传与你，你传与我，远近尽闻其名。左右是一伙的人，推班出色，没一个不思量骗他的。

一日秋间，来到杭州西湖上游赏，赁一个下处住着。只见隔壁园亭上歇着一个远来客人，带着家眷，也来游湖，行李甚多，仆从齐整。那女眷且是生得美貌，打听来是这客人的爱妾。日日雇了天字一号的大湖船，摆了盛酒，吹弹歌唱俱备，携了此妾下湖，浅斟低唱，觥筹交举。满桌摆设酒器，多是些金银异巧式样，层见迭出。晚上归寓，灯火辉煌，赏赐无算。潘富翁在隔壁寓所，看得呆了，想道：“我家里也算是富的，怎能够到得他这等挥霍受用？此必是陶朱、猗顿之流，第一等富家了。”心里艳慕，渐渐致人通问，与他往来相拜。通了姓名，各道相慕之道。

富翁乘间问道：“吾丈如此富厚，非人所及。”那客人谦让道：“何足挂齿。”富翁道：“日日如此用度，除非家中有金银高北斗，才能像意，不然也有尽时。”客人道：“金银高北斗，若只是用去，要尽也不难。须有个用不尽的法儿。”富翁见说，就有些着意了，问道：“如何是用不尽的法？”客人道：“造次之间，不好就说得。”富翁道：“毕竟要请教。”客人道：“说来吾丈未必解，也未必信。”富翁见说得跷蹊，一发殷勤求恳，必要见教。客人摒去左右从人，附耳道：“吾有九还丹，可以点铅汞为黄金。只要炼得丹成，黄金与瓦砾同耳。何足贵哉？”

富翁见说是丹术，一发投其所好。欣然道：“原来吾丈精于丹道，学生于此道最是心契，求之不得。若吾丈果有此术，学生情愿倾家受教。”客人道：“岂可轻易传得？小小试看，以取一笑则可。”便叫小童炽起炉炭，将几两铅汞熔化起来。身边腰袋里摸出一个纸包，打开来都是些药末，就把小指甲挑起一些些来，弹在罐里。倾将出来，连那铅汞不见了，都是雪花也似的好银。

看官，你道药末可以变化得铜铅做银，却不是真法了？原来这叫做缩银之法，他先将银子用药炼过，专取其精。每一两直缩做一分少些，今和铅汞在火中一烧，铅汞化为青气去了，遗下糟粕之质，见了银精尽化为银。不知原是银子的原分量，不曾多了一些。丹客专以此术哄人，人便死心塌地信他，道是真了。

富翁见了，喜之不胜，道：“怪道他如此富贵受用，原来银子如此容易。我炼了许多时，只有折了的。今番有幸，遇着真本事的了，是必要求他去替我炼一炼则个。”遂问客人道：“这药是如何炼成的？”客人道：“这叫做母银生子。先将银子为母，不拘多少，用药锻炼，养在鼎中，须要九转。火候足了，先生了黄芽，又结成白雪。启炉时，就扫下这些丹头来，只消一粟米大，便点成黄金白银，那母银仍旧分毫不亏的。”富翁道：“须得多少母银？”客人道：“母银越多，丹头越精。若炼得有半盒许丹头，富可敌国矣。”富翁道：“学生家事虽寒，数千之物还尽可办。若肯不吝大教，拜迎到家下点化一点化，便是平生愿足。”客人道：“我术不易传人，亦不轻与人烧炼。今观吾丈虔心，又且骨骼有些道气。难道在此联寓，也是前缘，不妨为吾丈做一做。但见教高居何处，异日好来相访。”富翁道：“学生家居松江，离此处只有两三日路程。老丈若肯光临，即此收拾，同到寒家便是。若此间别去，万一后会不偶，岂不当面错过了？”客人道：“在下是中州人，家有老母在堂。因慕武林山水佳胜，携了小妾，到此一游。空身出来，游资所需，只在炉火，所以乐而忘返。今遇吾丈知音，不敢自秘。但直须带了小妾回家安顿，兼就看看老母，再赴吾丈之期，未为迟也。”富翁道：“寒舍有别馆园亭，可贮尊眷，何不就同携到彼住下？一边做事，岂不两便？家下虽是看待不周，决不至有慢尊客，使尊眷有不安之理。只求慨然俯临，深感厚情。”客人方才点头道：“既承吾丈如此真切，容与小妾说过，商量收拾起行。”

富翁不胜之喜，当日就写了请帖，请他次日下湖饮酒。到了明日，殷殷勤勤，接到船上，备将胸中学问，你夸我逞，谈得津津不倦，只恨相见之晚，宾主尽欢而散。又送着一桌精洁酒肴，到隔壁园亭上去，请那小娘子。来日客人答席，分外丰盛。酒器家伙，都是金银，自不必说。

两人说得好着，游兴既阑，约定同到松江。在关前雇了两个大船，尽数搬了行李下去，一路相傍同行。那小娘子在对船舱中，隔帘时露半面。富翁偷眼看去，果然生得丰姿美艳，体态轻盈。只是：

盈盈一水间，脉脉不得语。

又裴航赠同舟樊夫人诗云：

同舟吴越犹怀想，况遇天仙隔锦屏。但得玉京相会去，愿随鸾鹤入青冥。

此时富翁在隔船，望着美人，正同此景，所恨无一人可通音问耳。

话休絮烦，两只船不一日至松江。富翁已到家门首，便请丹客上岸。登堂献茶已毕，便道：“此是学生家中，往来人杂不便。离此一望之地，便是学生庄舍，就请尊眷同老丈至彼安顿。学生也到彼外厢书房中宿歇。一则清静，可以省烦杂；二则谨密，可以动炉火。尊意如何？”丹客道：“炉火之事，最忌俗嚣，又怕外人触犯，况又小妾在身伴，一发宜远外人。若得在贵庄住止，行事最便了。”富翁便指点移搬到庄边来，自家同丹客携手步行。来到庄门口，门上一匾，上写“涉趣园”三字。进得园来，但见：

古木干宵，新篁夹境。榱题虚广，无非是月榭风亭；栋宇幽深，饶有那曲房邃室。叠叠假山数仞，可藏太史之书；层层岩洞几重，疑有仙人之箓。若还奏曲能招凤，在此观棋必烂柯。

丹客观玩园中景致，欣然道：“好个幽雅去处！正堪为修炼之所，又好安顿小妾，在下便可安心与吾丈做事了。看来吾丈果是有福有缘的。”富翁就叫人接了那小娘子起来。那小娘子乔妆了，带着两个丫头，一个唤名春云，一个唤名秋月，摇摇摆摆，走到园亭上来。富翁欠身回避，丹客道：“而今是通家了，就等小妾拜见不妨。”就叫那小娘子与富翁相见了。富翁对面一看，真个是沉鱼落雁之容，闭月羞花之貌。天下凡是有钱的人，再没有一个不贪财好色的。富翁此时好像雪狮子向火，不觉软瘫了半边，炼丹的事又是第二着了。便对丹客道：“园中内室尽宽，凭尊嫂拣个像意的房子住下了。人少时，学生还再去唤几个妇女来服侍。”丹客就同那小娘子去看内房了。

富翁急急走到家中，取了一对金钗，一双金手镯，到园中奉与丹客道：“些小薄物，奉为尊嫂拜见之仪，望勿嫌轻鲜。”丹客一眼估去，见是金的，反推辞道：“过承厚意，只是黄金之物，在下颇为易得。老丈实为重费，于心不安，决不敢领。”富翁见他推辞，一发不过意道：“也知吾丈不希罕此些微之物，只是尊嫂面上，略表芹意。望吾丈鉴其诚心，乞赐笑留。”丹客道：“既然这等美情，在下若再推托，反是自外了。只得权且收下，容在下竭力炼成丹药，奉报厚惠。”笑嘻嘻走入内房，叫个丫头捧了进去，又叫小娘子出来，再三拜谢。

富翁多见得一番，就破费这些东西，也是心安意肯的。口里不说，心中想道：“这个人有此丹法，又有此美姬，人生至此，可谓极乐。且喜他肯与我修炼，丹成料已有日。只是见放着这等美色在自家庄上，不知可有些缘法否？若一发勾搭得上手，方是心满意足的事。而今拼得献些殷勤，做工夫不着，磨他去，不要性急。”且一面打点烧炼的事，便对丹客道：“既承吾丈不弃，我们几时起手？”丹客道：“只要有银为母，不论早晚，可以起手。”富翁道：“先得多少母银？”丹客道：“多多益善，母多丹多，省得再费手脚。”富翁道：“这等，打点将二千金下炉便了。今日且偏陪，在家下料理。明日学生搬过来，一同做事。”是晚就具酌在园亭上款待过，尽欢而散。又送酒肴内房中去，殷殷勤勤，自不必说。

次日，富翁准准兑了二千金，将过园子里来，一应炉器家伙之类，家里一向自有，只要搬将来。富翁是久惯这事的，颇称在行，铅汞药物，一应俱备，来见丹客。丹客道：“足见主翁留心，但在下尚有秘妙之诀，与人不同，炼起来便见。”富翁道：“正是秘妙之诀，要求相传。”丹客道：“在下此丹名为九转还丹，每九日火候一还，到九九八十一日开炉，丹物已成。那时节主翁大福到了。”富翁道：“全仗提携则个。”

丹客就叫跟来一个家僮，依法动手，炽起炉火，将银子渐渐放将下去。取出丹方，与富翁看了，将几件稀奇药料放将下去。烧得五色烟起，就同富翁封住了炉。又唤这跟来几个家人，吩咐道：“我在此将有三个月日耽搁，你们且回去，回复老奶奶一声再来。”这些人只留一二个惯烧炉的在此，其余都依话散去了。

从此家人日夜烧炼，丹客频频到炉边看火色，却不开炉。闲了却与富翁清谈，饮酒下棋，宾主相得，自不必说。又时时送长送短，到小娘子处讨好。小娘子也有时回敬几件知趣的东西，彼此致意。

如是二十余日，忽然一个人穿了一身麻衣，浑身是汗，闯进园中来。众人看时，却是前日打发去内中的人，见了丹客，叩头大哭道："家里老奶奶没有了，快请回去治丧。"丹客大惊失色，哭倒在地。富翁也一时惊惶，只得从旁劝解道："令堂天年有限，过伤无益，且自节哀。"家人催促道："家中无主，作速起身。"丹客住了哭，对富翁道："本待与主翁完成美事，少尽报效之心。谁知遭此大变，抱恨终天。今势既难留，此事又未终，况是间断不得的，实出两难。小妾虽是女流，随侍在下已久，炉火之候，尽已知些底里，留他在此看守丹炉才好。只是年幼无人管束，须有好些不便处。"富翁道："学生与老大通家至交，有何妨碍？只须留下尊嫂在此。此炼丹之所，又无闲杂人来往，学生当唤几个老成妇女前来陪伴，晚间或是接到拙荆处一同寝处。学生自在园中安歇看守，以待吾丈到来，有何不便？至于茶饭之类，自然不敢有缺。"

丹客又踌躇了半晌，说道："今老母已死，方寸乱矣。想古人多有托妻寄子的，既承高谊，只得敬从，留他在此看看火候。在下回去料理一番，不日自来启炉，如此方得两全其事。"富翁见说肯留妾，心中恨不得许下了半般的天，满面笑容，应承道："若得如此，足见有始有终。"丹客又进去与小娘子说了来因，并要留他在此看炉的话，一一吩咐了。就叫小娘子出来，再见了主翁，嘱托与他了。叮咛道："只好守炉，万万不可私启。倘有所误，悔之无及。"富翁道："万一尊驾来迟，误了八十一日之期，如何是好？"丹客道："九还火候已足，放在炉中，多养得几日。丹头愈生得多，就迟些开也不妨的。"丹客又与小娘子说了些衷肠密语，忙忙而去了。

这里富翁见丹客留下了美妾，料他不久必来，丹事自然有成，不在心上。却是趁他不在，亦且同住园中，正好勾搭，机会不可错过。时时亡魂失魄，只思量下手。方在游思妄想，可可的那小娘子叫个丫头春云来道："俺家娘请主翁到丹房看炉。"富翁听得，急整衣巾，忙趋到房前来请道："适才尊婢传命，小子在此伺候，尊步同往。"那小娘子啭莺声、吐燕语道："主翁先行，贱妾随后。"只见袅袅娜娜走出房来，道了万福。富翁道："娘子是客，小人岂敢先行？"小娘子道："贱妾女流，怎好僭妄？"推逊了一回，单不扯手扯脚的相让，已自觌面谈唾，相接了一回，有好些光景。毕竟富翁让他先走了，两个丫头随着。富翁在后面看去，真是步步生莲花，不由人不动火。来到丹房边，转身对两个丫头道："丹房忌生人，你们只在外住着，单请主翁进来。"主翁听得，三脚两步跑上前去，同进了丹房，把所封之炉，前后看了一回，富翁一眼估定这小娘子，恨不得寻口水来吞他下肚去，哪里还管炉火的青红皂白。可惜有这个烧火的家僮在房，只好调调眼色，连风话也不便说得一句。直到门边，富翁才老着脸皮道："有劳娘子尊步，尊夫不在，娘子回房，须是寂寞。"那小娘子口不答应，微微含笑。此番却不推逊，竟自冉冉而去。富翁愈加狂荡，心里想道："今日丹房中若是无人，尽可撩拨他的。只可惜有这个家僮在内，明日须用计遣开了他，然后约那人同出看炉，此时便可用手脚了。"是夜即吩咐从人，明日早上备一桌酒饭，请那烧炉的家僮，说道："一向累他辛苦了，主翁特地与他浇手，要灌得烂醉方住。"吩咐已毕，是夜独酌无聊，思量美人只在内室，又念着日间之事。心中痒痒，彷徨不已。乃吟诗一首道：

名园富贵花，移种在山家。不道栏杆外，春风正自赊。

走至堂中，朗吟数遍，故意要内房里听得。只见内房走出一个丫头秋月来，手捧一盏茶来送道："俺家娘听得主翁吟诗，恐怕口渴，特奉清茶。"富翁笑逐颜开，再三称谢。秋月进得去，只听得里边也朗吟道：

名花谁是主？飘泊任春风。但得东君惜，芳心亦自同。

富翁听罢，知是有意，却不敢造次闯进去。又只听里边关门响，只得自到书房睡了，以待天明。次日早上，从人依了昨日之言，把个烧火的家僮请了去。他日逐守着炉灶边，原不耐烦，见了酒杯，哪里肯放，吃得烂醉，就在外边睡着了。富翁已知他不在丹房了，却走到内房前，自去请看丹炉。那小娘子听得，即便移步出来，一如昨日在前先走。走到丹房门边，丫头仍留在外，只是富翁紧随入门去了。到得炉边看时，不见了烧火的家僮。小娘子假意失惊道："如何没人在此，却歇了火？"富翁笑道："只为小子自家要动火，故叫他暂歇了火。"小娘子只做不解道："这火须是断不得的。"富翁道："等小子与娘子坎离交媾，以真火续将起来。"小娘子正色道："炼丹学道之人，如何兴此邪念？说此邪话？"富翁道："尊夫在这里，与小娘子同眠同起，少不得也要炼丹，难道一事不做，只是乾夫妻不成？"小娘子无言可答道："一场正事，如此歪缠！"富翁道："小子与娘子夙世姻缘，也是正事。"一把抱住，双膝跪将下去。小娘子扶起道："拙夫家训颇严，本不该乱做的。承主翁如此殷勤，贱妾不敢自爱，容晚间约着相会一话罢。"富翁道："就此恳赐一欢，方见娘子厚情，如何等得到晚？"小娘子道："这里有人来，使不得。"富翁道："小子专为留心要求小娘子，已着人款住了烧火的了，别的也不敢进来。况且丹房邃密，无人知觉。"小娘子道："此间须是丹炉，怕有触犯，悔之无及，决使不得！"富翁此时兴已勃发，哪里还要什么丹炉不丹炉，只是紧紧抱住道："就是要了小子的性命，也说不得了，只求小娘子救一救！"不由他肯不肯，搿到一只醉翁椅上，扯脱裤儿就舞将进去。此时快乐，何异登仙？

两下云雨已毕，整了衣服，富翁谢道："感谢娘子不弃，只是片时欢娱，晚间愿赐通宵之乐。"扑的又跪下去。小娘子急抱起来道："我原许下你晚间的，你自猴急等不得。哪里有丹鼎旁边，就弄这事起来？"富翁道："错过一时，只恐后悔无及。还只是早得到手一刻，也是见成了。"小娘子道："晚间还是我到你书房来？你到我卧房来？"富翁道："但凭娘子主见。"小娘子道："我处须有两个丫头同睡，你来不便。我今夜且瞒着他们，自出来罢。待我明日叮嘱丫头过了，然后接你进来。"

是夜，果然人静后，小娘子走出堂中来。富翁也在那里伺候，接至书房，极尽衾枕之乐。以后或在内，或在外，总是无拘无管，富翁以为天下奇遇，只愿得其夫一世不来，丹炼不成也罢了。绸缪了十数宵，忽然一日，门上报说丹客到了。富翁吃了一惊，接进寒温毕，他就进内房来见了小娘子，说了好些说话，出外来对富翁道："小妾说丹炉不动，而今九还之期已过，丹已成了，正好开看。今日匆匆，明日献过了神启炉罢。"

富翁是夜虽不得再望欢娱，却见丹客来了，明日启炉，丹成可望，还赖有此，心下自解自乐。到得明日，请了些纸马福物，祭献了毕。丹客同富翁刚走进丹房，就变色沉吟道："如何丹房中气色，恁等的有些诧异？"便就亲手启开鼎炉一看，跌足大惊道："败了！败了！真丹走失，连银母多是糟粕了！此必有做交感污秽之事，触犯了的。"富翁惊得面如土色，不好开言，又见道着真相，一发慌了。丹客懊怒，咬得牙齿格格的响，问烧火的家僮道："此房中别有何人进来？"家僮道："只有主翁与小娘子，日日来看一次，别无人敢进来。"丹客道："这等如何得丹败了？快去叫小娘子来问。"家僮走去请了出来，丹客厉声道："你在此看炉，做了甚事，丹俱败了？"小娘子道："日日与主翁来看，炉是原封不动的，不知何故？"丹客道："谁说炉动了封，你却动了封了！"又问家僮道："主翁与娘子来时，你也有时节不在此么？"家僮道："只有一日，是主翁怜我辛苦，请去吃饭，多饮了几杯，睡着在外边了。只这一日，是主翁与小娘子自家来的。"丹客冷笑道："是了，是了。"忙走去行囊里抽出一根皮鞭来，对小娘子道："分明是你这贱婢做出事来了！"一鞭打去，小娘子闪过了，哭道："我原说做不得的，主人翁害了奴也！"富翁直着双眼，无言可答，恨没个地洞钻了进去。丹客怒目直视富翁道："你前日受托之时，如何说的？我去不久，就干出这样昧心的事来，原来是狗彘不值的。如此无行的人，如何妄想烧丹炼药？是我眼里不识人，我只是打死这贱婢罢。羞辱门庭，要你怎的？"拿着鞭子起来，小娘子慌忙走进内房。亏得两个丫头拦住，劝道："官人耐性。"每人接了一皮鞭，却把皮鞭捽断了。

富翁见他性发，没收场，只得跪下去道："是小子不才，一时干差了事。而今情愿弃了前日之物，只求宽恕罢。"丹客道："你自作自受，你干坏了事，走失了丹，是应得的，没处怨怅。我的爱妾可是与你解馋的？受了你玷污，却如何处？我只是杀却了，不怕你不偿命！"富翁道："小子情愿赎罪罢。"即忙叫家中人到家拿了两个元宝，跪着讨饶。丹客只是佯着眼下瞧道："我银甚易，岂在乎此。"富翁只是磕头，又加了二百两道："如今以此数，再娶了一位如夫人也够了。实是小子不才，望乞看平日之面，宽恕尊嫂罢。"丹客道："我本不希罕你的银子，只是你这样人，不等你损些己财，后来不改前非。我偏要拿了你的，将去济人也好。"就把三百金拿去，装在箱里了。叫齐了小娘子与家僮、丫头等，急把衣装行李尽数搬出，下在昨日原来的船里，一径出门。口里喃喃骂道："受这样的耻辱，可恨！可恨！"骂詈不止，开船去了。

富翁被他吓得魂不附体，恐怕弄出事来。虽是折了些银子，得他肯去，还自道侥幸。至于炉中之银，真个认做触犯了他，丹鼎走败。但自悔道："忒性急了些。便等丹成了，多留他住几时，再图成此事，岂不两美？再不然不要在丹房里头弄这事，或者不妨，也不见得。多是自己莽撞了，枉自破了财物。也罢，只是遇着真法，不得成丹，可惜，可惜！"又自解自乐道："只这一个绝色佳人受用了几时，也是风流话柄，赏心乐事，不必追悔了。"却不知多是丹客做成圈套。

当在西湖时，原是打听得潘富翁上杭，先装成这些行径来炫惑他的。及至请他到家，故意要延缓，却像没甚要紧。后边那个人来报丧之时，忙忙归去，已自先把这二千金提了罐去了。留着家小，使你不疑，后来勾搭上场，也都是他教成的计较。把这堆狗屎堆在你鼻头上，等你开不得口，只好自认不是，没工夫与他算帐了。那富翁是破财星照，堕其计中。先认他是巨富之人，必有真丹点化，不知那金银器皿，都是些铜铅为质，金银汁粘裹成的。酒后灯下，谁把试金石来试？一时不辨，都错认了。此皆神奸诡计也。

富翁遭此一骗，还不醒悟，只说是自家不是，当面错了，越好那丹术不已。一日，又有个丹士到来，与他谈着炉火，甚是投机。延接在家，告诉他道："前日有一位客人，真能点铁为金，当面试过，他已此替我烧炼了。后来自家有些得罪于他，不成而去，真是可惜。"这丹士道："吾术岂独不能？"便叫把炉火来试，果然与前丹客无二，些少药末，投在铅汞里头，尽化为银。富翁道："好了，好了。前番不着了，这番着了。"又凑千金与他烧炼。丹士呼朋引类，又去约了两三个帮手来做。富翁见他银子来得容易，放胆大了，一些也不防他。岂知一个晚间，提了罐走了，次日又捞了个空。富翁此时连被拐去，手内已窘，且怒且羞道："我为这丹，费了多少心机，弄了多少年月，前日自家错过，指望今番是了，谁知又遭此一闪？我不问哪里寻将去，他不过又往别家烧炼，或者撞得着也不可知。纵不然，或者另遇着真正法术，再得炼成真丹，也不见得。"自此收拾了些行李，东游西走。

忽然一日，在苏州阊门人丛里，劈面撞着这一伙人。正待开口发作，这伙人不慌不忙，满面生春，却像他乡遇故知的一般。一把邀了那富翁，邀到一个大酒肆中，一副洁净座头上座了，叫酒保烫酒取嗄饭来。殷勤谢道："前日有负厚德，实切不安。但我辈道路如此，足下勿以为怪。今有一法与足下计较，可以偿足下前物，不必别生异说。"富翁道："何法？"丹士道："足下前日之银，吾辈得来，随手费尽，无可奉偿。今山东有一大姓，也请吾辈烧炼，已有成约，只待吾师到来，才交银举事。奈吾师远游，急切未来。足下若权认作吾师，等他交银出来，便取来先还了足下前物，直如反掌之易。不然空寻我辈也无干，足下以为何如？"富翁道："尊师是何人物？"丹士道："是个头陀。今请足下略剪去了些头发，我辈以师礼事奉，径到彼处便了。"富翁急于得银，便依他剪发，做一齐了。彼辈殷殷勤勤，直侍奉到山东，引见了大姓，说道是他师父来了。大姓致敬，迎接到堂中，略谈炉火之事。富翁是做惯了的。亦且胸中原博，高谈阔论，尽中机宜，大姓深相敬服。是夜即兑银二千两，约在明日起火，只管把酒相劝，吃得酩酊，扶去另在一间内书房睡着。到得天明，商量安炉。富翁见这伙人科派，自家晓得些，也在里头指点。当日把银子下炉烧炼，这伙人认做徒弟守炉。大姓只管来寻师父去请教，攀话饮酒，不好却得。这些人看个空儿，又提了罐各各走了，单撇下了师父。

大姓只道师父在家不妨，岂知早晨一伙都不见了，就拿住了师父，要去送在当官，捉拿余党。富翁只得哭诉道："我是松江潘某，原非此辈同党。只因性好烧丹，前日被这伙人拐了。路上遇见他，说道：'在此间烧炼，得来可以赔偿。'又替我剪发，叫我装做他师父来的。指望取还前银，岂知连宅上多骗了，又撇我在此？"说罢大哭。大姓问其来历，详细说得对科，果是松江富家，与大姓家有好些年谊的。知被骗是实，不好难为得他，只得放了。一路无了盘缠，倚着头陀模样，沿途乞化回家。到得临清码头上，只见一只大船内，帘下一个美人，揭着帘儿，露面看着街上。富翁看见，好些面染。仔细一认，却是前日丹客所带来的妾——与他偷情的。疑道："这人缘何在这船上？"走到船边细细访问，方知是河南举人某公子包了名娼，到京会试的。

富翁心里想道："难道当日这家的妾，毕竟卖了？"又疑道："敢是面庞相像的。"不离船边，走来走去只管看。忽见船舱里叫个人出来，问他道："官舱里大娘问你，可是松江人？"富翁道："正是松江人。"又问道："可姓潘否？"富翁吃了一惊道："怎晓得我的姓？"只见舱里人说："叫他到船边来。"富翁走上前去，帘内道："妾非别人，即前日丹客所认为妾的便是。实是河南妓家，前日受人之托，不得不依他嘱咐的话，替他捣鬼，有负于君。君何以流落至此？"

富翁大恸，把连次被拐，今在山东回来之由，诉说一遍。帘内人道："妾与君不能无情，当赠君盘费，作急回家。此后遇见丹客，万万勿可听信。妾亦是骗局中人，深知其诈。君能听妾之言，是即妾报君数宵之爱也。"言毕，着人拿出三两一封银子来递与他，富翁感谢不尽，只得收了。自此方晓得前日丹客美人之局——包了娼妓做的。今日却亏他盘缠，到得家来，感念其言，终生不信炉火之事。却是头发纷披，亲友知其事者，无不以为笑谈。奉劝世人好丹术者，请以此为鉴。

丹术须先断情欲，尘缘岂许相驰逐？贪淫若是望丹成，阴沟洞里天鹅肉。

李公佐巧解梦中言　谢小娥智擒船上盗

赞云：

士或巾帼，女或弁冕。行不逾阈，谟能致远。睹彼英英，惭惭谞谞。

这几句赞，是赞那有智妇人，赛过男子。假如有一种能文的女子，如班婕妤、曹大家、鱼玄机、薛校书、李季兰、李易安、朱淑真之辈，上可以并驾班、扬，下可以齐驱卢、骆。有一种能武的女子，如夫人城、娘子军、高凉冼氏、东海吕母之辈，智略可方韩、白，雄名可赛关、张；有一种善能识人的女子，如卓文君、红拂妓、王浑妻钟氏、韦皋妻母苗氏之辈，俱另具法眼，物色尘埃。有一种报仇雪耻女子，如孙翊妻徐氏、董昌妻申屠氏、庞娥亲、邹仆妇之辈，俱中怀胆智，力歼强梁。又有一种希奇作怪，女扮为男的女子，如秦木兰、南齐东阳娄逞、唐贞元孟妪、五代临邛黄崇嘏，俱以权济变，善藏其用，窜身仕宦。既不被人误用破，又能自保其身，多是男子汉未必做得来的，算得是极巧极难的了。

而今更说一个遭遇大难，女扮男身，用尽心机，受尽苦楚，又能报仇，又能守志，一个绝奇的女人，真是千古罕闻。有诗为证：

侠概惟推古剑仙，除凶雪恨只香烟。谁知估客生奇女，只手能翻两姓冤。

这段话文，乃是唐元和年间，豫章郡有个富人，姓谢，家有巨产，隐名在商贾间。他生有一女，名唤小娥，生八岁，母亲早丧。小娥虽小，身体壮硕如男子形。父亲把他许了历阳一个侠士，姓段名居贞。那人负气仗义，交游豪俊，却也在江湖上做大贾。谢翁慕其声名，虽是女儿尚小，却把来许下了他。两姓合为一家，同舟载货，往来吴楚之间。两家弟兄、子侄、僮仆等众，约有数十余人，尽在船内。贸易顺济，辎重充盈。如是几年，江湖上多晓得是谢家船，昭耀耳目。此时小娥年已十四岁，方才与段居贞成婚，未及一月。忽然一日，舟行至鄱阳湖口，遇着几只江洋大盗的船，各执器械，团团围住。为头的两人当先跳过船来，先把谢翁与段居贞一刀一个，结果了性命。以后众人一齐动手，排头杀去，总是一个船中，躲得在哪里？间有个把慌忙奔出舱外，又被盗船上人拿去杀了。或有得跳在水中，只好图得个全尸，湖水流急，总无生理。谢小娥还亏得溜撒，乘众盗杀人之时，忙自去掩在舵上，一个失脚，跌下水去了。

李公佐巧解梦中言
谢小娥智擒船上盗

众盗席卷舟中财宝金帛一空，将死尸尽抛在湖中，弃船而去。小娥在水中漂流，恍惚之间，似有神明护持，流到一只渔船边。渔人夫妻两个捞救起来，见是一个女人，心头尚暖，知是未死。拿几件破衣破袄，替他换下湿衣，放在舱中眠着。小娥口中泛出无数清水，不多几时，醒将转来。见身在渔船中，想着父与夫被杀光景，放声大哭。渔翁夫妇问其缘故，小娥把湖中遇盗，父夫两家人口尽被杀害情由，说了一遍。原来谢翁与段侠士之名，著闻江湖上，渔翁也多曾受他小惠过的。听说罢，不胜惊异，就权留他在船中。调理了几日，小娥觉得身子好了，他是个点头会意的人，晓得渔船上生理淡薄，便想道："我怎好搅扰得他？不免辞谢了他，我自上岸，一路乞食，再图安身立命之处。"

小娥从此别了渔翁夫妇，沿途抄化。到建业上元县有个妙果寺，内是尼僧。有个住持尼净悟，见小娥言语伶俐，说着遭难因由，好生哀怜，就留他在寺中，心里要他做个徒弟。小娥也情愿出家道："一身无归，毕竟是皈依佛门，可了终身。但父夫被杀之仇未复，不敢便自落发，且随缘度日，以待他年再处。"小娥自此日间在外乞化，晚间便归寺中安宿。晨昏随着净悟做功果，稽首佛前，心里就默祷，祈求报应。只见一个夜间，梦见父亲谢翁来对他道："你要晓得杀我的人姓名，有两句谜语，你牢牢记着：'车中猴，门东草'。"说罢，正要再问，父亲撒手而去。大哭一声，飒然惊觉。梦中之语，明明记得，只是不解。隔得几日，又梦见丈夫段居贞来对他说："杀我的人姓名，也是两句谜语：'禾中走，一日夫'。"小娥连得了两梦，便道："此是亡灵未泯，故来显应。只是如何不把真姓名说了，却用此谜语？想是冥冥之中，天机不可轻泄，所以如此。如今既有这十二字谜语，必有一个解说。虽然我自家不省得，天下岂少聪明的人？不问好歹，求他解说出来。"

遂走到净悟房中，说了梦中之言，就将一张纸，写着十二字，藏在身边了。对净悟道："我出外乞食，逢人便拜求去。"净悟道："此间瓦官寺有个高僧，法名齐物，极好学问，多与官员士大夫往来。你将此十二字到彼，求他一辨，他必能参透。"小娥依言，径到瓦官寺求见齐公。稽首毕，便道："弟子有冤在身，梦中得十二字谜语，暗藏人姓名。自家愚懵，参解不出，拜求老师父解一解。"就将袖中所书一纸，双手递与齐公。齐公看了，想着一会，摇首道："解不得，解不得。但老僧此处来往人多，当记着在此，逢人问去。倘遇有高明之人解得，当以相告。"小娥又稽首道："若得老师父如此留心，感谢不尽。"自此谢小娥沿街乞化，逢人便把这几句请问。齐公有客来到，便举此谜语相商。小娥也时时到寺中间齐公消耗，如此多年，再没一个人解得出。说话的，若只是这样解不出，那两个梦不是枉做了？看官不必性急，凡事自有个机缘。此时谢小娥机缘未到，所以如此。机缘到了，自然遇着巧的。

却说元和八年春，有个洪州判官李公佐，在江西解任，扁舟东下，停泊建业，到瓦官寺游耍。僧齐物一向与他相厚，出来接陪了。登阁眺远，谈说古今。语话之次，齐公道："檀越博闻闳览，今有一谜语，请檀越一猜。"李公佐笑道："吾师好学，何至及此稚子戏？"齐公道："非是作戏，有个缘故。此间孀妇谢小娥示我十二字谜语，每来寺中求解，说道中间藏着仇人名姓。老僧不能辨，遍示来往游客，也多懵然，已多年矣。故此求明公一商之。"李公佐道："是何十二字？且写出来，我试猜看。"齐公就取笔把十二字写出来。李公佐看了一遍道："此定可解，何至无人识得？"遂将十二字念了又念，把头点了又点，靠在窗槛上，把手在空中画了又画。默然凝想了一会，拍手道："是了，是了。万无一差。"齐公速要请教，李公佐道："且未可说破，快去召那个孀妇来，我解与他。"

齐公即叫行童到妙果寺寻将谢小娥来。齐公对他道："可拜见了此间官人，此官人能解谜语。"小娥依言，上前拜见了毕。公佐开口问道："你且说你的根由来。"小娥呜呜咽咽哭将起来，好一会说话不出。良久才说道："小妇人父及夫，俱为江洋大盗所杀。以后梦见父亲来，说道：'杀我者：车中猴，门东草。'又梦见夫来说道：'杀我者：禾中走，一日夫。'自家愚昧，解说不出。遍问旁人，再无能省悟。历年已久，不识姓名，报冤无路，衔恨无穷。"说罢又哭。李公佐笑道："不须烦恼。依你所言，下官俱已审详在此了。"小娥住了哭，求明示。李公佐道："杀汝父者是申兰，杀汝夫者是申春。"小娥道："尊官何以解之？"李公佐道："'车中猴'，'车'中去上下各一画，是'申'字，申属猴，故曰'车中猴'。'草'下有'门'，'门'中有'东'，乃'兰'字也。又'禾中走'，是穿田过，'田'出两头，亦是'申'字也。'一日夫'者，'夫'上更一画，下一'日'，是'春'字也。杀汝父是申兰，杀汝夫是申春，足可明矣。何必更疑？"齐公在旁听解罢，抚掌称快道："数年之疑，一旦豁然。非明公聪鉴盖世，何能及此？"小娥愈加恸哭道："若非尊官，到底不晓仇人名姓。冥冥之中，负了父夫。"再拜叩谢，就向齐公借笔来，将"申兰、申春"四字写在内襟一条带子上了，拆开里面，反将转来，仍旧缝好。李公佐道："写此做甚？"小娥道："既有了主名，身虽女子，不问哪里，誓将访杀此二贼，以复其冤！"李公佐向齐公叹道："壮哉！壮哉！然此事却非容易。"齐公道："'天下无难事，只怕有心人。'此妇坚忍之性，数年以来，老僧颇识之。彼是不肯作浪语的。"小娥因问齐公道："此间尊官，姓氏宦族，愿乞示知，以识不忘。"齐公道："此官人是江西洪州判官李二十三郎也。"小娥再三顶礼念诵，流涕而去。李公佐阁上饮罢了酒，别了齐公，下船解缆，自往家里。

话分两头。却说小娥自得李判官解辨二盗姓名，便立心寻访。自念身是女子，出外不便。心生一计，将累年乞施所得，买了衣服，打扮作男子模样，改名谢保。又买了利刃一把，藏在衣襟底下，想道："在湖里遇的盗，必是原在江湖上走，方可探听消息。"日逐在埠头伺候。看见船上有雇人的，就随了去，佣工度日。在船上时，操作勤谨，并不懈怠，人都喜欢雇他。他也不拘一个船上，是雇着的便去。商船上下往来之人，看看多熟了。水火之事，小心谨秘，并不露一毫破绽出来。但是船到之处，不论哪里，上岸挨身察听体访。如此年余，竟无消耗。

一日，随着一个商船到浔阳郡，上岸行走。见一家人家竹户上，有纸榜一张，上写道："雇人使用，愿者来投。"小娥问邻居之人："此是谁家？要雇用人。"邻人答道："此是申家，家主叫得申兰，是申大官人。时常要到江湖上做生意，家里只是些女人，无个得力男子看守，所以雇唤。"小娥听着"申兰"二字，触动其心。心里便道："果然有这个姓名，莫非正是此贼？"随对邻人说道："小人情愿投赁佣工，烦劳引进则个。"邻人道："申家急缺人用，一说便成的，只是要做个东道谢我。"小娥道："这个自然。"邻人问了小娥姓名、地方，就引了他，一径走进申家。只见里边踱出一个人来，你道生得如何？但见：

伛兜怪脸尖下颏，生几茎黄须；突兀高颧浓眉毛，压一双赤眼。出言如虎啸，声撼半天风雨寒；行步似狼奔，影摇千尺龙蛇动。远观是丧船上方相，近觑乃山门外金刚。

小娥见了，吃了一惊，心里道："这个人岂不是杀人强盗么？"便自十分上心。

只见邻人道："大官人要雇人，这个人姓谢名保，也是我们江西人，他情愿投在大官人门下使唤。"申兰道："平日作何生理的？"小娥答应道："平日专在船上趁工度日，埠头船上，多有认得小人的。大官人去问问看就是。"申兰家离埠头不多远，三人一同走到埠头来。问问各船上，多说着谢保勤谨小心，志诚老实，许多好处。申兰大喜。小娥就在埠头一个认得的经纪家里，借着纸墨笔砚，自写了佣工文契，写邻人做了媒人，交与申兰收着。申兰就领了他，同邻人到家里来，取酒出来请媒，就叫他陪待。小娥就走到厨下，掇长掇短，送酒送肴，且是熟分。申兰取出二两工银，先交与他了，又取二钱银子，做了媒钱。小娥也自己秤出二钱来送那邻人。邻人千欢万喜，作谢自去了。申兰又领小娥去见了妻子蔺氏，自此小娥只在申兰家里佣工。

小娥心里看见申兰动静，明知是不良之人，想着梦中姓名，必然有据，大分是仇人。然要哄得他喜欢亲近，方好探其真确，乘机取事。故此千唤千应，万使万当，毫不逆着他一些事故。也是申兰冤业所在，自见小娥，便自分外喜欢。又见他得用，日加亲爱，日刻不离左右。没一句说话不与谢保商量，没一件事体不叫谢保营干，没一件东西不托谢保收拾。已做了申兰贴心贴腹之人，因此金帛财宝之类，尽在小娥手中出入。看见旧时船中掠去锦绣衣服、宝玩器具等物，都在申兰家里。正是："见鞍思马，睹物思人。"每遇一件，常自暗中哭泣多时，方才晓得梦中之言有准，时刻不忘仇恨。却又怕他看出，愈加小心。又听得他说有个堂兄弟，叫做二官人，在隔江独树浦居住。小娥心里想道："这个不知可是申春否？父梦既应，夫梦必也不差。只是不好问得姓名，怕惹疑心。如何得他到来，便好探听。"却是小娥自到申兰家里，只见申兰口说要到二官人家去。便去了经月方向。回来必然带好些财帛归家，便吩咐交与谢保收拾。却不曾见二官人到这里来，也有时口说要带谢保同去走走。小娥晓得是做私商勾当，只推家里脱不得身，申兰也放家里不下，要留谢保看家，再不提起了。但是出外去，只留小娥与妻蔺氏，同一两个丫鬟看守，小娥自在外厢歇宿照管。若是蔺氏有甚差遣，无不遵依停当。合家都欢喜他，是个万全可托得力的人了。

说话的，你差了。小娥既是男扮了，申兰如何肯留他一个寡汉，伴着妻子在家？岂不疑他生出不伶俐事来？看官，又有一说，申兰是个强盗中人，财物为重，他们心上有什么闺门礼法？况且小娥有心机，申兰平日毕竟试得他老实头，小心不过的，不消虑得到此。所以放心出去，再无别说。

且说小娥在家多闲，乘空便去交结那邻近左右之人，时时买酒买肉，破费钱钞在他们身上。这些人见了小娥，无不喜欢契厚的。若看见有个把豪气的，能事了得的，更自十分倾心结纳。或周济他贫乏，或结拜做弟兄。总是做申兰这些不义之财不着，申兰财物来得容易，又且信托他的，哪里来查他细帐？落得做人情。小娥又报仇心重，故此先下工夫，结识这些党羽在那里。只为未得申春消耗，恐怕走了风，脱了仇人。故此申兰在家时，几番好下得手，小娥忍住不动。且待时至而行，如此过了两年多。

忽然一日，有人来说："江北二官人来了。"只见一个大汉，同了一伙拳长臂大之人，走将进来，问道："大哥何在？"小娥应道："大官人在里面，等谢保去请出来。"小娥便去对申兰说了。申兰走出堂前来道："二弟多时不来了，甚风吹得到此？况且又同众兄弟来到，有何话说？"二官人道："小弟申春，今日江上获得两个二十斤来重的大鲤鱼，不敢自吃，买了一坛酒来，与大哥同享。"

申兰道："多承二弟厚意，如此大鱼，也是罕物。我辈托神道福佑多年，我意欲将此鱼此酒，再加些鸡肉果品之类，赛一赛神，以谢护庇。然后我们同散福受用方是，不然，只一味也不好下酒。况列位在此，无有我不破钞，反吃白食的。二弟意下何如？"众人都拍手道："有理，有理。"申兰就叫谢保过来，见了二官人，道："这是我家雇工，极是老实勤谨可托的。"就吩咐他，叫去买办食物，小娥领命走出，一霎时就办得齐齐整整，摆列起来。申春道："此人果是能事，怪道大哥出外，放在家里下，原来有这样得力人在这里。"众人都赞叹一番。申兰叫谢保把福物摆在一个家养神道前了。申春道："须得与众人姓名，通诚一番。我们几个都识字不透，这事却来不得。"申兰道："谢保写得好字。"申春道："又会写字，难得，难得。"小娥就走去，将了纸笔，排头写来。少不得申兰、申春为首，其余各报将名来，一个个写。小娥一头写着，一头记着，方晓得果然这个叫得申春。

献神已毕，就将福物收去，整理一整理，重新摆出来。大家欢哄饮啖，却不提防小娥是有心的，急把其余名字，一个个都记将出来，写在纸上，藏好了。私自叹道："好个李判官，精悟玄鉴，与梦语符合如此。此乃我父夫精灵不泯，天启其心。今日仇人都在，我志将就了。"急急走来服侍，只拣大碗频频斟与兰、春二人。二人都是酒徒，见他如此殷勤，一发喜欢，大碗价只顾吃，哪里猜他有甚别意？天色将晚，众贼俱已酣醉，各自散去。只有申春留在这里过夜，未散。小娥又满满斟了热酒，奉与申春道："小人谢保，到此两年，不曾服侍二官人，今日小人借花献佛，多敬一杯。"又斟一杯与申兰道："大官人请陪一陪。"申春道："好个谢保，会说会劝。"申兰道："我们不要辜负他孝敬之意，尽量多饮一杯才是。"又与申春说谢保许多好处。小娥谦称一句，就献一杯，不干不住，两个被他灌得十分酩酊。原来江边若无好酒，群盗只吃的是烧刀子。这一坛是他们因要尽兴，买那真正滴花烧酒，是极狠的。况吃得多了，岂有不醉之理？申兰醉极苦热，又走不动了，就在庭中坦了衣服眠倒了。申春也要睡，还走得动，小娥就扶他到一个房里床上眠好了。走到里面看时，原来蔺氏在厨下整酒时，闻得酒香扑鼻，因吃夜饭，也自吃了碗把。两个丫头递酒出来，各个偷些尝尝。女人家经得多少浓味？一个个伸腰打盹，却像着了孙行者瞌睡虫的。

小娥见如此光景，想道："此时不下手，更待何时？"又想道："女人不打紧，只怕申春这厮未睡得稳，却是利害。"就拿把锁，把申春睡的房门锁好了。走到庭中，衣襟内拔出佩刀，把申兰一刀断了他头。欲待再杀申春，终究是女人家，见申春起初走得动，只怕还未甚醉，不敢轻惹他。忙走出来，邻里间叫道："有烦与我出力拿贼则个！"邻人多是平日与他相好的，听得他的声音，都走将拢来，问道："贼在哪里？我们帮你拿去。"小娥道："非是小可的贼，乃是江洋杀人的大强盗，赃证都在。今被我灌醉锁住在房中，须赖众力擒他。"小娥平日结识的好些好事的人在内，见说是强盗，都摩拳擦掌道："是什么人？"小娥道："就是小人的主人与他兄弟，惯做强盗。家中货财千万，都是赃物。"内中也有的道："你在他家中，自然知他备细不差。只是没有被害失主，不好卤莽得。"小娥道："小人就是被害失主。小人父亲与一个亲眷，两家数十口，都被这伙人杀了。而今家中金银器皿上，还有我家名字记号，须认得出。"一个老成的道："此话是真。那申家踪迹可疑，身子常不在家，又不做生理，却如此暴富。我们只是不查得他实迹，又怕他凶暴，所以不敢发觉。今既有谢小哥做证，我们助他一臂，擒他兄弟两个送官，等他当官追究为是。”小娥道：“我已手杀一人，只须列位助擒得一个。”

众人见说已杀了一个人，晓得事体必要经官。又且与小娥相好的多，恨申兰的也不少，一齐点了火把，望申家门里进来。只见申兰已挺尸在血泊里。开了房门，申春鼾声如雷，还在睡梦。众人把索子捆住，申春还挣扎道：“大哥不要取笑。”众人骂他强盗，他兀自未醒。众人捆好了，一齐闯进内房来。那蔺氏酒不多，醒得快，惊起身来。见了众人火把，只道是强盗上了，口里道：“终日去打劫人，今日却有人来打劫了。”众人听得，一发道是谢保之言为实。喝道：“胡说！谁来打劫你家？你家强盗事发了。”也把蔺氏与两个丫鬟拴将起来。蔺氏道：“多是丈夫与叔叔做的事，须与奴家无干。”众人道：“说不得，自到当官去对。”此时小娥恐怕人多抢散了赃物，先已把平日收贮之处，安顿好了，锁闭着。明请地方加封，告官起发。

闹了一夜，明日押进浔阳郡来。浔阳太守张公升堂，地方人等解到一干人犯。小娥手执首词，首告人命强盗重情。昆时申春宿酒已醒，明知事发。见对理的，却是谢保。晓得哥哥平日有海底眼在他手里，却不知其中就里，乱喊道：“此是雇工人背主，假捏出来的事。”小娥对张太守指着申春道：“他兄弟两个为首，十年前杀了豫章客谢、段二家数十人，如何还要抵赖？”太守道：“你敢在他家佣工，同做此事？而今待你在些不是处，你先出首了么？”小娥道：“小人在他家佣工，只得二年。此是他十年前事。”太守道：“这等，你如何晓得？有甚凭据？”小娥道：“他家中所有物件，还有好些是谢、段二家之物，即此便是凭据。”太守道：“你是谢家何人？却认得是。”小娥道：“谢是小人父家，段是小人夫家。”太守道：“你是男子，如何说是夫家？”小娥道：“爷爷听禀，小妇人实是女人，不是男子。只因两家都被二盗所杀，小妇人撺入水中，遇救得活。后来父、夫托梦，说杀人姓名，乃是十二个字谜，解说不出，遍问识者，无人参破。幸有洪州李判官，解得是申兰、申春。小妇人就改妆作男子，遍历江湖，寻访此二人。到得此郡，有出榜雇工者，问是申兰。小妇人有心，就投了他家，看见他出没踪迹，又认识旧物，明知他是大盗，杀父的仇人。未见申春，不敢动手。昨日方才同来饮酒，故此小妇人手刃了申兰，叫破地方，同擒了申春，只此是实。”

太守见说得希奇，就问道：“那十二字谜语如何的？”小娥把十二字念了一遍。太守道：“如何就是申兰、申春？”小娥又把李公佐所解之言，照前述了一遍。太守连连点头道：“是，是，是。快哉李君！明悟若此！他也与我有交，这事是真无疑。但你既是女人扮作男子，非止一日，如何得不被人看破？”小娥道：“小妇人冤仇在身，日夜提心吊胆，岂有破绽露出在人眼里？若稍有泄漏，冤仇怎报得成？”太守心中叹道：“有志哉，此妇人也！”又唤地方人等起来，问着事由。地方把申家向来踪迹可疑，及谢保两年前雇工，昨夜杀了申兰，协同擒了申春并他家属，今日解府的话，备细述了一遍。太守道：“赃物何在？”小娥道：“赃物向托小妇人掌管，昨夜眼同地方，封好在那里。”太守即命公人押了小娥，与同地方，到申兰家起赃。金银财货，何止千万？小娥俱一一登有簿籍，分毫不爽。即时送到府堂。太守见金帛满庭，知盗情是实。把申春严刑拷打，蔺氏亦加拶指，都抵赖不得，一一招了。太守又究余党，申春还不肯说。只见小娥袖中取出所抄的名姓，呈上太守道：“这便是群盗的名了。”太守道：“你如何知得恁细？”小娥道：“是昨日叫小妇人写了连名赛神的。小妇人暗自抄记，一人也不差。”太守一发叹赏他能事，便唤申春研问着这些人住址，逐名注明了。先把申春下在牢里，蔺氏丫鬟讨保官卖。然后点起兵快，登时往各处擒拿。正似瓮中捉鳖，没有一个走得脱的。齐齐擒到，俱各无词。太守尽问成重罪，同申春下在死牢里。乃对小娥道："盗情已真，不必说了。只是你不待报官，擅行杀戮，也该一死。"小娥道："大仇已报，立死无恨。"太守道："法上虽是如此，但你孝行可嘉，志节堪敬，不可以常律相拘。待我申请朝廷，讨个明降，免你死罪。"小娥叩首称谢，太守叫押出讨保。小娥禀道："小妇人而今事迹已明，不可复与男子溷处，只求发在尼庵，听候发落为便。"太守道："一发说得是。"就叫押在附近尼庵，讨个收管，一面听候圣旨发落。太守就备将情节奏上，内云：

谢小娥立志报仇，梦寐感通，历年乃得。明系父仇，又属真盗，不惟擅杀之条，原情可免；又且矢志之事，核行可旌。云云。元和十二年四月。

明旨批下："谢小娥节行异人，准奏免死，有司旌表其庐。申春即行处斩。"不一日，到浔阳郡府堂开读了毕。太守命牢中取出申春等死囚来，读了犯由牌，押赴市曹处斩。小娥此时已复了女装，穿了一身素服，法场上看斩了申春，再到府中拜谢张公。张公命花红鼓乐，送他归本里。小娥道："父死夫亡，虽蒙相公奏请朝廷恩典，花红鼓乐之类，决非孀妇敢领。"太守越敬他知礼，点一官媪，伴送他到家，另自差人旌表。此时哄动了豫章一郡，小娥父、夫之族，还有亲属在家的，多来与小娥相见问讯。说起事由，无不悲叹惊异。里中豪族慕小娥之名，央媒求聘的，殆无虚日。小娥誓心不嫁，道："我混迹多年，已非得已。若今日嫁人，女贞何在？宁死不可。"曾奈来缠的人越多了，小娥不耐烦分诉，心里想道："昔年妙果寺中，已愿为尼，只因冤仇未报，不敢落发。今吾事已毕，少不得皈依三宝，以了终身。不如趁此落发，绝了众人之愿。"小娥遂将剪子先将髻子剪下，然后用剃刀剃净了，穿了褐衣，做个行脚僧打扮，辞了亲属，出家访道，径自飘然离了本里。里中人越加叹颂不题。

且说元和十三年六月，李公佐在家被召，将上长安。道经泗滨，有善义寺尼师大德，戒律精严，多曾会过，信步往谒。大德师接入客座。只见新来操戒的弟子数十人，俱净发鲜披，威仪雍容，列侍师之左右。内中一尼，仔细看了李公佐一回，问师道："此官人岂非是洪州判官李二十三郎？"师点头道："正是。你如何认得？"此尼即泣下数行道："使我得报家仇，雪冤耻，皆此判官恩德也。"即含泪上前，稽首拜谢。李公佐却不认得，惊起答拜道："素非相识，有何恩德可谢？"此尼道："某名小娥，即向年瓦官寺中乞食孀妇也。尊官其时以十二字谜语，辨出申兰、申春二贼名姓，尊官岂忘之乎？"李公佐想了一回，方才依稀记起，却记不全。又问起是何十二字，小娥再念了一遍，李公佐豁然省悟道："一向已不记了，今见说来，始悟前事。后来界访得有此二人否？"小娥因把扮男子，投申兰，擒申春并余党，数年经营艰苦之事，从前至后，备细告诉了毕。又道："尊官恩德，无可以报，从今惟有朝夕诵经，保佑而已。"李公佐问道："今如何恰得在此处相会？"小娥道："复仇已毕，其时即剪发披褐，访道于牛头山，师事大士庵尼将律师，苦行一年。今年四月，始受具戒于泗州开元寺，所以到此。岂知得遇恩人，莫非天也？"李公佐道："既已受戒，是何法号？"小娥道："不敢忘本，只仍旧名。"李公佐叹息道："天下有如此至心女子。我偶然辨出二盗姓名，岂知誓志不舍？毕竟访出其人，复了冤仇。又且佣保杂出，无人识得是个女人，岂非天下难事？我当作传，以旌其美。"

小娥感泣。别了李公佐，仍归牛头山。扁舟泛淮，云游南国，不知所终。李公佐为撰《谢小娥传》，留传后世，载入《太平广记》。

诗云：

匕首如霜铁作心，精灵万载不销沉。西山木石填东海，女子衔仇分外深。

又云：

梦寐能同造化机，天叫达识剖玄微。姓名一解终能报，方信双魂不浪归。

袁尚宝相术动名卿　郑舍人阴功叨世爵

诗曰：

燕门壮士吴门豪，筑中注铅鱼隐刀。感君恩重与君死，泰山一掷若鸿毛。

话说唐德宗朝，有个秀才，南剑州人，姓林名积，字善甫。为人聪俊，广览诗书，九经三史，无不通晓，更兼存心梗直。在京师太学读书，给假回家，侍奉母亲之病。母病愈，不免再往学中。免不得暂别母亲，相辞亲戚邻里，叫当值王吉挑着行李，迤逦前进。在路但见：

或过山林，听樵歌于云岭；又经别浦，闻渔唱于烟波。或抵乡村，却遇市井。才见绿杨垂柳，影迷几处之楼台；那堪啼鸟落花，知是谁家之院宇？看处有无穷之景致，行时有不尽之驱驰。

饥餐渴饮，夜住晓行，无路登舟。不止一日，至蔡州，到个去处，天色已晚。但见：

十里俄惊雾暗，九天倏睹星明。八方商旅卸行装，七级浮屠燃夜火。六翮飞身，争投栖于树杪；五花画舫，尽返棹于洲边。四野牛羊皆入栈，三江渔钓悉归家。两个招商，俱说此间可宿；一声画角，应知前路难行。

两个投宿于旅邸，小二哥接引，拣了一间宽洁房子。当直的安顿了担仗，善甫稍歇，讨了汤，洗了脚，随分吃了些晚食，无事闲坐则个。不觉早点灯，叫当值安排宿歇，来日早行。当值王吉在床前打铺自睡。

且说林善甫脱了衣裳也去睡，但觉物瘾其背，不能睡着。壁上有灯，尚犹未灭。遂起身揭起荐席看时，见一布囊，囊中有一锦囊，中有大珠百颗，遂收于箱箧中。当夜不在话下。到来朝，天色已晓。但见：

晓雾装成野外，残霞染就荒郊。耕夫陇上，朦胧月色将沉；织女机边，晃荡金乌欲出。牧牛儿尚睡，养蚕女未兴。樵舍外已闻犬吠，招提内尚见僧眠。

天色将晓，起来洗漱罢，系裹毕，叫当值的一面安排了行李。林善甫出房中来，问店主人："前夕恁人在此房内宿？"店主人说道："昨夕乃是一巨商。"林善甫见说："此乃吾之故友也，因俟我失期。"看着那店主人道："此人若回来寻时，可使他来京师上庠贯道斋，寻问林上舍名积字善甫，千万！千万！不可误事。"说罢，还了房钱，相揖作别去了。王吉前面挑着行李什物，林善甫后面行，迤逦前进。林善甫放心不下，恐店主人忘了，遂于沿路上令王吉于墙壁粘手榜云："某年某月某日，有剑浦林积假馆上庠，有故人'元珠'，可相访于贯道斋。"不止一日，到于学中，参了假，仍旧归斋读书。

只说这囊珠子，乃是富商张客遗下了去的。及至到于市中取珠欲货，方知失去，唬得魂不附体，道："苦也！ 我生受数年，只选得这包珠子。今已失了，归家妻子孩儿如何肯信？"再三思量，不知失于何处，只得再回，沿路店中寻讨。直寻到林上舍所歇之处，问店小二时，店小二道："我却不知你失去物事。"张客道："我歇之后，有恁人在此房中安歇？"店主人道："我便忘了，从你去后，有个官人来歇一夜了。绝早便去，临行时吩咐道：'有人来寻时，可千万使他来京师上庠贯道斋，问林上舍，名积。'"张客见说言语蹺蹊，口中不道，心内思量："莫是此人收得我之物？"当日只得离了店中，迤逦再取京师路上来。见沿路贴着手榜，中有"元珠"之句，略略放心。不止一日，直到上庠，未去歇泊，便来寻问。学对门有个茶坊，但见：

木匾高悬，纸屏横挂。壁间名画，皆唐朝吴道子丹青；瓯内新茶，尽山居玉川子佳茗。

张客入茶坊吃茶，茶罢，问茶博士道："此间有个林上舍否？"博士道："上舍姓林的极多，不知是哪个林上舍？"张客说："贯道斋，名积，字善甫。"茶博士见说："这个便是个好人。"张客见说道是好人，心下又放下二三分。张客说："上舍多年个远亲，不相见，怕忘了。若来时，相指引则个。"正说不了，茶博士道："兀的出斋来的官人便是。他在我家寄衫帽。"张客见了，不敢造次。林善甫入茶坊，脱了衫帽。张客方才向前看着林上舍，唱个喏便拜。林上舍道："男儿膝下有黄金，如何拜人？"那时林上舍不识他有甚事。但见张客簌簌地泪下，哽咽了说不得。歇定，便把这上件事，一一细说了一遍。林善甫见说，便道："不要慌，物事在我处。我且问你则个，里面有什么？"张客道："布囊中有锦囊，内有大珠百颗。"林上舍道："多说得是。"带他去安歇处，取物交还。张客看见了道："这个便是，不愿都得，但只觅得一半，归家养膳老小，感戴恩德不浅。"林善甫道："岂有此说！我若要你一半时，须不沿路粘贴手榜，叫你来寻。"张客再三不肯都领，情愿只领一半。林善甫坚执不受，如此数次相推。张客见林上舍再三再四不受，感戴洪恩不已，拜谢而去。将珠子一半于市货卖，卖得银来，舍在有名佛寺斋僧，就与林上舍建立生祠供养，报答还珠之恩。善甫后来一举及第。诗云：

袁尚宝相术动名卿
郑舍人阴功叨世爵

林积还珠古未闻，利心不动道心存。暗施阴德天神助，一举登科耀姓名。

善甫后来位至三公，二子历任显宦。古人云："积善有善报，积恶有恶报。积善之家，必有余庆；作恶之家，必有余殃。"正是：

黑白分明造化机，谁人会解劫中危？ 分明指与长生路，争奈人心着处迷。

此本话文，叫做《积善阴骘》，乃是京师老郎传留至今。小子为何重宣这一遍？只为世人贪财好利，见了别人钱钞，昧着心就要起发了。何况是失下的，一发是应得的了，谁肯轻还本主？不知冥冥之中，阴功极重。所以裴令公相该饿死，只因还了玉带，后来出将入相；窦谏议命主绝嗣，只为还了遗金，后来五子登科。

其余小小报应，说不尽许多。而今再说一个一点善念，直到得脱了穷胎，变成贵骨。说与看官们一听，方知小子劝人做好事的说话，不是没来历的。

你道这件事出在何处？国朝永乐爷爷未登帝位，还为燕王。其时有个相士，叫做袁柳庄，名珙，在长安酒肆遇见一伙军官打扮的，在里头吃酒。柳庄把内中一人看了一看，大惊下拜道："主公乃真命天子也！"其人摇手道："休得胡说！"却问了他姓名去了。明日只见燕府中有懿旨，召这相士。相士朝见，抬头起来，正是昨日酒馆中所遇之人。原来燕王装作了军官，与同护卫数人，出来微行的。就密叫他仔细再相，柳庄相罢称贺，从此燕王决了大计。后来靖了内难，乃登大宝，酬他一个三品京职。其子忠彻，亦得荫为尚宝司丞。

大多晓得柳庄神相，却不知其子忠彻传了父术，也是一个百灵百验的。京师显贵公卿，没一个不与他往来，求他风鉴的。其时有一个姓王的部郎，家中人眷不时有病。一日，袁尚宝来拜。见他面有忧色，问道："老先生尊容滞气，应主人眷不宁。然不是生成的，恰似有外来妨碍，原可趋避。"部郎道："如何趋避？望请见教。"正说话间，一个小厮捧了茶盘出来送茶。尚宝看了一看，大惊道："原来如此。"须臾吃罢茶，小厮接了茶钟进去了。尚宝密对部郎道："适来送茶小童，是何名字？"部郎道："问他怎的？"尚宝道："使宅上人眷不宁者，此子也。"部郎道："小厮姓郑，名兴儿，就是此间收的，未上一年，老实勤谨，颇称得用。他如何能使家下不宁？"尚宝道："此小厮相能妨主，若留过一年之外，便要损人口，岂止不宁而已。"部郎意犹不信道："怎便到此？"尚宝道："老先生岂不闻马有的卢能妨主，手版能忤人君的故事么？"部郎省悟道："如此，只是遣了他罢了。"部郎送了尚宝出门，进去与夫人说了适间之言。女眷们见说了这等说话，极易听信的。又且袁尚宝相术有名，那一个不晓得？部郎是读书之人，还有些崛强未服，怎当得夫人一点疑心之根，再拨不出了。部郎就唤兴儿到跟前，打发他出去。兴儿大惊道："小的并不曾坏老爷事体，如何打发小的？"部郎道："不为你坏事，只因家中人口不安，袁尚宝爷相道都是你的缘故。没奈何打发你在外去过几时，看光景再处。"兴儿也晓得袁尚宝相术神通，如此说了，毕竟难留。却又舍不得家主，大哭一场，拜倒在地。部郎也有好些不忍，没奈何强遣了他。果然兴儿出去了，家中人口从此平安。部郎合家越信尚宝之言，不为虚谬。

话分两头，且说兴儿含悲离了王家，未曾寻得投主，权在古庙栖身。一日，走到坑厕上屙屎，只见壁上挂着一个包裹。他提下来一看，乃是布线密扎，且是沉重。解开一看，乃是二十多包银子。看见了，伸着舌头，缩不进来道："造化！造化！我有此银子，不忧贫了，就是家主赶了出来，也不妨。"又想一想道："我命本该穷苦，投靠了人家，尚且道是相法妨碍家主，平白无事赶出来，怎得有福气受用这些物事？此必有人家干甚紧事，带了来用，因为登东司，挂在壁间失下了的，未必不关着几条性命？我拿了去，虽无人知道，却不做了阴骘事体？毕竟等人来寻，还他为是。"左思右想，带了这个包裹，不敢走离坑厕。沉吟到将晚，不见人来，放心不下，取了一条草荐，竟在坑版上铺了，把包裹塞在头底下，睡了一夜。

明日绝早，只见一个人头蓬眼肿，走到坑中来。见有人在里头，看一看壁间，吃了一惊道："东西已不见了，如何回去得？"将头去坑墙上乱撞。兴儿慌忙止他道："不要性急！有甚话，且与我说个明白？"那个人道："主人托俺将着银子到京中做事，昨日偶因登厕，寻个竹钉，挂在壁上。已后登厕已完，径自去了，忘记取了包裹。而今主人的事既做不得，银子又无了，怎好白手回去见他？要这性命做甚？”兴儿道：“老兄不必着忙。银子是小弟拾得在此，自当奉璧。”那个人听见了，笑逐颜开道：“小哥若肯见还，当以一半奉谢。”兴儿道：“若要谢时，我昨夜连包拿了去不得，何苦在坑版上忍了臭气，睡这一夜？不要昧了我的心。”把包裹一撩，竟还了他。那个人见是个小厮，又且说话的确，做事慷慨，便问他道：“小哥高姓？”兴儿道：“我姓郑。”那个人道：“俺的主人也姓郑，河间府人，是个世袭指挥。只因进京来讨职事做，叫他拿银子来使用。不知是昨日失了，今日却得小哥还俺。俺明日做事停当了，同小哥去见俺家主，说小哥这等好意，必然有个好处。”两个欢欢喜喜，同到一个饭店中，殷殷勤勤，买酒请他，问他本身来历。他把投靠王家，因相被逐，一身无归，上项苦情，备细述了一遍。那个人道：“小哥患难之中，见财不取，一发难得。而今不必别寻道路，只在我下处同住了，待我干成了这事，带小哥到河间府罢了。”兴儿就问那个人姓名。那个人道：“俺姓张，在郑家做都管，人只叫我做张都管。不要说俺家主人，就是俺自家，也盘缠得小哥一两月起的。”兴儿正无投奔，听见如此说，也自喜欢。从此只在饭店中安歇，与张都管看守行李。张都管自去兵部做事。有银子得用了，自然无不停当，取郑指挥做了巡抚标下旗鼓官。张都管欣然走到下处，对兴儿说道：“承小哥厚德，主人已得了职事，这分明是小哥作成的。俺与你只索同到家去报喜罢了，不必在此停留。”即忙收拾行李，雇了两个牲口，做一路回来。

到了家门口，张都管留兴儿在外边住了，先进去报与家主郑指挥。郑指挥见有了衙门，不胜之喜。对张都管道：“这事全亏你能干得来。”张都管说道：“这事全非小人之能，一来主人福荫，二来遇个恩星，得有今日。若非哪个恩星，不要说主人官职，连小人性命也不能够回来见主人了。”郑指挥道：“是何恩星？”张都管把登厕失了银子，遇着郑兴儿厕板上守了一夜，原封还他，从头至尾，说了一遍。郑指挥大惊道：“天下有这样义气的人，而今这人在哪里？”张都管道：“小人不敢忘他之恩，邀他同到此间，拜见主人，见在外面。”郑指挥道：“正该如此，快请进来。”张都管走出门外，叫了兴儿一同进去见郑指挥。兴儿做小厮过的，见了官人，不免磕个头下去。郑指挥自家也跪将下去，扶住了说道：“你是俺恩人，如何行此礼？”兴儿站将起来，郑指挥仔细看了一看道：“此非下贱之相，况且器量宽洪，立心忠厚，他日必有好处。”讨坐来与他坐了。兴儿哪里肯坐？推逊了一回，只得依他坐了。指挥问道：“足下何姓？”兴儿道：“小人姓郑。”指挥道：“忝为同姓，一发妙了。老夫年已望六，尚无子嗣。今遇大恩，无可相报。不是老夫要讨便宜，情愿认足下做个养子，恩礼相待，少报万一。不知足下心下如何？”兴儿道：“小人是执鞭坠镫之人，怎敢当此？”郑指挥道：“不是如此说，足下高谊，实在古人之上。今欲酬以金帛，足下既轻财重义，岂有重资不取，反受薄物之理？若便恝然无关，视老夫为何等负义之徒？幸叨同姓，实是天缘，只恐有屈了足下，于心不安。足下何反见外如此？”指挥执意既坚，张都管又在旁边一力撺掇，兴儿只得应承。当下拜了四拜，认义子。此后内外人，多叫他是郑大舍人，名字叫做郑兴邦，连张都管也让他做小家主了。那舍人北边出身，从小晓得些弓马。今在指挥家，带了同往蓟州任所，广有了得的教师，日日教习，一发熟娴，指挥愈加喜欢。况且做人和气，又凡事老成谨慎，合家之人，无不相投。指挥已把他名字报去，做了个应袭舍人。那指挥在巡抚标下，甚得巡抚之心。年终累荐，调入京营，做了游击将军，连家眷进京，郑舍人也同往。到了京中，骑在高头骏马上，看见街道，想起旧日之事，不觉凄然泪下。有诗为证：

昔年在此拾遗金，蓝缕身躯乞丐心。骛马鲜衣今日过，泪痕还似旧时深。

却说郑游击又与舍人用了些银子，得了应袭冠带，以指挥职衔听用。在京中往来拜客，好不气概！他自离京中，到这个地位，还不上三年。此时王部郎也还在京中，舍人想道："人不可忘本。我当时虽被王家赶了出来，却是主人原待得我好的。只因袁尚宝有妨碍主人之说，故此听信了他，原非本意。今我自到义父家中，何曾见妨了谁来？此乃尚宝之妄言，不关旧主之事。今得了这个地步，还该去见他一见，才是忠厚。只怕义父怪道翻出旧底本，人知不雅，未必相许。"即把此事，从头至尾，来与养父郑游击商量。游击称赞道："贵不忘贱，新不忘旧，都是人生实受用好处，有何妨碍？古来有多少王公大人、天子宰相，在尘埃中屠沽下贱起的，大丈夫正不可以此芥蒂。"

舍人得了养父之言，即便去穿了素衣服，腰系金镶角带，竟到部郎寓所来。手本上写着："门下走卒应袭听用指挥郑兴邦叩见。"王部郎接了手本，想了一回道："此是何人，却来见我？且又写'门下走卒'，是必曾在那里相会过了。"心下疑惑。原来京里部官清淡，见是武官来见，想是有些油水的，不到得作难，就叫"请进"。郑舍人一见了王部郎，连忙磕头下去。王部郎虽是旧主人，今见如此冠带换扮了，一时哪里遂认得？慌忙扶住道："非是统属，如何行此礼？"舍人道："主人岂不记那年的兴儿么？"部郎仔细一看，骨格虽然不同，体态还认得出。吃了一惊道："足下何自能致身如此？"舍人把认了义父，讨得应袭指挥，今义父见在京营做游击的话，说了一遍，道："因不忘昔日看待之恩，敢来叩见。"王部郎见说罢，只得看坐。舍人再三不肯道："分该侍立。"部郎道："今足下已是朝廷之官，如何拘得旧事？"舍人不得已，旁坐了。部郎道："足下有如此后步，自非家下所能留。只可惜袁尚宝妄言误我，致得罪于足下，以此无颜。"舍人道："凡事有数，若当时只在主人处，也不能得认义父，以有今日。"部郎道："事虽如此，只是袁尚宝相术可笑，可见向来浪得虚名耳。"正要摆饭款待，只见门上递一帖进来道："尚宝袁爷要来面拜。"部郎抚掌大笑道："这个相不着的又来了，正好取笑他一回。"便对舍人道："足下且到里面去，只做旧时妆扮了。停一会待我与他坐了，竟出来照旧送茶，看他认得出认不出？"

舍人依言，进去卸了冠带，与旧日同伴取了一青长衣披了。听得外边尚宝坐定讨茶，双手捧了一个大茶盘，恭恭敬敬出来送茶。袁尚宝注目一看，忽地站了起来道："此位何人，乃在此送茶？"部郎道："此前日所逐出童子兴儿便是。今无所归，仍来家下服役耳。"尚宝道："何太欺我？此人不论后日，只据目下，乃是一金带武职官，岂宅上服役之人哉？"部郎大笑道："老先生不记得前日相他妨碍主人，累家下人口不安的说话了？"尚宝方才省起向来之言，再把他端相了一回，笑道："怪哉！怪哉！前日果有此言，却是前日之言也不差，今日之相也不差。"部郎道："何解？"尚宝道："此君满面阴德纹起，若非救人之命，必是还人之物，骨相已变。看来有德于人，人亦报之。今日之贵，实由于此。非学生之有误也。"舍人不觉失声道："袁爷真神人也！"遂把厕中拾金还人，与挈到河间认义父亲，应袭冠带前后事，备细说了一遍，道："今日念旧主人，所以到此。"部郎起初只晓得认义之事，不晓得还金之事。听得说罢，肃然起敬道："郑君德行，袁公神术，俱足不朽！快叫取郑爷冠带来。"穿着了，重新与尚宝施礼。部郎连尚宝多留了筵席，三人尽欢而散。

次日王部郎去拜了郑游击，就当答拜了舍人，遂认为通家，往来不绝。后日郑舍人也做到游击将军而终，子孙竟得世荫。只因一点善念，脱胎换骨，享此爵禄。所以奉劝世人，只宜行好事，天并不曾亏了人。有古风一首为证：

袁公相术真奇绝，唐举许负无差别。片言甫出鬼神惊，双眸略展荣枯决。
儿童妨主运何乖？流落街衢实可哀。还金一举堪夸美，善念方萌已脱胎。
郑公生平原倜傥，百计思酬恩谊广。螟蛉同姓是天缘，冠带加身报不爽。
京华重忆主人情，一见袁公便起惊。阴功获福从来有，始信时名不浪称。

钱多处白丁横带　运退时刺史当艄

诗曰：

荣枯本是无常数，何必当风使尽帆？东海扬尘犹有日，白衣苍狗刹那间。

话说人生荣华富贵，眼前的多是空花，不可认为实相。如今人一有了时势，便自道是万年不拔之基，旁边看的人也是一样见识。岂知转眼之间，灰飞烟灭，泰山化作冰山，极是不难的事。俗语两句说得好："宁可无了有，不可有了无。"专为贫贱之人，一朝变泰，得了富贵，苦尽甜来，滋味深长。若是富贵之人，一朝失势，落泊起来，这叫做"树倒猢狲散"，光景着实难堪了。却是富贵的人只据目前时势，横着胆，昧着心，任情做去，哪里管后来有下梢没下梢。

曾有一个笑话，道是一个老翁，有三子，临死时吩咐道："你们倘有所愿，实对我说。我死后求之上帝。"一子道："我愿官高一品。"一子道："我愿田连万顷。"末一子道："我无所愿，愿换大眼睛一对。"老翁大骇道："要此何干？"其子道："等我睁开了大眼，看他们富的富，贵的贵。"此虽是一个笑话，正合着古人云：

长将冷眼观螃蟹，看你横行得几时？

虽然如此，然那等熏天赫地富贵人，除非是遇了朝廷诛戮，或是生下子孙不肖，方是败落散场。再没有一个身子上，先前做了贵人，以后流为下贱，现世现报，做人笑柄的。看官，而今且听小子先说一个好笑的，做个"入话"。

唐朝僖宗皇帝即位，改元乾符。是时阉宦骄横，有个少马坊使内官田令孜，是上为晋王时有宠，及即帝位，使知枢密院，遂擢为中尉。上时年十四，专事游戏，政事一委令孜，呼为阿父，迁除官职，不复关白。其时京师有一流棍，叫名李光，专一阿谀逢迎，谄事令孜。令孜甚是喜欢信用，荐为左军使。忽一日，奏授朔方节度使。岂知其人命薄，没福消受，敕下之日，暴病卒死。遗有一子，名唤德权，年方二十余岁。令孜老大不忍，心里要抬举他，不论好歹，署了他一个剧职。

时黄巢破长安，中和元年，陈敬瑄在成都遣兵来迎僖皇。令孜遂劝僖皇幸蜀。令孜扈驾，就便叫了李德权同去。僖皇行在住于成都，令孜与敬瑄相与交结，盗专国柄，人皆畏威。德权在两人左右，远近仰奉，凡奸豪求名求利者，多贿赂德权，替他两处打关节。数年之间，聚贿千万，累官至金紫光禄大夫、检校右仆射，一时熏灼无比。后来僖皇薨逝，昭皇即位。天顺二年四月，西川节度使王建，屡表请杀令孜、敬瑄。朝廷惧怕二人，不敢轻许。建使人告敬瑄作乱、令孜通凤翔书，不等朝廷旨意，意执二人杀之。草奏云：

开柙出虎，孔宣父不责他人；当路斩蛇，孙叔敖盖非利己。专杀不行于阃外，先机恐失于毂中。

于时追捕二人余党甚急。德权脱身遁于复州，平日枉有金银财货万万千千，一毫却带不得，只走得空身。盘缠了几日，衣服多当来吃了，单衫百结，乞食通途。可怜昔日荣华，一旦付之春梦。

却说天无绝人之路。复州有个后槽健儿，叫做李安。当日李光未际时，与他相熟。偶在道上行走，忽见一人褴褛丐食。仔细一看，认得是李光之子德权。心里恻然，邀他到家里，问他道："我闻得你父子在长安富贵，后来破败，今日何得在此？"德权将官司追捕田、陈余党，脱身亡命，到此困穷的话，说了一遍。李安道："我与汝父有交，你便权在舍下住几时。怕有人认得，你可改个名，只认做我的侄儿，便可无事。"德权依言，改名彦思，就认他这看马的做叔叔，不出街上乞化了。未及半年，李安得病将死，彦思见后槽有官给的工食，遂叫李安投状道："身已病废，乞将侄彦思继充后槽。"不数月，李安果死。彦思遂得补充健儿，为牧守圉人。自道是十分侥幸，不须忧愁衣食。岂知渐渐有人晓得他曾做仆射过的，此时朝政紊乱，法纪废弛，也无人追究他的踪迹。但只是起他个混名，叫他做"看马李仆射"。走将出来时，众人便指手点脚，当一场笑话。

看官，你道仆射是何等样大官，后槽是何等样贱役？如今一人身上，先做了仆射，收场结果，做得个看马的，岂不可笑？却又一件，那些人依附内相，原是冰山。一朝失势，破败死亡，此是常理。留得残生看马，还是便宜的事，不足为怪。如今再说当日同时有一个官员，虽是得官不正，侥幸来的，却是自己所挣。谁知天不帮衬，有官无禄，并不曾犯着一个对头，并不曾做着一件事体，都是命里所招，下梢头弄得没出豁，比此更为可笑。诗曰：

富贵荣华何足论？从来世事等浮云。登场傀儡休相吓，请看当艄郭使君。

这本话文，就是唐僖宗朝江陵有一个人，叫做郭七郎。父亲在日，做江湘大商，七郎长随着船上去走的。父亲死过，是他当家了，真个是家资巨万，产业广延，有鸦飞不过的田宅，贼扛不动的金银山，乃楚城富民之首。江、淮、河朔的贾客，多是领他重本，贸易往来，却是这些富人。惟有一项，不平心。是他本等：大等秤进，小等秤出。自家的，歹争做好；别人的，好争做歹。这些领他本钱的贾客，没有一个不受尽他累的。各各吞声忍气，只得受他。你道为何？只为本钱是他的。那江湖上走的人，拼得陪些辛苦在里头，随你尽着欺心算帐，还只是仗他资本营运，毕竟有些便宜处。若一下冲撞了他，收拾了本钱去，就没蛇得弄了。故此随你克剥，只是行得去的。本钱越弄越大，所以富的人只管富了。

钱多处白丁横带 运退时刺史当艄

那时有一个极大商客，先前领了他几万银子，到京都做生意，去了几年，久无音信。直到乾符初年，郭七郎在家想着这主本钱没着落。他是大商，料无失所，可惜没个人往京去一讨。又想一想道："闻得京都繁华去处，花柳之乡，不若借此事由，往彼一游。一来可以索债，二来买笑追欢，三来觑个方便，觅个前程，也是终身受用。”算计已定。七郎有一个老母，一弟一妹在家，奴婢下人无数，只是未曾娶得妻子。当时吩咐弟妹承奉母亲，着一个都管看家，余人各守职业做生理。自己却带几个惯走长路会事的家人在身边，一面到京都来。七郎从小在江湖边生长，贾客船上往来，自己也会撑得篙，摇得橹，手脚快便。把些饥餐渴饮之路，不在心上，不则一日到了。原来那个大商，姓张名金，混名张多宝。在京都开几处解典库，又有几所绸缎铺，专一放官吏债，打大头脑的。至于居间说事，买官鬻爵，只要他一口担当，事无不成。也有叫他做“张多保”的，只为凡事都是他保得过，所以如此称呼。满京人无不认得他的。

郭七郎到京，一问便着。他见七郎到了，是个江湘债主。起初进京时节，多亏他的几万本钱做桩，才做得开，成得这个大气概。一见了欢然相接，叙了寒温，便摆起酒来。把轿去教坊里，请了几个有名的行院前来陪侍，宾主尽欢。酒散后，就留一个绝顶的妓者，叫做王赛儿，相伴了七郎，在一个书房里宿了。富人待富人，那房舍精致，帷帐华侈，自不必说。次日起来，张多保不待七郎开口，把从前连本连利一算，约该有十来万了，就如数搬将出来，一手交兑。口里道：“只因京都多事，脱身不得，亦且挈了重资，江湖上难走，又不敢轻易托人，所以迟了几年。今得七郎自身到此，交明了此一宗，实为两便。”七郎见他如此爽利，心下喜欢，便道：“在下初入京师，未有下处。虽承还清本利，却未有安顿之所，有烦兄长替在下寻个寓舍何如？”张多保道：“舍下空房尽多，闲时还要招客，何况兄长通家，怎到别处作寓？只须在舍下安歇。待要启行时，在下周置动身，管取安心无虑。”七郎大喜，就在张家间壁一所大客房住了。当日取出十两银子送与王赛儿，做昨日缠头之费。夜间七郎摆还席，就央他陪酒。张多保不肯要他破钞，自己也取十两银子来送，叫还了七郎银子。七郎哪里肯？推来推去，大家多不肯收进去，只便宜了这王赛儿，落得两家都收了，两人方才快活。是夜宾主两个，与同王赛儿行令作乐饮酒，愈加熟分有趣，吃得酩酊而散。

王赛儿本是个有名的上厅行首，又见七郎有的是银子，放出十分擒拿的手段来。七郎一连两宵，已此着了迷魂汤。自此同行同坐，时刻不离左右，竟不放赛儿到家里去了。赛儿又时常接了家里的姊妹，轮递来陪酒插趣，七郎赏赐无算。那鸨儿又有做生日、打差买物事、替还债许多科分出来。七郎挥金如土，并无吝惜。才是行径知此，便有帮闲钻懒一班儿人出来，诱他去跳槽。大凡富家浪子，心性最是不常，搭着便生根的，见了一处就热一处。王赛儿之外，又有陈娇、黎玉、张小小、郑翩翩，几处往来，都一般的撒漫使钱。那伙闲汉，又领了好些王孙贵戚好赌博的，牵来局赌，做圈做套，赢少输多，不知骗去了多少银子。

七郎虽是风流快活，终究是当家立计好利的人。起初见还的利钱多在里头，所以放松了些手。过了三数年，觉道用得多了，捉捉后手看，已用过了一半有多了。心里猛然想着家里头，要回家，来与张多保商量。张多保道：“此时正是濮人王仙芝作乱，黥掠郡县，道路梗塞。你带了偌多银两，待往哪里去？恐到不得家里，不如且在此盘桓几时，等路上平静好走，再去未迟。”七郎只得又住了几日。偶然一个闲汉，叫做包走空包大，说起朝廷用兵紧急，缺少钱粮，纳了些银子，就有官做，官职大小，只看银子多少。说得郭七郎动了火，问道：“假如纳他数百万钱，可得何官？”包大道：“如今朝廷昏浊，正正经经纳钱，就是得官也只有数，不能够十分大的。若把这数百万钱拿去，私下买嘱了主爵的官人，好歹也有个刺史做。”七郎吃一惊道：“刺史也是钱买得的？”包大道：“而今的世界，有什么正经？有了钱，百事可做，岂不闻崔烈五百万买了个司徒么？而今空名大将军告身，只换得一醉。刺史也不难的，只要通得关节，我包你做得来便是。”

正说时，恰好张多保走出来。七郎一团高兴，告诉了适才的说话。张多保道：“事体是做得来的，在下手中也弄过几个了。只是这件事，在下不撺掇得兄长做。”七郎道：“为何？”多保道：“而今的官有好些难做。他们做得兴头的，多是有根基，有脚力，亲戚满朝，党羽四布，方能够根深蒂固。有的钱赚，越做越高，随你去剥削小民，贪污无耻。只要有使用，有人情，便是万年无事的。兄长不过是白身人，便弄上一个显官，须无四壁倚仗，到彼地方，未必行得去。就是行得去时，朝里如今专一讨人便宜，晓得你是钱换来的，略略等你到任一两个月，有了些光景，便道够你了，一下子就涂抹着，岂不枉费了这些钱？若是官好做时，在下也做多时了。”七郎道：“不是这等说，小弟家里有的是钱，没的是官。况且身边现有钱财，总是不便带得到家，何不于此处用了些？博得个腰金衣紫，也是人生一世，草生一秋。就是不赚得钱时，小弟家里原不希罕这钱的。就是不做得兴时，也只是做过了一番官了。登时住了手，那荣耀是落得的。小弟见识已定，兄长不要扫兴。”多保道：“既然长兄主意要如此，在下当得效力。”当时就与包大两个商议去打关节。

那个包大走跳路数极熟，张多保又是个有身家、干大事惯的人，有什么弄不来的事？原来唐时使用的是钱，千钱为缗。就是用银子准时，也只是以钱算帐。当是一缗钱，就是今日的一两银子，宋时却叫做一贯了。张多保同包大将了五千缗，悄悄送到主爵的官人家里。那个主爵的官人，是内官田令孜的收纳户，百灵百验。又道是无巧不成话，其时有个粤西横州刺史郭翰，方得除授，患病身故，告身还在铨曹。主爵的受了郭七郎五千缗，就把籍贯改注，即将郭翰告身转付与了郭七郎，从此改名做了郭翰。张多保与包大接得横州刺史告身，千欢万喜，来见七郎称贺。七郎此时头轻脚重，连身子都麻木起来。包大又去唤了一部梨园子弟，张多保置酒张筵，是日就换了冠带。那一班闲汉，晓得七郎得了个刺史，没一个不来贺喜撮空。大欢大擂，吃了一日的酒。又道是：“苍蝇集秽，蝼蚁集膻，鹁鸽子旺边飞。”七郎在京都，一向撒漫有名，一日得了刺史之职，就有许多人来投靠他做使令的。少不得官不威牙爪威，做都管，做大叔，走头站，打驿吏，欺估客，诈乡民，总是这一干人了。张七郎身子如在云雾里一般，急思衣锦荣归，择日起身。张多保又设酒饯行。起初这些往来的闲汉姊妹，多来送行。七郎此时眼孔已大，各各赍发些赏赐，气色骄傲，旁若无人。那些人让他是个见任刺史，胁肩谄笑，随他怠慢。只消略略眼梢带去，口角惹着，就算是十分殷勤好意了。如此撺哄了几日，行装打叠已备，齐齐整整起行，好不风骚！一路上想道：“我家里资产既饶，又在大郡做了刺史，这个富贵，不知到哪里才住？”心下欢喜，不觉日逐卖弄出来。那些原跟去京都家人，又在新投的家人面前，夸说着家里许多富厚之处，那新投的一发喜欢道：“是投得着好主了。”前路去耀武扬威，自不必说。无船上马，有路登舟。看看到得江陵境上来，七郎看时吃了一惊。但见：

人烟稀少，闾井荒凉。满前败宇颓垣，一望断桥枯树。乌焦木柱，无非放火烧残；赭白粉墙，尽是杀人染就。尸骸没主，乌鸦与蝼蚁相争；鸡犬无依，鹰隼与豺狼共饱。任是石人须下泪，总叫铁汉也伤心。

原来江陵渚宫一带地方，多被王仙芝作寇残灭，里闾人物，百无一存。若不是水道明白，险些认不出路径来。七郎看见了这个光景，心头已自劈劈地跳个不住。到了自家岸边，抬头一看，只叫得苦。原来都弄做了瓦砾之场，偌大的房屋，一间也不见了。母亲、弟妹、家人等，俱不知一个去向。慌慌张张，走投无路，着人四处找寻。找寻了三四日，撞着旧时邻人，问了详细，方知地方被盗兵吵乱，弟被盗杀，妹被抢去，不知存亡。只剩得老母与一两个丫头，寄居在古庙旁边两间茅屋之内。家人俱各逃窜，囊橐尽已荡空。老母无以为生，与两个丫头替人缝针补线，得钱度日。七郎闻言，不胜痛伤，急急领了从人，奔至老母处来。母子一见，抱头大哭。老母道："岂知你去后，家里遭此大难，弟妹俱亡，生计都无了。"七郎哭罢，拭泪道："而今事已到此，痛伤无益。亏得儿子已得了官，还有富贵荣华日子在后面。母亲且请宽心。"母亲道："儿得了何官？"七郎道："官也不小，是横州刺史。"母亲道："如何能够得此显爵？"七郎道："当今内相当权，广有私路，可以得官。儿子向张客取债，他本利俱还，钱财尽多在身边，所以将钱数百万，够干得此官。而今衣锦荣归，省看家里，随即星夜到任去。"

七郎叫众人取冠带过来，穿着了，请母亲坐好，拜了四拜。又叫身边随从旧人及京中新投的人，俱各磕头，称太夫人。母亲见此光景，虽然有些喜欢，却叹口气道："你在外边荣华，怎知家丁尽散，分文也无了？若不营勾这官，多带些钱归来用度也好。"七郎道："母亲诚然女人家识见，做了官，怕少钱财？而今哪个做官的家里，不是千万百万，连地皮多卷了归家的？今家业既无，只索撇下此间，前往赴任，做得一年两年，重撑门户，改换规模，有何难处？儿子行囊中还剩有二三千缗，尽够使用，母亲不必忧虑。"母亲立才转忧为喜，笑逐颜开道："亏得儿子峥嵘有日，奋发有时，真是谢天谢地。若不是你归来，我性命只在目下了。而今何时可以动身？"七郎道："儿子原想此一归来，娶个好媳妇，同享荣华。而今看这个光景，等不得做这事了。且待上了任再做商量，今日先请母亲上船安息。此处既无根绊，明日换个大船，就做好日开了罢。早到得任一日，也是好的。"当夜，请母先搬来在船中了，茅舍中破锅破灶、破碗破罐，尽多撇下。又吩咐当值的雇了一只往西粤长行的官船，次日搬过了行李，下了舱口停当。烧了利市神福，吹打开船。此时老母与七郎俱个精神荣畅，志气轩昂。七郎不曾受苦，是一路兴头过来的，虽是对着母亲，觉得满盈得意，还不十分怪异。那老母是历过苦难的，真是地下超升在天上，不知身子几都大了。一路行去，过了长沙，入湘江，次永州。州北江漂有个佛寺，名唤兜率神院。舟人打点泊船，在此过夜。看见岸边有大槦树一株，围合数抱，遂将船缆结在树上，结得牢牢的，又钉好了桩橛。

七郎同老母进寺随喜，从人撑起伞盖跟后。寺僧见是官员，出来迎接送茶，私问来历。从人答道："是见任西粤横州刺史。"寺僧见说是见任官，愈加恭敬，陪侍指引，各处游玩。那老母但看见佛菩萨像，只是磕头礼拜，谢他覆庇。天色晚了，俱各回船安息。黄昏左侧，只听得树梢呼呼的风响。须臾之间，天昏地黑，风雨大作。但见：

封姨逞势，巽二施威。空中如万马奔腾，树杪似千军拥沓。浪涛澎湃，分明战鼓齐鸣；圩岸倾颓，恍惚轰雷骤震。山中虓虎啸，水底老龙惊，尽知巨树可维舟，谁道大风能拔木。

众人听见风势甚大，心下惊惶。那艄公心里道是江风虽猛，亏得船系在极大的树上，生根得牢，万无一失。睡梦之中，忽听得天崩地裂价一声响亮，原来那株槦树年深日久，根行之处，把这些帮岸都拱得松了。又且长江巨浪，日夜淘洗，岸如何得牢？那树又大了，本等招风，怎当这一只狼犺的船，尽着力生根在这树上。风打得船猛，船牵得树重，树趁着风威，底下根在浮石中，绊不住了，豁喇一声，竟倒在船上来，把只船打得粉碎，船轻树重，怎载得起？只见水乱滚进来，船已沉了。舱中碎板，片片而浮，睡的婢仆，尽没于水。说时迟，那时快，艄公慌了手脚，喊将起来。郭七郎梦中惊醒，他从小原晓得些船上的事，与同艄公竭力死拖住船缆，才把个船头凑在岸上，搁得住。急在舱中水里，扶得个母亲，搀到得岸上来，逃了性命。其后艄人等，舱中什物行李，被几个大浪泼来，船底俱散，尽漂没了。其时深夜昏黑，山门紧闭，没处叫唤。只得披着湿衣，三人捶胸跌脚价叫苦。守到天明，山门开了，急急走进寺中，问着昨日的主僧。主僧出来看见他慌张之势，问道："莫非遇了盗么？"七郎把树倒舟沉，话说了一遍。寺僧忙走出看，只见岸边一只破船，沉在水里，岸上大樟树倒来压在其上了，吃了一惊。急叫寺中火工道者人等，一同艄公到破板舱中，遍寻东西，俱被大浪打去，没讨一些处，连那张刺史的告身都没有了。寺僧权请进一间静室，安住老母，商量到零陵州州牧处陈告情由。等所在官司替他动了江中遭风失水的文书，还可赴任。计议已定，有烦寺僧一往。寺僧与州里人情厮熟，果然叫人去报了。谁知：

浓霜偏打无根草，祸来只奔福轻人。

那老母原是兵戈扰攘中，看见杀儿掠女，惊坏了再苏的，怎当夜来这一惊，可又不小。亦且婢仆俱亡，生资都尽，心中转转苦楚，面如蜡查，饮食不进，只是哀哀啼哭，倒卧在床，起身不得了。七郎愈加慌张，只得劝母亲道："留得青山在，不怕没柴烧。虽是遭此大祸，儿子官职还在，只要到得任所便好了。"老母带着哭道："儿，你娘心胆俱碎，眼见得无那活的人了，还说这太平的话则甚？就是你做得官，娘看不着了。"七郎一点痴心，还指望等娘好起来，就地方起个文书，前往横州到任，有个好日子在后头。谁想老母受惊太深，一病不起，过不多两日，呜呼哀哉，伏维尚飨。七郎痛哭一场，无计可施。又与僧家商量，只得自往零陵州哀告州牧。州牧几日前曾见这张失事的报单过，晓得是真情。毕竟官官相护，道他是隔省上司，不好推得干净身子。一面差人替他殡葬了母亲，又重重赍助他盘缠，以礼送了他出门。七郎亏得州牧周全，幸喜葬事已毕，却是丁了母忧，去到任不得了。寺僧看见他无了根蒂，渐渐怠慢，不肯相留。要回故乡，已此无家可归。没奈何，就寄住在永州一个船埠经纪人的家里，原是他父亲在时走客认得的。却是囊橐俱无，只有州牧所助的盘缠，日吃日减，用不得几时，看看没有了。那些做经纪的人，有甚情谊？日逐有些怨咨起来，未免茶迟饭晏，箸长碗短。七郎觉得了，发话道："我也是一郡之主，当是一路诸侯。今虽丁忧，后来还有日子，如何恁般轻薄？"店主人道："说不得一郡两郡，皇帝失了势，也要忍些饥饿，吃些粗粝，何况于你是未任的官？就是官了，我们又不是什么横州百姓，怎么该供养你？我们的人家不做不活，须是吃自在食不起的。"七郎被他说了几句，无言可答，眼泪汪汪，只得含着羞耐了。

再过两日，店主人的寻事吵闹，一发看不得了。七郎道："主人家，我这里须是异乡，并无一人亲识可归，一向叨扰府上，情知不当，却也是没奈何了。你有什么觅衣食的道路，指引我一个儿？"店主人道："你这样人，种火又长，拄门又短，郎不郎秀不秀的。若要觅衣食，须把个'官'字儿搁起，照着常人佣工做活，方可度日。你却如何去得？"七郎见说到佣工做活，气忿忿地道："我也是方面官员，怎便到此地位？"思想零陵州州牧前日相待甚厚，不免再将此苦情告诉他一番，定然有个处法。难道白白饿死一个刺史在他地方了不成？写了个帖，又无一个人跟随，自家袖了，葳葳蕤蕤，走到州里衙门上来递。那衙门中人见他如此行径，必然是打抽丰，没廉耻的，连帖也不肯收他的。直到再三央及，把上项事一一分诉，又说到替他殡葬，厚礼赆行之事，这却衙门中都有晓得的，方才肯接了进去，呈与州牧。州牧看了，便有好些不快活起来道："这人这样不达时务的！前日吾见他在本州失事，又看上司体面，极意周全他去了。他如何又在此缠扰？或者连前日之事，未必是真，多是神棍，假装出来骗钱的未可知。纵使是真，必是个无耻的人，还有许多无厌足处。吾本等好意，却叫得引鬼上门。我而今不便追究，只不理他罢了。"吩咐门上不受他帖，只说概不见客，把原帖还了。

七郎受了这一场冷淡，却又想回下处不得，坐在衙门上，守他出来时，当街叫喊。州牧坐在轿上问道："是何人叫喊？"七郎口里高声答道："是横州刺史郭翰。"州牧道："有何凭据？"七郎道："原有告身，被大风飘舟，失在江里了。"州牧道："既无凭据，知你是真是假？就是真的，赍发已过，如何只管在此缠扰？必是光棍，姑饶打，快走！"左右虞候看见本官发怒，乱棒打来。只得闪了身子开来，一句话也不说得，有气无力的，仍旧走回下处闷坐。店主人早已打听他在州里的光景，故意问道："适才见州里相公，相待如何？"七郎羞惭满面，只叹口气，不敢则声。店主人道："我叫你把'官'字儿搁起，你却不听我，直要受人怠慢。而今时势，就是个空名宰相，也当不出钱来了。除是靠着自家气力，方挣得饭吃。你不要痴了。"七郎道："你叫我做甚勾当好？"店主人道："你自想身上有甚本事？"七郎道："我别无本事，只是少小随着父亲，涉历江湖，那些船上风水，当艄拿舵之事，尽晓得些。"店主人喜道："这个却好了，我这里埠头上来往船只多，尽有缺少执艄的。我荐你去几时，好歹觅几贯钱来，饿你不死了。"七郎没奈何，只得依从。从此只在往来船只上，替他执艄度日。去了几时，也就觅了几贯工钱回到店家来。永州市上人认得了他，晓得他前项事的，就传他一个名，叫他做"当艄郭使君"。但是要寻他当艄的船，便指名来问郭使君。永州市上编成他一只歌儿道：

问使君，你缘何不到横州郡？原来是天作对，不作你假斯文，把家缘结果在风一阵。舵牙当执板，绳缆是拖绅，这是荣耀的下梢头也，还是把的舵儿稳。

——词名《挂枝儿》

在船上混了两年，虽然挨得服满，身边无了告身，去补不得官。若要京里再打关节时，还须照前得这几千缗使用，却从何处讨？眼见得这话休提了。只得安心塌地，靠着船上营生。又道是"居移气，养移体"，当初做刺史，便像个官员；而今在船上多年，状貌气质，也就是些篙工水手之类，一般无二。可笑个一郡刺史，如此收场。可见人生荣华富贵，眼前算不得帐的。上复世间人，不要十分势利。听我四句口号：

富不必骄，贫不必怨。要看到头，眼前不算。

顾阿秀喜舍檀那物　崔俊臣巧会芙蓉屏

诗曰：

夫妻本是同林鸟，大限来时各自飞。若是遗珠还合浦，却叫拂拭更生辉。

话说宋朝汴梁有个王从事，同了夫人，到临安调官，赁一民房，居住数日。嫌他窄小不便，王公自到大街坊上寻得一所宅子，宽敞洁净，甚是像意，当把房钱赁下了。归来与夫人说："房子甚是好住，我明日先搬东西去了，临完，我雇轿来接你。"次日并叠箱笼，结束齐备，王公押了行李先去收拾。临出门，又对夫人道："我先去，你在此等等，轿到便来就是。"王公吩咐罢，到新居安顿了，就叫一乘轿，到旧寓接夫人。轿去已久，竟不见到，王公等得心焦，重到旧寓来问。旧寓人道："官人去不多时，就有一乘轿来接夫人，夫人已上轿去了。后边又是一乘轿来接，我回他夫人已有轿去了。那两个就打了空轿回去，怎么还未到？"王公大惊，转到亲寓来看。只见两个轿夫来讨钱道："我等打轿去接夫人，夫人已先来了。我等虽不抬得，却要赁轿钱与脚步钱。"王公道："我叫的是你们的轿，如何又有甚人的轿先去接着？而今竟不知抬向哪里去了？"轿夫道："这个我们却不知道。"王公将就拿几十钱打发了去，心下好生无主，暴躁如雷，没个出豁处。

次日到临安府进了状，拿得旧主人来，只如昨说，并无异词。问他邻舍，多见是上轿去的。又拿后边两个轿夫来问，说道："只打得空轿往回一番，地方街上人多看见的，并不知余情。"临安府也没奈何，只得行个缉捕文书，访拿先前的两个轿夫。却又不知姓名住址，有影无踪，海中捞月，眼见得一个夫人，送在别处去了。王公凄凄惶惶，苦痛不已。自此失了夫人，也不再娶。

五年之后，选了衢州教授。衢州首县是西安县附郭的，那县宰与王教授时相往来。县宰请王教授衙中饮酒，吃到中间，嗄饭中拿出鳖来。王教授吃了两箸，便停了箸，哽哽咽咽，眼泪如珠，落将下来。县宰惊问缘故，王教授道："此味颇似亡妻所烹调，故此伤感。"县宰道："尊阃夫人几时亡故？"王教授道："索性亡故，也是天命。只因在临安移寓，相约命轿相接，不知是甚奸人，先把轿来骗，拙妻错认是家里轿，上的去了。当时告了状，至今未有下落。"县宰色变了道："小弟的小妾，正是在临安用三十万钱娶的外方人。适才叫他治庖，这鳖是他烹煮的，其中有些怪异了。"登时起身进来问妾道："你是外方人，如何却在临安嫁得在此？"妾垂泪道："妾身自有丈夫，被奸人赚来卖了，恐怕出丈夫的丑，故此不敢声言。"县宰问道："丈夫何姓？"妾道："姓王名某，是临安听调的从事官。"县宰大惊失色，走出对王教授道："略请先生移步到里

顾阿秀喜舍檀那物
崔俊臣巧会芙蓉屏

边，有一个人要奉见。”

王教授随了进去。县宰声唤处，只见一个妇人走将出来。教授一认，正是失去的夫人，两下抱头大哭。王教授问道：“你何得在此？”夫人道：“你那夜晚间说话时，民居浅陋，想当夜就有人听得把轿相接的说话。只见你去不多时，就有轿来接。我只道是你差来的，即便收拾上轿去，却不知把我抬到一个什么去处，乃是一个空房。有两三个妇女在内，一同锁闭了一夜，明日把我卖在官船上了。明知被赚，我恐怕你是调官的人，说出真情，添你羞耻，只得含羞忍耐，直至今日。不期在此相会。”那县官好生过意不去，传出外厢，忙唤值日轿夫，将夫人送到王教授衙里。王教授要赔还三十万原身钱，县宰道：“以同官之妻为妾，不曾察听得备细，恕不罪责够了，还敢说原钱耶？”教授称谢而归，夫妻欢会，感激县宰不尽。

原来临安的光棍，欺王公远方人，是夜听得了说话，即起谋心，拐他卖到官船上。又是到任去的，他州外府，道是再没有撞着的事了。谁知恰恰选在衢州，以致夫妻两个失散了五年，重得在他方相会。也是天缘未断，故得如此。却有一件，破镜重圆，离而复合，固是好事。这美中有不足处，那王夫人虽是所遭不幸，却与人为妾，已失了身，又不曾查得奸人跟脚出，报得冤仇。不如“崔俊臣芙蓉屏”故事，又全了节操，又报了冤仇，又重会了夫妻，这个话本好听。看官，容小子慢慢敷演，先听《芙容屏歌》一篇，略见大意。歌云：

画芙蓉，妾忍题屏风，屏间血泪如花红。败叶枯梢雨萧索，断缣遗墨俱零落。去水奔流隔死生，孤身只影成漂泊。成漂泊，残骸向谁托？泉下游魂竟不归，图中艳姿浑似昨。浑似昨，妾心伤，那禁秋雨复秋霜。宁肯江湖逐舟子，甘从宝地礼医王。医王本慈悯，慈悯超群品。逝魄愿提撕，茕嫠赖将引。芙蓉颜色娇，夫婿手亲描。花萎因折蒂，干死为伤苗。蕊干心尚苦，根朽恨难消！但道章台泣韩翊，岂期甲帐遇文箫？芙蓉良有意，芙蓉不可弃。幸得宝月再团圆，相亲相爱莫相捐。谁能听我芙蓉篇？人间夫妇休反目，看此芙蓉真可怜。

这篇歌是元朝至正年间，真州才士陆仲阳所作。你道他为何作此歌？只因当时本州有个官人，姓崔名英，字俊臣。家道富厚，自幼聪明，写字作画，工绝一时。娶妻王氏，少年美貌，读书识字，写染皆通。夫妻两个，真是才子佳人，一双两好，无不厮称，恩爱异常。是年辛卯，俊臣以父荫得官，补浙江温州永嘉县尉，同妻赴任。就在真州闸边，有一只苏州大船，惯走杭州路的，船家姓顾。赁定了，下了行李，带了家奴使婢，由长江一路进发，包送到杭州交卸。行到苏州地方，船家道：“告官人得知，来此已是家门首了。求官人赏赐些，并买些福物纸钱，赛赛江湖之神。”俊臣依言，拿出些钱钞，叫如法置办。完事毕，船家送一桌牲酒到舱里来。俊臣叫家僮接了，摆在桌上，同王氏暖酒少酌。俊臣是宦家子弟，不晓得江湖上的禁忌。吃酒高兴，把箱中带来的金银杯觥之类，拿出与王氏欢酌。却被船家后舱头张见了，就起不良之心。

此时是七月天气，船家对官舱里道：“官人、娘子在此闹处歇船，恐怕热闹。我们移船到清凉些的所在泊去，何如？”俊臣对王氏道：“我们船中闷躁得不耐烦，如此最好。”王氏道：“不知晚间谨慎否？”俊臣道：“此处须是内地，不比外江。况船家是此间人，必知利害，何妨得呢？”就依船家之言，凭他移船。那苏州左近太湖，有的是大河大洋，官塘路上，还有不测。若是傍港中去，多是贼的家里。俊臣是江北人，只晓得扬子江有强盗，道是内地港道小了，境界不同，岂知这些就里？是夜，船家直把船放到芦苇之中，泊定了。黄昏左侧，提了刀，竟奔舱里来。先把一个家人杀了，俊臣夫妻见不是头，磕头讨饶道："是有的东西，都拿了去，只求饶命。"船家道："东西也要，命也要。"两个只是磕头，船家把刀指着王氏道："你不必慌，我不杀你。其余都饶不得。"俊臣自知不免，再三哀求道："可怜我是个书生，只叫人全尸而死罢。"船家道："这等饶你一刀，快跳在水中去！"也不等俊臣从容，提着腰胯，扑通的撩下水去。其余家僮、使女，尽行杀尽，只留得王氏一个。对王氏道："你晓得免死的缘故么？我第二个儿子未曾娶得媳妇，今替人撑船到杭州去了。再是一个月，才得归来，就与你成亲。你是吾一家人了，你只安心住着，自有好处，不要惊怕。"一头说，一头就把船中所有，尽检点收拾过了。王氏起初怕他来相逼，也拼一死。听见他说了这些话，心中略放宽些道："且到日后再处。"果然此后船家只叫王氏做媳妇，王氏假意也就应承。凡是船家教他做些什么，他千依百顺，替他收拾零碎，料理事务，真像个掌家的媳妇，服侍公公一般。无不任在身上，是件停当。船家道："是寻得个好媳妇。"真心相待，看看熟分，并不提防他有外心了。

如此一月有余，乃是八月十五日中秋节令。船家会聚了合船亲属、水手人等，叫王氏置办酒肴，盛设在舱中饮酒看月。个个吃得酩酊大醉，东倒西歪，船家也在船里宿了。王氏自在船尾，听得鼾睡之声彻耳，于时月光明亮如昼，仔细看看舱里，没有一个不睡沉了。王氏想道："此时不走，更待何时？"喜得船尾贴岸泊着，略摆动一些些就好上岸。王氏轻身跳了起来，趁着月色，一气走了二三里路。走到一个去处，比旧路绝然不同，四望尽是水乡，只有芦苇菰蒲，一望无际。仔细认去，芦苇中间有一条小小路径，草深泥滑，且又双弯纤细，鞋弓袜小，一步一跌，吃了万千苦楚。又恐怕后边追来，不敢停脚，尽力奔走。渐渐东方亮了，略略胆大了些。遥望林木之中，有屋宇露出来。王氏道："好了，有人家了。"急急走去，到得面前，抬头一看，却是一个庵院的模样。门还关着，王氏欲待叩门，心里想道："这里头不知是男僧女僧，万一敲开门来是男僧，撞着不学好的，非礼相犯，不是才脱天罗，又罹地网？且不可造次。总是天已大明，就是船上有人追着，此处有了地方，可以叫喊求救，须不怕他了。只在门首坐坐，等他开出来的是。"

须臾之间，只听得里头托的门栓响处，开将出来，乃是一个女僮，出门担水。王氏心中喜道："原来是个尼庵。"一径的走将进去。院主出来见了，问道："女娘是何处来的？大清早到小院中？"王氏对陌生人，未知好歹，不敢把真话说出来。哄他道："妾是真州人，乃是永嘉崔县尉次妻，大娘子凶悍异常，万般打骂。近日家主离任归家，泊舟在此。昨夜中秋赏月，叫妾取金杯饮酒，不料偶然失手，落在河里去了，大娘子大怒。发愿必要置妾死地。妾自料想无活理，乘他睡熟，逃出至此。"院主道："如此说来，娘子不敢归舟去了。家乡又远，若要别求匹偶，一时也未有其人。孤苦一身，何处安顿是好？"王氏只是哭泣不止。院主见他举止端重，情状凄惨，好生慈悯，有心要收留他。便道："老身有一言相劝，未知尊意若何？"王氏道："妾身患难之中，若是师父有什么处法，妾身敢不依随。"院主道："此间小院，僻在荒滨，人迹不到，茭葑为邻，鸥鹭为友，最是个幽静之处。幸得一二同伴，都是五十以上之人，侍者几个，又皆淳谨。老身在此住迹，甚觉清修味长。娘子虽然年芳貌美，争奈命蹇时乖，何不舍离爱欲，披缁削发，就此出家？禅榻佛灯，晨飧暮粥，且随缘度其日月，岂不强如做人婢妾，受今世的苦恼，结来世的冤家么？”王氏听说罢，拜谢道：“师父若肯收留做弟子，便是妾身的有结果了，还要怎的？就请师父替弟子落了发，不必迟疑。”果然院主装起香，敲起磬来。拜了佛，就替他落了发。

可怜县尉孺人，忽作如来弟子。

落发后，院主起个法名，叫做慧圆。参拜了三宝，就拜院主做了师父，与同伴都相见已毕，从此在尼院中住下了。王氏是大家出身，性地聪明，一月之内，把经典之类，一一历过，尽皆通晓。院主大相敬重，又见他知识事体，凡院中大小事务，悉凭他主张。不问过他，一件事也不敢轻做。且是宽和柔顺，一院中的人没一个不替他相好，说得来的。每日早晨，在白衣大士前礼拜百来拜，密诉心事。任是大寒大暑，再不间断。拜完，只在自己静室中清坐。自怕貌美惹出事来，再不轻易露形，外人也难得见他面的。如是一年有余。忽一日，有两个人到院随喜，乃是院主认识的近地施主，留他吃了些斋。这两个人是偶然闲步来的，身边不曾带得什么东西来回答。明日将一幅纸画的芙蓉来，施在院中张挂，以答谢昨日之斋。院主受了，便把来裱在一格素屏上面。王氏见了，仔细认了一认，问院主道：“此幅画是哪里来的？”院主道：“方才檀越布施的。”王氏道：“这檀越是何姓名？ 住居何处？”院主道：“就是同县顾阿秀兄弟两个。”王氏道：“做什么生理的？”院主道：“他两个原是个船户，在江湖上赁载营生。近年忽然家事从容了，有人道他劫掠了客商，以致如此。未知真否如何？”王氏道：“常到这里来的么？”院主道：“偶然来来，也不常到。”王氏问得明白，记了顾阿秀的姓名，就提起笔来，写一首词在屏上。词云：

少日风流张敞笔，写生不数今黄筌。芙蓉画出最鲜妍。岂知娇艳色，翻抱死生缘？粉绘凄凉余幻质，只今流落有谁怜？素屏寂寞伴枯禅。今生缘已断，愿结再生缘。

——右调《临江仙》

院中之尼，虽是识得经典上的字，文义不十分精通。看见此词，只道是王氏卖弄才情，偶然题咏，不晓中间缘故。

谁知这画来历，却是崔县尉自己手笔画的，也是船中劫去之物。王氏看见物在人亡，心内暗暗伤悲，又晓得强盗踪迹，已有影响。只可惜是个女身，又已做了出家人，一时无处伸理，忍在心中，再看机会。却是冤仇当雪，姻缘未断，自然生出事体来。

姑苏城里有一个人，名唤郭庆春，家道殷富，最肯结识官员士夫，心中喜好的是文房清玩。一日游到院中来，见了这幅芙蓉画得好，又见上有题咏，字法俊逸可观，心里欢喜不胜，问院主要买。院主与王氏商量，王氏自忖道：“此是丈夫遗迹，本不忍舍，却有我的题词在上，中含冤仇意思在里面。遇着有心人玩着词句，究问根由，未必不查出踪迹来。若只留在院中，有何益处？”就叫：“师父卖与他罢。”庆春买得，千欢万喜去了。其时有个御史大夫高公，名纳麟，退居姑苏，最喜欢书画。郭庆春想要奉承他，故此出价钱买了这幅纸屏，去献与他。高公看见画得精致，收了他的，忙忙里也未看着题词，也不查着款字，交与书僮，吩咐且张在内书房中，送庆春出门来别了。只见外面一个人，手里拿着草书四幅，插个标儿要卖。高公心性既爱这行物事，眼里看见，就不肯便放过了，叫取过来看。那人双手捧过，高公接上手一看：

字格类怀素，清劲不染俗。若列法书中，可载《金石录》。

高公看毕，道："字法颇佳，是谁所写？"那人答道："是某自己学写的。"高公抬起头来看他，只见一表非俗，不觉失惊，问道："你姓甚名谁？何处人氏？"那个人掉下泪来道："某姓崔名英，字俊臣，世居真州。以父荫补永嘉县尉，带了家眷同往赴任，自不小心，为船上所算，将英沉于水中。家财妻小，都不知怎么样了？幸得生长江边，幼时学得泅水之法，伏在水底下多时。量他去得远了，然后爬上岸来，投一民家，浑身沾湿，并无一钱在身。赖得这家主人良善，将干衣出来换了，待了酒饭，过了一夜。明日又赠盘缠少许，打发道：'既遭盗劫，理合告官。恐怕连累，不敢奉留。'英便问路进城，陈告在平江路案下了。只为无钱使用，缉捕人投不十分上紧。今听候一年，查无消耗。无计可奈，只得写两幅字卖来度日，乃是不得已之计。非敢自道善书，不意恶札上达钧览。"

高公见他说罢，晓得是衣冠中人，遭盗流落，深相怜悯。又见他字法精好，仪度雍容，便有心看顾他。对他道："足下既然如此，目下只索付之无奈，且留吾西塾，叫我诸孙写字，再作道理。意下如何？"崔俊臣欣然道："患难之中，无门可投。得明公提携，万千之幸。"高公大喜，延入内书房中，即治酒榼相待。正欢饮间，忽然抬起头来，恰好前日所受芙蓉屏，正张在那里。俊臣一眼瞅去见了，不觉泫然垂泪。高公惊问道："足下见此芙蓉，何故伤心？"俊臣道："不敢欺明公，此画亦是舟中所失物件之一，即是英自己手笔，只不知何得在此？"站起身来再看看，只见上有一词。俊臣读罢，又叹息道："一发古怪，此词又即英妻王氏所作。"高公道："怎么晓得？"俊臣道："那笔迹从来认得，且词中意思有在，真是拙妻所作无疑。但此词是遭变后所题，拙妇想是未曾伤命，还在贼处。明公推究此画来自何方，便有个根据了。"高公笑道："此画来处有因，当为足下任捕盗之责，且不可泄漏。"是日酒散，叫两个孙子出来拜了先生，就留在书房中住下了。自此俊臣只在高公门馆，不题。

却说高公明日密地叫当值的请将郭庆春来，问道："前日所惠芙蓉屏，是哪里得来的？"庆春道："买自城外尼院。"高公问了去处，别了庆春，就差当值的到尼院中仔细盘问："这芙蓉屏是哪里来的？又是哪个题咏的？"王氏见来问得蹊跷，就叫院主转问道："来问的是何处人？为何问起这些缘故？"当值的回言："这画而今已在高府中，差来问取来历。"王氏晓得是官府门中来问，或者有些机会在内，叫院主把真话答他道："此画是同县顾阿秀舍的，就是院中小尼慧圆题的。"当值的把此言回复高公，高公心下道："只须赚得慧圆到来，此事便有着落。"进去与夫人商议定了。

隔了两日，又差一个当值的，吩咐两个轿夫，抬了一乘轿到尼院中来，当值的对院主道："在下是高府的管家，本府夫人喜诵佛经，无人作伴。闻知贵院中小师慧圆了悟，愿礼请拜为师父，供养在府中。不可推却。"院主迟疑道："院中事务大小，都要他主张，如何接去得？"王氏闻得高府中接他，他心中怀着复仇之意，正要到官府门中走走，寻出机会来。亦且前日来盘问芙蓉屏的，说是高府，一发有些疑心，便对院主道："贵宅门中礼请，岂可不去？万一推托了，惹出事端来，怎生当抵？"院主晓得王氏是有见识的，不敢违他，但只是道："去便去，只不知几时可来？院中有事怎么处？"王氏道："等见夫人过，住了几日，觑个空便，可以来得就来。想院中也没甚事，倘有疑难的，高府在城不远，可以来问信商量得的。”院主道：“既如此，只索就去。”当值的叫轿夫打轿进院，王氏上了轿，一直的抬到高府中来。高公未与他相见，只叫他到夫人处见了，就叫夫人留他在卧房中同寝，高公自到别房宿歇。夫人与他讲些经典，说些因果。王氏问一答十，说得夫人十分喜欢敬重。闲中问道：“听小师父口谈，不是这里本处人，还是自幼出家的，还是有过丈夫，半路出家的？”王氏听说罢，泪如雨下道：“复夫人，小尼果然不是此间，是真州人。丈夫是永嘉县尉，姓崔名英，一向不曾敢把实话对人说。而今在夫人面前，只索实告，想自无妨。”随把赴任到此，舟人盗劫财物，害了丈夫全家，自己留得性命，脱身逃走，幸遇尼僧留住，落发出家的说话，从头至尾，说了一遍，哭泣不止。

夫人听他说得伤心，恨恨地道：“这些强盗，害得人如此！天理昭彰，怎不报应？”王氏道：“小尼躲在院中一年，不见外边有些消耗。前日忽然有个人，拿一幅画芙蓉到院中来施。小尼看来，却是丈夫船中之物，即向院主问施人的姓名，道是同县顾阿秀兄弟。小尼记起丈夫赁的船，正是船户顾姓的。而今真赃已露，这强盗不是顾阿秀是谁？小尼当时就把舟中失散的意思，做一首词，题在上面，后来被人买去了。前日贵府有人来院，查问题咏芙蓉下落，其实即是小尼所题，有此冤情在内。”即拜夫人一拜道：“强盗只在左近，不在远处了。只求夫人转告相公，替小尼一查。若是得了罪人，雪了冤仇，以下报亡夫，相公、夫人恩同天地了。”夫人道：“既有了这些影迹，事不难查，且自宽心。等我与相公说就是。”夫人果然把这些备细，一一与高公说了。又道：“这人且是读书识字，心性贞淑，决不是小家之女。”高公道：“听他这些说话，与崔县尉所说正同。又且芙蓉屏是他所题，崔县尉又认得是妻子笔迹，此是崔县尉之妻，无可疑心。夫人只是好好看待他，且不要说破。”高公出来见崔俊臣时，俊臣也屡屡催高公替他查查芙蓉屏的踪迹。高公只推未得其详，略不提起慧圆的事。

高公又秘密差人问出顾阿秀兄弟居址所在，平日出没行径，晓得强盗是真。却是居乡的官，未敢轻自动手，私下对夫人道：“崔县尉事查得十有七八了，不久当使他夫妻团圆。但只是慧圆还是个削发尼僧，他日如何相见，好去做孺人？你须慢慢劝他长发改妆才好。”夫人道：“这是正理。只是他心里不知道丈夫还在，如何肯长发改妆？”高公道：“你自去劝他，或者肯依固好，毕竟不肯时节，我另自有说话。”夫人依言，来对王氏道：“吾已把你所言，尽与相公说知，相公道捕盗的事，多在他身上，管取与你报冤。”王氏稽首称谢。夫人道：“只有一件，相公道你是名门出身，仕宦之妻，岂可留在空门，没个下落？叫我劝你长发改妆。你若依得，一力与你擒盗便是。”王氏道：“小尼是个未亡之人，长发必妆何用？只为冤恨未伸，故此上求相公做主。若得强盗歼灭，只此空门静守，便了终身，还要什么下落？”夫人道：“你如此妆饰，在我府中也不为便。不若你留了发，认义我老夫妇两个，做个孀居寡女，相伴终身，未为不可。”

王氏道：“承蒙相公、夫人抬举，人非木石，岂不知感？但重整云鬟，再施铅粉，丈夫已亡，有何心绪？况老尼相救深恩，一旦弃之，亦非厚道。所以不敢从命。”夫人见他说话坚决，一一回报了高公。高公称叹道：“难得这样立志的女人。”又叫夫人对他说道：“不是相公苦苦要你留头，其间有个缘故。前日因去查问此事，有平江路官吏相见，说旧年曾有人告理，也说是永嘉县尉，只怕崔生还未必死。若是不长得发，他日一时擒住此盗，查得崔生出来，此时僧俗各异，不好团圆，悔之何及？何不权且留了头发？等事体尽完，崔生终无下落，那时任凭再净了发，还归尼院，有何妨碍？”王氏见说是有人还在此告状，心里也疑道：“丈夫从小会没水，是夜眼见得囫囵抛在水中的，或者天幸留得性命，也不可知。”遂依了夫人的话。虽不就改妆，却从此不剃发，权扮作道姑模样了。

又过了半年，朝廷差个进士薛溥化为监察御史，来按平江路。这个薛御史，乃是高公旧日属官，他吏才精敏，是个有手段的。到了任所，先来拜谒高公。高公把这件事密密托他，连顾阿秀姓名住址去处，都细细说明白了。薛御史谨记在心，自去行事，不在话下。且说顾阿秀兄弟，自从那年八月十五夜一觉直睡到天明，醒来不见了王氏，明知逃去，恐怕形迹败露，不敢明明追寻。虽在左近打听两番，并无踪影，这是不好告诉人的事，只得隐忍罢了。此后一年之中，也曾做个十来番道路，虽不能如崔家之多，侥幸再不败露，甚是得意。

一日，正在家欢呼饮酒间，只见平江路捕盗官带着一哨官兵，将宅居围住，拿出监察御史发下的访单来。顾阿秀是头一名强盗，其余许多名字，逐名查去，不曾走了一个。又拿出崔县尉告的赃单来，连他家里箱笼，悉行搜卷，并盗船一只，即停泊门外港内。尽数起到了官，解送御史衙门。薛御史当堂一问，初时抵赖。及查物件，见了永嘉县尉的敕牒尚在箱中，赃物一一对款。薛御史把崔县尉旧日所告失盗状，念与他听，方各俯首无词。薛御史问道：“当日还有孺人王氏，今在何处？”顾阿秀等相顾，不出一语。御史喝令严刑拷讯，顾阿秀招道：“初意实要留他配小的次男，故此不杀。因他一口应承，愿做新妇，所以再不防备。不期当年八月中秋，乘睡熟逃去，不知所向，只此是实情。”御史录了口词，取了供案，凡是在船之人，无分首从，尽问成枭斩死罪，决不待时。原赃照单给还失主。御史差人回复高公，就把赃物送到高公家来，交与崔县尉。俊臣出来，一一收了。晓得敕牒还在，家物犹存，只有妻子没查下落处。连强盗肚里也不知去向了，真个是渺茫的事。俊臣感新思旧，不觉恸哭起来。有诗为证：

堪笑聪明崔俊臣，也应落难一时浑。既然因画能追盗，何不寻他题画人？

原来高公有心，只将画是顾阿秀施在尼院的，说与俊臣知道，并不曾提起题画的人，就在院中为尼。所以俊臣但得知盗情，因画败露，妻子却无查处，竟不知只在画上，可以跟寻得出来的。当时俊臣恸哭已罢，想道：“既有敕牒，还可赴任。若再稽迟，便恐另补有人，到不得地方了。妻子既不见，留连于此无益。”请高公出来拜谢了，他就把要去赴任的意思说了。高公道：“赴任是美事，但足下青年无偶。岂可独去？待老夫与足下做个媒人，娶了一房孺人，然后夫妻同往，也未为迟。”俊臣含泪答道：“糟糠之妻，同居贫贱多时，今遭此大难，流落他方，存亡未卜。然据着芙蓉屏上尚及题词，料然还在此方。今欲留此寻访，恐事体渺茫，稽迟岁月，到任不得了。愚意且单身到彼，差人来高揭榜文，四处追探。拙妇是认得字的，传将开去，他闻得了，必能自出。除非忧疑惊恐，不在世上了。万一天地垂怜，尚然留在，还指望伉俪重偕。英感明公恩德，虽死不忘，若别娶之言，非所愿闻。”高公听他说得可怜，晓得他别无异心。也自凄然道：“足下高谊如此，天意必然相佑，终有完全之日。吾安敢强逼？只是相与这几时，容老夫少尽薄设奉饯，然后起程。”

次日开宴饯行，邀请郡中门生、故吏各官，与一时名士毕集，俱来奉陪崔县尉。酒过数巡，高公举杯告众人道："老夫今日为崔县尉了今生缘。"众人都不晓其意，连崔俊臣也一时未解。只见高公命传呼后堂："请夫人打发慧圆出来。"俊臣惊得木呆，只道高公要把什么女人强他纳娶，故设此宴，说此话，也有些着急了。梦里也不晓得他妻子，叫得什么慧圆？当时夫人已知高公意思，把崔县尉在馆内多时，昨已获了强盗，问了罪名，追出敕牒，今日饯行赴任，特请你到堂厮认团圆，逐项逐节的事情，说了一遍。王氏如梦方醒，不胜感激，先谢了夫人，走出堂前来。此时王氏发已半长，照旧妆饰。崔县尉一见，乃是自家妻子，惊得如醉里梦里。高公笑道："老夫原说道与足下为媒，这可做得着么？"崔县尉与王氏相持大恸，说道："自料今生死别了，谁知在此，却得相见？"

座客见此光景，尽有不晓得详悉的，向高公请问根由。高公便叫书僮去书房里取出芙蓉屏来，对众人道："列位要知此事，须看此屏。"众人争先来看，却是一画一题。看的看，念的念，却不明白这个缘故。高公道："好叫列位得知，只这幅画，便是崔县尉夫妻一段大因缘。这画即是崔县尉所画，这词即是崔孺人所题。他夫妻赴任到此，为船上所劫。崔孺人脱逃于尼院出家，遇人来施此画，认出是船中之物，故题此词。后来此画却入老夫之手，遇着崔县尉到来，又认出是孺人之笔。老夫暗地着人细细问出根由，乃知孺人在尼院，叫老妻接将家来住着。密行访缉，备得大盗踪迹，托了薛御史究出此事，强盗俱已伏罪。崔县尉与孺人在家下，各有半年多，只道失散在那里，竟不知同在一处多时了。老夫一向隐忍，不通他两人知道，只为崔孺人头发未长，崔县尉敕牒未获，不知事体如何？两人心事如何？不欲造次漏泄。今罪人既得，试他义夫节妇，两下心坚，今日特地与他团圆这段因缘，故此方才说替他了今生缘，即是崔孺人词中之句。方才说'请慧圆'，乃是崔孺人尼院中所改之字，特地使崔君与诸人不解，为今日酒间一笑耳。"崔俊臣与王氏听罢，两个哭拜高公。连在座之人，无不下泪，称叹高公盛德，古今罕有。王氏自到里面去拜谢夫人了。高公重入座席，与众客尽欢而散。

是夜，特开别院，叫两个养娘服侍王氏与崔县尉在内安歇。明日，高公晓得崔俊臣没人服侍，赠他一奴一婢，又赠他好些盘缠，当日就道。他夫妻两个感念厚恩，不忍分别，大哭而行。王氏又同丈夫到尼院中来，院主及一院之人，见他许久不来，忽又改妆，个个惊异。王氏备细说了遇合缘故，并谢院主看待厚意。院主方才晓得顾阿秀劫掠是真，前日王氏所言妻妾不相容，乃是一时掩饰之词。院中人个个与他相好的，多不舍得他去。事出无奈，各各含泪而别。

夫妻两个同到永嘉去了。在永嘉任满回来，重过苏州，差人问候高公，要进来拜谒。谁知高公与夫人俱已薨逝，殡葬已毕了。崔俊臣同王氏大哭，如丧了亲生父母一般。问到他墓下，拜奠了，就请旧日尼院中各众，在墓前建起水陆道场三昼夜，以报大恩。王氏还不忘经典，自家也在里头持诵。事毕，同众尼再到院中。崔俊臣出宦资，厚赠了院主。王氏又念昔日朝夜祷祈观世音暗中保佑，幸得如愿，夫妇重谐。出白金十两，留在院主处，为烧香点烛之费，不忍忘院中光景，立心自此长斋，念观音不辍，以终其身。当下别过众尼，自到真州宁家。另日赴京补官，这是后事，不必再提。

此本话文，高公之德，崔尉之谊，王氏之节，皆是难得的事。各人存了好心，所以天意周全，好人相逢。毕竟冤仇尽报，夫妇重完，此可为世人之劝。

诗云：

王氏藏身在远图，间关到底得逢夫。舟人妄想难同志，一月空将新妇呼。

又云：

芙蓉本似美人妆，何意飘零在路旁？画笔词锋能巧合，相逢犹自墨痕香。

又有一首赞叹御史大夫高公云：

高公德谊薄云天，能结今生未了缘。不使初时轻逗漏，致令到底得团圆。

芙蓉画出原双蒂，萍藻浮来亦共联。可惜白杨堪作柱，空叫洒泪及黄泉。

何道士因术成奸　周经历因奸破贼

诗云：

天命从来自有真，岂容奸术恣纷纭？黄巾张角徒生乱，大宝何曾到彼人？

话说唐乾符年间，上党铜鞮县山村有个樵夫，姓侯名元，家道贫穷，靠着卖柴为业。己亥岁，在县西北山中采樵回来，歇力在一谷口旁。有一大石，巍然像几间屋大。侯元对了大石，自言自语道："我命中直如此辛苦。"叹息声未绝，忽见大石砉然豁开如洞，中有一老叟，羽衣乌帽，鬓发如霜，拄杖而出。侯元惊骇，急起前拜。老叟道："吾神君也。你为何如此自苦？学吾术，自能取富，可随吾来。"老叟复走入洞，侯元随他走去。走得数十步，廓然清朗，一路奇花异草，修竹乔松。又有碧槛朱门，重楼复榭。老叟引了侯元，到别院小亭子坐了。两个童子请他进食，食毕，复请他到便室，具汤沐浴，进新衣一袭。又命他冠带了，复引至亭上。老叟命童设席于地，令侯元跪了。老叟授以秘诀数万言，多是变化隐秘之术。侯元素性蠢戆，到此一听不忘。老叟诫他道："你有些小福分，该在我至法中进身，却是面有败气未除，也要谨慎。若图谋不轨，祸必丧生。今且归去习法，如欲见吾，但至心叩石，自当有人应门，与你相见。"元因拜谢而出，老叟仍令一童送出洞门。既出来了，不见了洞穴，依旧是块大石，连樵采家伙多不见了。到得家里，父母兄弟多惊喜道："去了一年多，道是死于虎狼了，幸喜得还在。"其实侯元只在洞中得一日。家里又见他服装华洁，神气飞扬，只管盘问他。他晓得瞒不得，一一说了。遂入静室中，把老叟所传术法，尽行习熟。不上一月，其术已成，变代百物，役召鬼魅，遇着草木土石，念念有词，便多是步骑甲兵。神通既已广大，传将出去，便自有人来扶从。于是收好些乡里少年，勇悍的为将卒，出入陈旌旗，鸣鼓吹，宛然像个小国诸侯，自称曰"贤圣"。设立官爵，有三老、左右弼、左右将军

何道士因术成奸
周经历因奸破贼

等号。每到初一、十五，即盛饰往谒神君。神君每见必戒道："切勿称兵，若必欲举事，须待天应。"侯元唯唯。到庚子岁，聚兵已有数千人了。县中恐怕妖术生变，乃申文到上党节度使高公处，说他行径。高公令潞州郡将以兵讨之。侯元已知其事，即到神君处问事宜。神君道："吾向已说过，但当偃旗息鼓以应之，彼见我不与他敌，必不乱攻，切记。不可交战。"侯元口虽应着，心里不伏，想道："出我奇术，制之有余。且此是头一番小敌，若不能当抵，后有大敌来，将若之何？且众人见吾怯弱，必不服我，何以立威？"归来不用其言，戒令党与勒兵以待。

是夜潞兵离元所三十里，据险扎营，侯元用了术法，潞兵望来步骑戈甲，蔽满山泽，尽有些胆怯，明日潞兵结了方阵前来，侯元领了千余人，直突其阵，锐不可当，潞兵少却。侯元自恃法术，以为无敌，且叫拿酒来吃，以壮军威。谁知手下之人，多是不习战阵，乌合之人，毫无纪律。侯元一个吃酒，大家多乱撺起来，潞兵乘乱，大队赶来，多四散落荒而走。刚剩得侯元一个，带了酒性，急念不出咒语，被擒住了。送至上党，发在潞州府狱，重枷枷着，团团严兵卫守。天明看枷中，只有灯台一个，已不见了侯元。却连夜遁到铜鞮，径到大石边，见神君谢罪。神君大怒，骂道："庸奴！不听吾言，今日虽然幸免，到底难逃刑戮，非吾徒也。"拂衣而入，洞门已闭上，是块大石。侯元悔之无及，虔心再叩，竟不开了。自此侯元心中所晓符咒，渐渐遗忘，就记得的做来，也不十分灵了。却是先前相从这些党与，不知缘故，聚着不散，还推他为主。自恃其众，是秋率领了人，在并州大谷地方劫掠。也是数该灭了，恰好并州将校，偶然领了兵马经过，知道了，围之数重。侯元急了，施符念咒，一毫不灵，被斩于阵，党与遂散。不听神君说话，果然没个收场。

可见悖叛之事，天道所忌。若是得了道术，辅佐朝廷，如张留侯陆信州之类，自然建功立业，传名后世。若是萌了私意，打点起兵谋反，不曾见有妖术成功的。从来张角、征侧、征二、孙恩、卢循等，非不也是天赐的后书法术，毕竟败亡。所以《平妖传》上也说到"白猿洞天书后边，深戒着谋反一事"的话。就如侯元，若依得神君吩咐，后来必定有好处，都是自家弄杀了，事体本如此明白。不知这些无主意的愚人，住此清平世界，还要从着白莲教到处哨聚倡乱，死而无怨，却是为何？而今说一个得了妖书，倡乱被杀的，与看官听一听。有诗为证：

早通武艺杀亲夫，反获天书起异图。扰乱青州旋被戮，福兮祸伏理难诬。

话说国朝永乐中，山东青州府莱阳县有个妇人，姓唐名赛儿。其母少时，梦神人捧一金盒，盒内有灵药一颗，令母吞之，遂有娠，生赛儿。自幼乖觉伶俐，颇识字，有姿色，尝剪纸人马厮杀为儿戏。年长，嫁本镇石麟街王元椿。这王元椿弓马熟娴，武艺精通，家道丰裕。自从娶了赛儿，贪恋女色，每日饮酒取乐。时时与赛儿说些弓箭刀法，赛儿又肯自去演习戏耍。光阴捻指，不觉陪费五六年，家道萧索，衣食不足。赛儿一日与丈夫说："我们枉自在此忍饥受饿，不若将后面梨园卖了，买匹好马，干些本分求财的勾当，却不快活！"王元椿听是说道："贤妻何不早说？今日天晚了，不必说。"

明日，王元椿早起来，写个出帐，央李媒为中，卖与本地财主贾包，得银二十余两。王元椿就青州镇上，买一匹快走好马回来，弓箭腰刀自有。拣个好日子，元椿打扮做马快手的模样，与赛儿相别说："我去便回。"赛儿说："保重，保重。"元椿叫声惭愧，飞身上马，打一鞭，那马一道烟去了。来到酸枣林，是琅琊后山，只有中间一条路。若阻住了，不怕飞上天去。王元椿只晓得这条路上好打劫人，不想着来这条路上走的人只贪近，都不是依良本公的人，不便道"白白的等你拿了财物去"。也是元椿合当晦气，却好撞着这一起客人。望见褡裢颇有些油水，元椿自道："造化了。"把马一拍，攒风的一般，前后左右都跑来了，见没人。王元椿就扯开弓，搭上箭，飘地一箭射将来，那客人伙里有个叫做孟德，看见元椿跑马时，早已防备。拿起弓梢，拨过这箭，落在地下。王元椿见头箭不中，煞住马，又放第二箭来。孟德又照前拨过了，就叫："汉子，我也回礼。"把弓虚扯一扯，不放。王元椿只听得弦响，不见箭。心里想道："这男女！不会得弓马的，他只是虚张声势。"只有五分防备，把马慢慢的放过来。孟德又把弓虚扯一扯，口里叫道："看箭！"又不放箭来。王元椿不见箭来，只道是真不会射箭的，放心赶来。不晓得孟德虚扯弓时，就乘势搭上箭，射将来，正对元椿当面。说时迟，那时快，元椿却好抬头看时，当面门上中一箭，从脑后穿出来，翻身跌下马来。孟德赶上，拔出刀来，照元椿喉咙里，连搠上几刀，眼见得元椿不活了。诗云：

剑光动处悲流水，羽簇飞时送落花。欲寄兰闺长夜梦，清魂何自得还家。

孟德与同伙这五六个客人说："这个男女，也是才出来的，不曾得手，我们只好去罢，不要耽误了程途。"一伙人自去了。

且说唐赛儿等到天晚，不见王元椿回来，心里记挂。自说道："丈夫好不了事，这早晚还不回来，想必发市迟，只叫我记挂。"等到一二更，又不见王元椿回来，只得关上门，进房里，不脱衣裳去睡。只是睡不着，直等到天明，又不见回来。赛儿正心慌撩乱，没做道理处，只听得街坊上说道："酸枣林杀死个兵快手。"赛儿又惊又慌，来与间壁卖豆腐的沈老儿，叫做沈印时，两老口儿说这个始末根由，沈老儿说："你不可把真话对人说，大郎在日，原是好人家，又不惯做这勾当的，又无赃证。只说因无生理，前日卖个梨园，得些银子，买马去青州镇上贩卖，身边只有五六钱盘缠银子，别无余物。且去酸枣林看得真实，然后去见知县相公。"赛儿就与沈印时一同来到酸枣林。看见王元椿尸首，赛儿哭起来，惊动地方里甲人等，都来说得明白。就同赛儿一干人，都到莱阳县见史知县相公。赛儿照前说一遍，知县相公说："必然是强盗劫了银子并马去了。你且去殡葬丈夫，我自去差人去捕缉强贼。拿得着时，马与银子都给还你。"赛儿同里甲人等拜谢史知县，自回家里来，对沈老儿公婆两个说："亏了干爷干娘，瞒到瞒得过了，只是衣衾棺椁，无从置办，怎生是好？"沈老儿说道："大娘子，后面园子既卖与贾家，不若将前面房子，再去戤典他几两银子来殡葬大郎，他必不推辞。"赛儿就央沈公、沈婆同到贾家，一头哭，一头说这缘故。贾包见说，也哀怜王元椿命薄，说道："房子你自住着，我应付你饭米两担，银子五两，待卖了房子还我。"赛儿得了银米，急忙买口棺木，做些衣服，来酸枣林盛贮王元椿尸首了当，送在祖坟山上安厝。做些羹饭，看匠人攒砌得了时，急急收拾回来，天色已又晚了。与沈公、沈婆三口儿取旧路回家，来到一个林子里古墓间，见放出一道白光来。正值黄昏时分，照耀如同白日。三个人见了，吃这一惊不小。沈婆惊得跌倒在地下擂，赛儿与沈公还耐得住。两个人走到古墓中，看这道光从地下放出来。赛儿随光将根竹杖头儿拄将下来，拄得一拄，这土就似虚的一般，脱将下去，露了一个小石匣来。赛儿乘着这白光看里面时，有一口宝剑，一副盔甲，都叫沈公拿了。赛儿扶着沈婆回家里来，吹起灯火，开石匣看时，别无他物，只有抄写得一本天书。沈公、沈婆又不识字，说道："要他做什么？"赛儿看见天书，卷面上写道《九天玄元混世真经》，旁有一诗，诗云：

唐唐女帝州，赛比玄元诀。儿戏九还丹，收拾朝天阙。

赛儿虽是识字的，急忙也解不得诗中意思。沈公两口儿辛苦了，打熬不过，别了赛儿，自回家里去睡。赛儿也关上了门睡。方才合得眼，梦见一个道士对赛儿说："上帝特命我来教你演习九天玄旨，普救万民，与你夙缘未了，辅你做女主。"醒来犹有馥馥香风，记得且是明白。次日，赛儿来对沈公夫妻两个，备细说夜里做梦一节，便道："前日得了天书，恰好又有此梦。"沈公道："却不怪哉，有这等事！"原来世上的事最巧，赛儿与沈公说话时，不想有个玄武庙道士何正寅在间壁人家诵经，备细听得，他就起心。因日常里走过，看见赛儿生得好，就要乘着这机会来骗他。晓得他与沈家公婆往来，故意不走过沈公店里，倒大宽转往上头走回玄武庙里来。独自思想道："帝主非同小可，只骗得这个妇人做一处，便死也罢。"当晚置办些好酒食来，请徒弟董天然、姚虚玉、家童孟靖、王小玉一处坐了，同吃酒。这道士何正寅殷富，平日里作聪明，做模样。今晚如此相待，四个人心疑，齐说道："师傅若有用着我四人处，我们水火不避，报答师傅。"正寅对四个人悄悄的说唐赛儿一节的事，"要你们相帮我做这件事。我自当好看待你们，决不有负，四人应允了，当夜尽欢而散。

次日，正寅起来梳洗罢，打扮做赛儿梦见里说的一般，齐齐整整。且说何正寅如何打扮？诗云：

秋水盈盈玉绝尘，簪星闲雅碧纶巾。不求金鼎长生药，只恋桃源洞里春。

何正寅来到赛儿门首，咳嗽一声，叫道："有人在此么？"只见布幕内走出一个美貌年少的妇人来。何正寅看着赛儿，深深的打个问讯，说："贫道是玄武殿里道士何正寅，昨夜梦见玄帝吩咐贫道说：'这里有个唐某，当为此地女主，尔当辅之。汝可急急去讲解天书，共成大事。'"赛儿听得这话，一来打动梦里心事；二来又见正寅打扮，与梦里相同；三来见正寅生得聪俊，心里也欢喜。说："师傅真天神也。前日送丧回来，果然掘得个石匣、盔甲、宝剑、天书，奴家解不得，望师傅指迷，请到里边看。"赛儿指引何正寅到草堂上坐了，又自去央沈婆来相陪。赛儿忙来到厨下点三盏好茶，自托个盘子拿出来。正寅看见赛儿尖松松雪白一双手，春心摇荡，说道："何劳女主亲自赐茶。"赛儿说："因家道消乏。女使伴当都逃亡了，故此没人用。"正寅说："若要小厮，贫道着两个来服侍，再讨大些的女子在里面用。"又见沈婆在旁边，想道："世上虔婆无不爱财，我与他些甜头滋味，就是我心腹，怕不依我使唤？"就身边取出十两一锭银子来，与赛儿说："央干爷干娘作急去讨个女子，如少，我明日再添。只要好，不要计较银子。"赛儿只说："不消得。"沈婆说："赛娘，你权且收下，待老拙去寻。"赛儿就收了银子，入去烧灶香，请出天书来，与何正寅看，却是金书玉篆，韬略兵机。正寅自幼曾习举业，晓得文理。看了面上这首诗，偶然心悟说："女主解得这首诗么？"赛儿说："不晓得。"正寅说："'唐唐女帝州'头一个字，是个'唐'字。下边这二句，头上两字说女主的名字。末句头上是'收'字，说收了，就成大事。"赛儿被何道点破机关，心里痒将起来。说道："万望师傅扶持，若得成事时，死也不敢有忘。"正寅说："正要女主抬举，如何恁的说？"又对赛儿说："天书非同小可，飞沙走石，驱逐虎豹，变化人马，我和你日间演习，必致疏漏，不是要处。况我又是出家人，每日来往不便。不若夜间打扮着平常人来，演习到天明，依先回庙里去。待法术演得精熟，何用怕人？”赛儿与沈婆道：“师傅高见。”赛儿也有意了，巴不得到手，说：“不要迟慢了，只今夜便请起手。”正寅说：“小道回庙里收拾，到晚便来。”赛儿与沈婆相送到门边。赛儿又说：“晚间专等，不要有误。”

正寅回到庙里，对徒弟说：“事有六七分了。只今夜，便可成事，我先要董天然、王小玉你两个，只扮做家里人模样到那里，务要小心在意，随机应变。”便又取出十来两碎银子，分与两个。两个欢天喜地，自去收拾衣服箱笼，先去赛儿家里。来到王家门首，叫道：“有人在这里么？”赛儿知道是正寅使来的人，就说道：“你们进里面来。”二人进到堂前，歇下担了，看着赛儿跪将下去，叫道：“董天然、王小玉叩奶奶的头。”赛儿见二人小心，又见他生得俊俏，心里也欢喜。说道：“阿也！不消如此，你二人是何师傅使来的人，就是自家人一般。”领到厨房小侧门打扫铺床。自来拿个篮秤，到市上用自己的碎银子，买些东西，无非是鸡鹅鱼肉，时鲜果子、点心回来。赛儿见天然拿这许多物事回来，说道：“在我家里，怎么叫你们破费？是何道理？”天然回话道：“不多大事，是师傅吩咐的。”又去拿了酒回来，到厨下自去整理，要些油酱柴火，奶奶不离口，不要赛儿费一些心。看看天色晚了，何正寅儒巾便服，扮做平常人，先到沈婆家里，请沈公、沈婆吃夜饭。又送二十两银子与沈公说：“凡百事要老爹老娘看取，后日另有重报。”沈公、沈婆自暗里会意道：“这贼道来得跷蹊，必然看上赛儿，要我们做脚。我看这妇人，日里也骚托托的，做妖撒娇，捉身不住。我不应承，他两个夜里演习时，也自要做出来。我落得做人情，骗些银子。”夫妻两个回复道：“师傅但放心，赛娘没了丈夫，又无亲人，我们是他心腹。凡百事奉承，只是不要忘了我两个。”何正寅对天说誓。

三个人同来到赛儿家里，正是黄昏时分，关上门，进到堂前坐定。赛儿自来陪侍。董天然、王小玉两个来摆列果子下饭，一面烫酒出来。正寅请沈公坐客位，沈婆、赛儿坐主位，正寅打横坐。沈公不肯坐，正寅说：“不必推辞。”各人多依次坐了。吃酒之间，不是沈公说何道好处，就是沈婆说何道好处，兼入些风情话儿，打动赛儿，赛儿只不做声。正寅想道：“好便好了，只是要个煞着，如何成事？”就里生这计出来。原来何正寅有个好本钱，又长又大，道：“我不卖弄与他看，如何动得他？”此时是十五六天色，那轮明月照耀如同白日一般。何道说：“好月，略行一行再来坐。”沈公众人都出来，堂前黑地里立着看月。何道就乘此机会，走到女墙边月亮去处，假意解手，护起那物来，拿在手里撒尿。赛儿暗地里看明处，最是明白，见了何道这条物件，累累垂垂，且是长大。赛儿夫死后，旷了这几时，怎不动火，恨不得抢了过来。何道也没奈何，只得按住，再来邀坐，说话间，两个不时丢个情眼儿，又冷看一看，别转头暗笑。何道就假装个要吐的模样，把手揿着肚子，叫要不得。沈老儿夫妻两个会意，说道：“师傅身子既然不好，我们散罢了。师傅胡乱在堂前权歇，明日来看师傅。”相别了自去，不在话下。

赛儿送出沈公，急忙关上门，略略温存何道了，就说：“我入房里去便来。”一径走到房里来，也不关门，就脱了衣服，上床去睡。意思明是叫何道走入来。不知何道已此紧紧跟入房里来，双膝跪下道：“小道该死，冒犯花魁，可怜见小道则个。”赛儿笑着说：“贼道不要假小心，且去拴了房门来说话。”正寅慌忙拴上房门，脱了衣服，爬上床来，尚自叫女主不迭。诗云：

绣枕鸳衾叠紫霜，玉楼并卧合欢床。今宵别是阳台梦，惟恐银灯剔不长。

且说二人做了些不伶不俐的事，枕上说些知心的话。哪里管天晓日高，还不起身。董天然两个早起来，打点面汤早饭整齐等着。正寅先起来穿了衣服，又把被来替赛儿塞着肩头，说："再睡睡起来。"开得房门，只见天然托个盘子，拿两盏早汤过来。正寅拿一盏放在桌上，拿一盏在手里，走到床关，傍着赛儿，口叫女主吃早汤。赛儿撒娇，抬起头来，吃了两口，就推与正寅吃。正寅也吃了几口，天然又走进来接了碗去，依先扯上房门。赛儿说："好个伴当，百能百俐。"正寅说："那灶下是我的家人，这个是我心腹徒弟，特地使他来服侍你。"赛儿说："这等难为他两个。"又摸索了一回，赛儿也起来。只见天然就拿着面汤进来，叫："奶奶，面汤在这里。"赛儿脱了上盖衣服，洗了面，梳了头。正寅也梳洗了头。天然就请赛儿吃了早饭。正寅又说道："去请间壁沈老爹、老娘来同吃。"沈公夫妻二人也来同吃。沈公又说道："师傅不要去了，这里人眼多，不见走入来，只见你走出去，人要生疑。且在此再歇一夜，明日要去时，起个早去。"赛儿道："说得是。"正寅也正要如此。沈公别了，自过家里去。

话为絮烦，赛儿每夜与正寅演习法术符咒，夜来晓去，不两个月，都演得会了。赛儿先剪些纸人纸马来试看，果然都变得与真的人马一般。二人且来拜谢天地，要商量起手。却不防街坊邻里，都晓得赛儿与何道两个有事了。又有一等好闲的，就要在这里用手钱。有首诗说这些闲中人，诗云：

每日张鱼又捕虾，花街柳陌是生涯。昨宵赊酒秦楼醉，今日帮闲进李家。

为头的叫做马绶，一个叫做福兴，一个叫做牛小春，还有几个没三没四帮闲的，专一在街上寻些空头事过日子。当时马绶先得知了，撞见福兴、牛小春说："你们近日得知沈豆腐隔壁有一件好事么？"福兴说："我们得知多日了。"马绶道："我们捉破了他，赚些油水何如？"牛小春道："正要来见阿哥，求带挈。"马绶说："好便好，只是一件，何道那厮也是个了得的，广有钱钞，又有四个徒弟。沈公、沈婆得那贼道东西，替他做眼，一伙人干这等事，如何不做手脚？若是毛团把戏，做得不好，非但不得东西，反遭毒手，到被他笑。"牛小春说："这不打紧，只多约几个人同去，就不妨了。"马绶又说道："要人多不打紧，只是要个安身去处。我想陈林住居，与唐赛儿远不上十来间门面，他那里最好安身。小牛即今便可去约石丢儿、安不着、褚偏嘴、朱百闲一班兄弟，明日在陈林家取齐。陈林我须自去约他。"各自散了。

且说马绶径来石麟街，来寻陈林，远远望见陈林立在门首。马绶走近前，与陈林深喏一个。陈林慌忙回礼，就请马绶来里面客位上坐。陈林道："连日少会，阿哥下顾，有何吩咐？"马绶将众人要拿唐赛儿的奸，就要在他家里安身的事，备细对陈林说一遍。陈林道："都依得。只一件，这是被头里做的事，兼有沈公、沈婆，我们只好在外边做手脚，如何俟候得何道着？我有一计，王元椿在日，与我结义兄弟，彼此通家。王元椿杀死时，我也曾去送殡。明日叫老妻去看望赛儿，若何道不在，罢了，又别做道理，若在时，打个暗号，我们一齐入去，先把他大门关了，不要大惊小怪，替别人做饭。等捉住了他，若是如意罢了；若不如意，就送两个到县里去，没也诈出有来。此计如何？"马绶道："此计极妙。"两个相别，陈林送得马绶出门，慌忙来对妻子钱氏要说这话，钱氏道："我在屏风后，都听得了，不必烦絮，明日只管去便了。"当晚过了。

次日陈林起来，买两个荤素盒子，钱氏就随身打扮，不甚穿戴，也自防备。到时分，马绶一起，前后各自来陈林家里躲着。陈林就打发钱氏起身。是日，却好沈公下乡去取帐，沈婆也不在。只见钱氏领着挑盒子的小厮在后，一径来到赛儿门首。见没人，悄悄的直走到卧房门口，正撞着赛儿与何道同坐在房里说话。赛儿先看见，疾忙抢出来迎着钱氏，厮见了。钱氏假做不晓得，也与何道万福，何道慌忙还礼。赛儿红着脸，气塞上来，舌滞声涩。指着何道说道："这个是我嫡亲的堂兄，自幼出家。今日来望我，不想又起动老娘来。"正说话未了，只见一个小厮挑两个盒子进来。钱氏对着赛儿说："有几个枣子，送来与娘子点茶。"就叫赛儿去出盒子，要先打发小厮回去。赛儿连忙去出盒子时，顾不得钱氏。被钱氏走到门首，见陈林把嘴一努，仍又忙走入来。陈林就招呼众人，一齐赶入赛儿家里，拴上门。正要拿何道与赛儿，不晓得他两个妖术已成，都遁去了。那一伙人眼花缭乱，倒把钱氏拿住，口里叫道："快拿索子来，先捆了这淫妇。"就踩倒在地下。只见是个妇人，哪里晓得是钱氏。原来众人从来不认得钱氏，只早晨见得一见，也不认得真。钱氏在地喊叫起来，说："我是陈林的妻子。"陈林慌忙分开人，叫道："不是。"扯得起来时，已自旋得蓬头乱鬼了。众人吃一惊，叫道："不是着鬼，明明的看见赛儿与何道在这里，如何就不见了？"

原来他两个有化身法，众人不看见他，他两个明明看众人乱窜，只是暗笑。牛小春说道："我们一齐各处去搜。"前前后后，搜到厨下，先拿住董天然，柴房里又拿着王小玉。将条索子缚了，吊在房门前柱子上，问道："你两个是什么人？"董天然说："我两个是何师傅的家人。"又道："你快说，何道、赛儿躲在哪里？直直说，不关你事。若不说时，送你两个到官，你自去拷打。"董天然说："我们只在厨下服侍，如何得知前面的事？"众人又说道："也没处去，眼见得只躲在家里。"小牛说："我见房侧边有个黑暗的阁儿，莫不两个躲在高处？待我掇梯子爬上去看。"何正寅听得小牛要爬上阁儿来，就拿根短棍子，先伏在阁子黑地里等。小牛掇得梯子来，步着阁儿口。走不到梯子两格上，正寅照小牛头上一棍打下来。小牛儿打昏晕了，就从梯子上倒跌下来。正寅走去空处立了，看小牛儿醒转来，叫道："不好了，有鬼！"众人扶起小牛来看时，见他血流满面，说道："梯子又不高，爬得两格，怎么就跌得这样凶？"小牛说："却好爬得两格梯子上，不知哪里打一棍子在头上，又不见人，却不是作怪？"众人也没做道理处。钱氏说："我见房里床侧首，空着一段，有两扇纸风窗门，莫不是里边还有藏得身的去处？我领你们去搜一搜去看。"正寅听得说，依先拿着棍子，在这里等。只见钱氏在前，陈林众人在后，一齐走进来。正寅又想道："这花娘吃不得这一棍子。"等钱氏走近来，伸出那一双长大的手来，撑起五指，照钱氏脸上一掌打将去。钱氏着这一掌，叫声："呵也，不好了！"鼻子里鲜血喷流出来，眼睛里都是金圈儿，又得陈林在后面扶得住，不跌倒。

陈林道："却不作怪！我明明看见一掌打来，又不见人，必然是这贼道有妖法的。不要只管在这里缠了，我们带了这两个小厮，径送到县里去罢。"众人说："我们被活鬼弄这一日，肚里也饥了，做些饭吃了去见官。"陈林道："也说得是。"钱氏带着疼，就在房里打米出来，去厨下做饭。石丢儿说："小牛吃打坏了，我去做。"走到厨下，看见风炉子边，有两坛好酒在那里，又看见几只鸡在灶前。丢儿又说道："且杀了吃。"这里方要淘米做饭。且说赛儿对正寅说："你要了两次，我只文耍一耍。”正寅说：“怎么叫做文耍？”赛儿说：“我做出你看。”石丢儿一头烧着火，钱氏做饭，一头拿两只鸡来杀了，破洗了，放在锅里煮。那饭也却好将次熟了。赛儿就扒些灰与鸡粪放在饭锅里，搅得匀了，依先盖了锅。鸡在锅里正滚得好，赛儿又挽几杓水浇灭灶里火。丢儿起去作用，并不晓得灶底下的事。此时众人也有在堂前坐的，也有在房里寻东西出来的。丢儿就把这两坛好酒提出来，开了泥头，就兜一碗好酒，先敬陈林吃。陈林说：“众位都不曾吃，我如何先吃？”丢儿说：“老兄先尝一尝，随后又敬。”陈林吃过了，丢儿又兜一碗送马绶吃。陈林说：“你也吃一碗。”丢儿又倾一碗，正要吃时，被赛儿劈手打一下，连碗都打坏。赛儿就走一边。三个人说道：“作怪，就是这贼盗的妖法。”三个说：“不要吃了，留这酒待众人来同吃。”众人看不见赛儿，赛儿又去房里拿出一个夜壶来，每坛里倾半壶尿在酒里，依先盖了坛头，众人也不晓得。众人又说道：“鸡想必好了，且捞起来，切来吃酒。”丢儿揭开锅盖看时，这鸡还是半生半熟，锅里汤也不滚。众人都来埋怨丢儿说：“你不管灶里，故此鸡也煮不熟。”丢儿说：“我烧滚了一会，又添许多柴，着得好了才去，不晓得怎么不滚？”低倒头去张灶里时，黑洞洞都是水，哪里有个火种？丢儿说：“哪个把水浇灭了灶里火？”众人说道：“终不然是我们伙里人。必是这贼道，又弄神通。我们且把厨里见成下饭，切些去吃酒罢。”

众人依次坐定。丢儿拿两把酒壶出来装酒，不开坛罢了，开来时，满坛都是尿骚臭的酒。陈林说：“我们三个吃时，是喷香的好酒，如何是恁的？必然哪个来偷吃，见浅了，心慌缭乱，错拿尿做水，倒在坛里。”众人鬼厮闹，赛儿、正寅两个看了只是笑。赛儿对正寅说：“两个人被缚在柱子上一日了，肚里饥。趁众人在堂前，我拿些点心下饭与他吃。”又拿些碎银子与两个，来到柱边，傍着天然耳边轻轻的说：“不要慌，若到官直说，不要赖了吃打，我自来救你。东西银子，都在这里。”天然说：“全仗奶奶救命。”赛儿去了。众人说：“酒便吃不得了，败杀老兴，且胡乱吃些饭罢。”丢下厨下去盛饭，都是乌黑臭的，闻也闻不得，哪里吃的？说道：“又着这贼道的手了，可恨这厮无理，被他两个侮弄这一日。我们带这两个尿鳖送去县里，添差了人来拿人。”一起人开了门走出去。只因里面嚷得多时了，外边晓得是捉奸，看的老幼男妇，立满在街上。只见人丛里缚着两个俊俏后生，又见陈林妻子跟在后头，只道：“是了。”一齐拾起砖头、土块来，口里喊着，望钱氏、两个道童乱打将来，那时哪里分得清洁。钱氏吃打得头开额破，救得脱，一道烟逃走去了。

一行人离了石麟街，径往县前来。正值相公坐晚堂点卯，众人等点了卯，一齐跪过去，禀知县相公。从沈公做脚，赛儿、正寅通奸，妖法惑众，扰害地方情由，说了一遍。两个正犯脱逃，只拿得为从的两个董天然、王小玉送在这里。知县相公就问董天然两个道：“你直说，我不拷打你。”董天然答应道：“不须拷打，小人只直说，不敢隐情。”备细都招了。知县对众人说：“这奸夫淫妇还躲在家里。”就差兵快头吕山、夏盛两个，带领一千余人，押着这一干人，认拿正犯。两个小厮权且收监。吕山领了相公台旨，出得县门时，已是一更时分。与众人商议道：“虽是相公立等的公事，这等乌天黑地，去那里敲门打户，惊觉他，他又要遁了去。怎生回相公的话？不若我们且不要惊动他，去他门外埋伏，等待天明了拿他。”众人道：“说得是。”又请吕山两个到熟的饭铺里，赊些酒饭吃了，都到赛儿门首埋伏。连沈公也不惊动他，怕走了消息。

且说姚虚玉、孟清两个在庙，见说师傅有事，恰好走来打听。赛儿见众人已去，又见这两个小厮，问得是正寅的人，放他进来，把门关了，且去收拾房里。一个收拾厨下做饭吃了。对正寅说："这伙男女去县禀了，必然差人来拿，我与你终不成坐待死？预先打点在这里，等他那晦气的来着毒手。"赛儿就把符咒、纸人马、旗仗打点齐备了，两个自去宿歇。直待天明起来，梳洗饭毕了，叫孟清去开门。

孟清开得门，只见吕山那伙人，一齐抢入来。孟清见了，慌忙踅转身往里面跑，口里一头叫。赛儿看见兵快来拿人，嘻嘻的笑，拿出二三十纸人马来，往空一撒，叫声："变！"只见纸人都变做彪形大汉，各执枪刀，就里面杀出来。又叫姚虚玉把小皂旗招动，只见一道黑气，从屋里卷出来。吕山两个还不晓得，只管催人赶入来，早被黑气遮了，不看见人。赛儿是王元椿教的武艺，进去的，被赛儿一剑一个，都斫下头来。众人见势头不好，都慌了，转身齐跑，前头走的还跑了几个，后头走的，反被前头的拉住，一时跑不脱。赛儿说："一不做，二不休。"随手杀将去，也被正寅用棍打死了好几个。又去追赶前头跑得脱的，直喊杀过石麟桥去。赛儿见众人跑远了，就在桥边收了兵回来，对正寅说："杀的虽然杀了，走的必去禀知县。那厮必起兵来杀我们，我们不先下手，更待何时？"就带上盔甲，变二三百纸人马，竖起七星旗号来招兵。使人叫道："愿来投兵者，同去打开库藏，分取钱粮财宝。"街坊远近人因昨日这番，都晓得赛儿有妖法，又见变得人马多了，道："是气概兴旺。"城里城外人猴急的，齐来投他。有地方豪杰方大、康昭、马效良、戴德如四人为头，一时聚起二三千人，又抢得两匹好马来，与赛儿、正寅骑。鸣锣擂鼓，杀到县里来。

说这史知县听见走的人说赛儿杀死兵快一节，慌忙请典史来商议时，赛儿人马早已抢入县来。拿住知县、典史，就打开库藏门，搬出金银来分给与人。监里放出董天然、王小玉两个。其余狱囚尽数放了，愿随顺的，共有七八十人。到申未时，有四个人原是放响马的，风闻赛儿有妖法，都来归顺赛儿。此四人叫做郑贯、王宪、张天禄、祝洪，各带小喽罗共有二千余名，又有四五十匹好马。赛儿见了，十分欢喜。这郑贯不但武艺出众，便兼谋略过人，来禀赛儿说道："这是小县，僻在海角头，若坐守日久，朝廷起大军，把青州口塞住了，钱粮没得来，不须厮杀，就坐困死了。这青州府人民稠密，钱粮广大，东据南徐之险，北控渤海之利，可战可守。兵贵神速。莱阳县虽破，离青州府颇远，一日之内，消息未到。可乘此机会，连夜去袭了，权且安身。养成蓄锐，气力完足，可以横行。"赛儿说："高见。"每人各赏元宝二锭，四表礼，权受都指挥，说："待取了青州。自当升赏重用。"四人去了。

赛儿就到后堂，叫请史知县、徐典史出来，说道："本府知府是你至亲，你可与我写封书，只说这县小，我在这里安身不得，要过东去打汶上县，必由府里经过。恐有疏虞，特着徐典史领三百名兵快，协同防守。你若替我写了，我自厚赠盘缠，连你家眷同送回去。"知县初时不肯，被赛儿逼勒不过，只得写了书。赛儿就叫兵房吏做角公文，把这私书都封在文书里，封筒上用上印信，仍送知县、典史软监在衙里。赛儿自来调方大、康昭、马效良、戴德如四员骁将，各领三千人马，连夜悄悄的到青州曼草坡，听候炮响，都到青州府东门策应。又寻一个像徐典史的小卒，戴着徐典史的纱帽圆领等候赛儿。又留一班投顺的好汉，协同正寅守着莱阳县，自选三百精壮兵快，并董天然、王小玉二人，指挥郑贯四名，各与酒饭了。赛儿全装披挂，骑上马，领着人马，连夜起行。行了一夜，来到青州府东门时，东方才动，城门也还未开。赛儿就叫人拿着这角文书，朝城上说："我们是莱阳县差捕衙里来下文书的。"守门军就放下篮来，把文书吊上去。又晓得是徐典史，慌忙拿这文书，径到府里来。正直知府温章坐衙，就跪过去呈上文书。温知府拆开文书，看见印信图书，都是真的，并不疑忌，就与递文书军说："先放徐典史进来，兵快人等，且住着在城外。"

守门军领知府钧语，径来开门，说道："太爷只叫放徐老爹进城，其余且不要入去。"赛儿叫人答应说："我们走了一夜，才到得这里，肚饥了，如何不进城去寻些吃？"三百人一齐都抢入门里去。五六个人怎生拦得住，一揽入得门，就叫人把住城门。一声炮响，那曼草坡的人马，都赶入府里来，填街塞巷。赛儿领着这三百人，真个是疾雷不及掩耳，杀入府里来。知府还不晓得，坐在堂上等徐典史。见势头不好，正待起身要走，被方大赶上，望着温知府一刀，连肩砍着，一交跌倒在地下挣命。又复一刀，就割下头来，提在手里，叫道："不要乱动！"惊得两廊门隶人等，尿流屁滚，都来跪下。康昭一伙人打入知府衙里来，只获得两个美妾，家人并媳妇共八名，同知通判都越墙走了。赛儿就挂出安民榜子，不许诸色人等抢掳人口财物。开仓赈济，招兵买马，随行军官兵将，都随功升赏。莱阳知县、典史不负前言，连他家眷放了还乡，俱各抱头鼠窜而去，不在话下。

只见指挥王宪押两个美貌女子，一个十八九岁的后生。这人后生，比这两个女子更又标致，献与赛儿。赛儿问王宪道："哪里得来的？"王宪禀道："在孝顺街绒线铺里萧家得来的。这两个女子，大的叫做春芳，小的叫做惜惜。这小厮叫做萧韶，三个是姐妹兄弟。"赛儿就将这大的，赏与王宪做妻子，看上了萧韶，欢喜倒要偷他。与萧韶道："你姐妹两个只在我身边服侍，我自看待你。"赛儿又把知府衙里的两个美妾紫兰、香娇配与董天然、王小玉。赛儿也自叫萧韶去宿歇。说这萧韶，正是妙年好头上，带些惧怕，夜里尽力奉承赛儿，只要赛儿欢喜，赛儿得意非常。两个打得熟了，一步也离不得萧韶，哪里记挂何正寅？

且说府里有个首领官周经历，叫做周雄，当时逃出府，家眷都被赛儿软监在府里。周经历躲了几日，没做道理处，要保全老小，只得假意来投顺赛儿。见赛儿下个礼，说道："小官原是本府经历，自从奶奶得了莱阳县、青州府，爱军惜民，人心悦服，必成大事。经历弃暗投明，家眷俱蒙奶奶不杀之恩，周某自当尽心竭力，图效犬马。"赛儿见他说家眷在府里，十分疑也只有五六分，就与周经历商议守青州府，并取旁县的事务。周经历说："这府上倚滕县，下通临海卫两处，为青府门户。若取不得滕县与这卫，就如没了门户的一般，这府如何守得住？实不相瞒，这滕县许知县是经历姑表兄弟，经历去，必然说他来降。若说得滕县下了，这临海卫就如没了一臂一般，他如何支撑得住？"赛儿说："若得如此，事成与你同享富贵。家眷我自好好的供养在这里，不须记挂。"周经历说道："事不宜迟，恐他那里做了手脚。"赛儿忙拨几个伴当，一匹好马，就送周经历起身。

周经历来到滕县，见了许知县。知县吃一惊说："老兄如何走得脱，来到这里？"周经历将假意投顺赛儿，赛儿使来说降的话，说了一遍。许知县回话道："我与你虽是假意投顺，朝廷知道，不是等闲的事。"周经历道："我们一面去约临海卫戴指挥同降，一面申闻各该抚按上司，计取赛儿。日后复了地方，有何不可？”许知县忙使人去请戴指挥来见周经历，三个商议伪降计策定了。许知县又说：“我们先备些金花表礼羊酒去贺，说离不得地方，恐有疏失。”周经历领着一行拿礼物的人，来见赛儿，递上降书。赛儿接着降书看了，受了礼物，伪升许知县为知府，戴指挥做都指挥，仍着二人各照旧守着地方。戴指挥见了这伪升的文书，就来见许知县说：“赛儿必然疑忌我们，故用阳施阴夺的计策。”许知县说道：“贵卫有一班女乐小侑儿，不若送去与赛儿做谢礼，就做我们里应外合的眼目。”戴指挥说：“极妙。”就回衙里叫出女使王娇莲，小侑头儿陈鹦儿来说：“你二人是我心腹，我欲送你们到府里去，做个反间细作。若得成功，升赏我都不要，你们自去享用富贵。”二人都欢喜应允了。戴指挥又做些好锦绣鲜明衣服、乐器，县卫各差两个人，送这两班人来献与赛儿。且看这歌童舞女如何，诗云：

舞袖香茵第一春，清歌宛转貌超群。剑霜飞处人星散，不见当年劝酒人。

赛儿见人物标致，衣服齐整，心中欢喜，都受了，留在衙里，每日吹弹歌舞取乐。且说赛儿与正寅相别半年有余。时值冬尽年残，正寅欲要送年礼与赛儿，就买些奇异吃食，蜀锦文葛，金银珍宝，装做一二十小车，差孟清同车脚人等送到府里来。世间事最巧，也是正寅合该如此。两月前正寅要去奸宿一个女子，这女子苦苦不从，自缢死了。怪孟清说是唐奶奶起手的，不可背本，万一知道，必然见怪。谏得激切，把孟清一顿打得几死，却不料孟清仇恨在心里。孟清领着这车从，来到府里见赛儿。赛儿一见孟清，就如见了自家里人一般，叫进衙里去安歇。孟清又见董天然等都有好妻子，又有钱财。自思道：“我们一同起手的人，他两个有造化，落在这里。我如何能够也同来这里受用？”自思量道：“何不将正寅在县里的所为，说他一番？倘或赛儿欢喜，就留在衙里，也不见得。”

到晚赛儿退了堂，来到衙里，乘间叫过孟清，问正寅的事。孟清只不做声，赛儿心疑，越问得紧，孟清越不做声。问不过，只得哭将起来。赛儿就说得：“不要哭。必然在哪里吃亏了，实对我说，我也不打发你去了。”孟清假意口里咒着道：“说也是死，不说也是死。爷爷在县里，每夜挨去排门，轮要两个好妇人好女子，送在衙里歇。标致得紧的，多歇几日，少不中意的，一夜就打发出来。又娶了个卖唱的妇人李文云，时常乘醉打死人。每日又要轮坊的一百两坐堂银子，百姓愁怨思乱，只怕奶奶这里不敢。两月前，蒋监生有个女子，果然生得美貌，爷爷要奸宿他。那女子不从，逼迫不过，自缢死了。小人说：‘奶奶怎生看取我们？别得半年，做出这勾当来，这地方如何守得住？’怪小人说，将小人来吊起，打得几死，半月爬不起来。”赛儿听得说了，气满胸膛，顿着足说道：“这禽兽忘恩负义！定要杀这禽兽，才出得这口气！”董天然并伙妇人都来劝道：“奶奶息怒。只消取了老爷回来便罢。”赛儿说：“你们不晓得这般事，从来做事的人，一生嫌隙，不知伙并了多少？如何好取他回来？”一夜睡不着。

次日来堂上赶开人，与周经历说：“正寅如此淫顽不法，全无仁义，要自领兵去杀他。”周经历回话道：“不知这话从哪里得来的？未知虚实，倘或是反间，也不可知。地方重大，方才取得，人心未固，如何轻易自相厮杀。不若待周雄同个奶奶的心腹，去访得的实，任凭奶奶裁处也不迟。”赛儿道：“说得极是，就劳你一行。若访得的实，就与我杀了那禽兽。”周经历又说道：“还得几个同去才好，若周雄一个去时，也不济事。”赛儿说：“就令王宪、董天然领一二十人去。”又把一口刀与王宪说："若这话是实，你便就取了那禽兽的头来，违误者以军法从事！"又与郑贯一角文书，若杀了何正寅，你就权摄县事。一行人辞别了赛儿，取路往莱阳县来。周经历在路上，还恐怕董天然是何道的人，假意与他说："何公是奶奶的心腹，若这事不真，谢天地，我们都好了。若有这话，我们不下手时，奶奶要军法从事。这事如何处？"董天然说："我那老爷是个多心的人，性子又不好，若后日知道你我去访他，他必仇恨。羹里不着饭里着，倒遭他毒手。若果有事，不若奉法行事，反无后患。"郑贯打着窜鼓儿，巴不得杀了何正寅，他要权摄县事。周经历见众人都是为赛儿的，不必疑了。又说："我们先在外边访得的确，若要下手时，我捻须为号，方可下手。"一行人入得城门，满城人家都是咒骂何正寅的。董天然说："这话真了。"

一行径入县里，来见何正寅。正寅大落落坐着，不为礼貌，看着董天然说："拿得什么东西来看我？"董天然说："来时慌忙，不曾备得，另差人送来。"又对周经历说："你们来我这县里，何干？"周经历假小心轻轻的说："因这县里有人来告奶奶说：'大人不肯容县里女子出嫁，钱粮又比较得紧。'因此奶奶着小官来禀上。"正寅听得这话，拍案高嗔大骂道："泼贱婆浪！你亏我夺了许多地方，享用快活。必然又搭上好的了，就这等无礼。你这起人不晓得事体，没上下的。"王宪见不是头，紧紧的帮着周经历，走近前说："息怒，消停取个长便。待小官好回话。"正寅又说道："不取长便，终不成不去回话。"周经历把须一捻，王宪就人嚷里拔出刀来，望何正寅项上一刀，早斫下头来，提在手里，说："奶奶只叫我们杀何正寅一个，余皆不问。"郑贯就把权摄的文书，来晓谕各人。就把正寅先前强留在衙里的妇人女子，都发出着娘家领回，轮坊银子也革了。满城百姓，无不欢喜。衙里有的是金银，任凭各人取了些，又拿几车并绫缎送到府里来。周经历一起人到府里回了话，各人自去方便，不在话下。

说这山东巡按金御史因失了青州府，杀了温知府，起本到朝廷。兵部尚书按着这本，是地方重务，连忙转奏朝廷。朝廷就差总兵官傅奇，充兵马副元帅，两个游骑将军黎晓、来道明充先锋，领京军一万，协同山东巡抚都御史杨汝待，克日进剿扑灭。钱粮兵马，除本省外，河南、山西两省，任从调用。傅总兵带领人马来到都督府，与杨巡抚一班官军说"朝廷紧要擒拿唐赛儿"一节。杨巡抚说："唐赛儿妖法通神，急难取胜。近日周经历与滕县许知县，临海卫戴指挥诈降，我们去打他后面莱阳，叫戴指挥、许知县从那青州府后面杀出来，叫他首尾不能相顾，可获全胜。"杨巡抚说："此计大妙。"傅总兵就分五千人马与黎晓，充先锋来取莱阳县。又调都指挥杜总吴秀，指挥六员：高雄、赵贵、赵天汉、崔球、密宣、郭谨，各领新调来二万人马，离莱阳县二十里下寨，次日准备厮杀。郑贯得了这个消息，闭上城门，连夜飞报到府里来。赛儿接得这报子，就集各将官说："如今傅总兵领大军来征剿我们，我须亲自领兵去杀退他。着王宪、董天然守着这府，又调马效良、戴德如各领人马一万，去滕县，临海卫三十里内，防备袭取的人马。就是滕县、临海卫的人马，也不许放过来。"周经历暗地叫苦说："这妇人这等利害！"赛儿又调方大领五千人马先行，随后赛儿自也领二万人马到莱阳县来。离县十里就扎个大营，前、后、左、右、正中五寨，又置两支游兵在中营，四下里摆放鹿角蒺藜，铃索齐整，把辕门闭上。造饭吃了，将息一回，就有人马来冲阵，也不许轻动。

且说黎先锋着五千人马，喊杀半日，不见赛儿营里动静，就着人来禀总兵，如此如此。傅总兵同杨巡抚，领一班将官到阵前来，爬上云梯，看赛儿营里布置齐整，兵将猛勇，旗帜鲜明，戈戟光耀，褐罗伞下坐着那个英雄美貌的女将。左右立着两个年少标致的将军，一个是萧韶，一个是陈鹦儿，各拿一把小七星皂旗。又有两个俊俏女子，都是戎装。一个是萧惜惜，捧着一口宝剑；一个是王娇莲，捧着一袋弓箭。营前树着一面七星玄天上帝皂旗，飘扬飞绕。总兵看得呆了，走下云梯来，令先锋领着高雄、赵贵、赵天汉、崔球等一齐杀入去。且看赛儿如何？诗云：

剑光动处见玄霜，战罢归来意气狂。堪笑古今妖妄事，一场春梦到高唐。

赛儿就开了辕门，令方大领着人马也杀出来，正好接着。两员将斗不到三合，赛儿不慌不忙，口里念起咒来，两面小皂旗招动，那阵黑气从寨里卷出来，把黎先锋人马罩得黑洞洞的，你我不看见。黎晓慌了手脚，被方大拦头一方天戟打下马来，脑浆迸流。高雄、赵天汉俱被拿了。傅总兵见先锋不利，就领着败残人马，回大营里来纳闷。方大押着把高雄两个解下寨里见赛儿。赛儿监候在县里，“我回军时发落便了。”赛儿又与方大说：“今日虽赢得他一阵，他的大营人马，还不损折，明日又来厮杀。不若趁他喘息未定，众人慌张之时，我们赶到，必获全胜。”留方大守营，令康昭为先锋。赛儿自领一万人马，悄悄的赶到傅总兵营前，呐声喊，一齐杀将入去。傅总兵只防赛儿夜里来劫营，不防他日里乘势就来，都慌了手脚，厮杀不得。傅总兵、杨巡抚二人，骑上马往后逃命，二万五千人杀不得一二千人，都齐齐投降。又拿得千余匹好马，钱粮器械，尽数搬掳，自回到青州府去了。

军官有逃得命的，跟着傅总兵到都堂府来商议，再欲起奏，另自添遣兵将。杨巡抚说：“没了三四万人马，杀了许多军官，朝廷得知，必然加罪我们。我晓得滕县许知县是个清廉能干忠义的人，与周经历、戴指挥委曲协同，要保这地方无事，都设计诈降。而今周经历在贼中，不能得出。许、戴二人原在本地方，不若秘密取他来，定有破敌良策。”傅总兵慌忙使人请许知县、戴指挥到府，计议要破赛儿一事。许知县近前，轻轻的与傅总兵、杨巡抚二人说：“如此如此，不出旬日，可破赛儿。”傅总兵说：“若得如此，我自当保奏升赏。”许知县辞了总制，回到县里，与戴指挥各备礼物，各差个的当心腹人来贺赛儿，就通消息与周经历。却不知周经历先有计了。原来周经历见萧韶甚是赛儿之意，又且乖觉聪明，时时结识他做个小心腹，着实奉承他。萧韶不过意说：“我原是治下子民，今日何当老爷如此看觑？”周经历说：“你是奶奶心爱的人，怎敢怠慢？”萧韶说道：“一家被害了，没奈何偷生，什么心爱不心爱？”周经历道：“不要如此说，你姐妹都在左右，也是难得的。”萧韶说：“姐姐嫁了个响马贼，我虽在被窝里，也只是伴虎眠，有何心绪？ 妹妹只当得丫头，我一家怨恨，在何处说？”周经历见他如此说，又说：“既如此，何不乘机反邪归正？ 朝廷必有酬报。不然他日一败，玉石俱焚。你是同衾共枕之人，一发有口难分了，不要说被害冤仇，没处可报。”萧韶道：“我也晓得事体果然如此，只是没个好计脱身。”周经历说：“你在身伴，只消如此如此，外边接应都在于我。”却把许、戴来的消息通知了他。萧韶欢喜说：“我且通知妹子，做一路则个。”计议得熟了，只等中秋日起手，后半夜点天灯为号。周经历就通这个消息与许知县、戴指挥，这是八月十二日的话。到十三日，许知县、戴指挥各差能事兵快应捕，各带士兵军官三四十人，预先土府里四散埋伏，只听炮响，策应周经历拿贼。许知县又密令亲子许德，来约周经历十五夜放炮夺门的事，都得知了，不必说。

且说萧韶姐妹二人，来对王娇莲、陈鹦儿通知外边消息。他两人原是戴家细作，自然留心。至十五日晚上，赛儿就排筵宴来赏月。饮了一回，只见王娇莲来禀赛儿说："今夜八月十五日，难得晴明，更兼破了傅总兵，得了若干钱粮人马，我等蒙奶奶抬举，无可报答，每人各要与奶奶上寿。"王娇莲手执檀板唱一歌，歌云：

虎渡三江迅若风，龙争四海竞长空。光摇剑术和星落，狐兔潜藏一战功。

赛儿听得，好生欢喜，饮过三大杯。女人都依次奉酒，俱是不会唱的，就是王娇莲代唱。众人只要灌得赛儿醉了，好行事，陈鹦儿也要上寿。赛儿又说道："我吃得多了，你们恁的好心，每一人只吃一杯罢。"又饮了二十余杯，已自醉了。又复歌舞起来。轮番把盏，灌得赛儿烂醉，赛儿就倒在位上。萧韶说："奶奶醉了，我们扶奶奶进房里去罢。"萧韶抱住赛儿，众人齐来相帮，扶进房里床上去。萧韶打发众人出来，就替赛儿脱了衣服，盖上被，拴上房门。众人也自去睡，只有与谋知因的人都不睡，只等赛儿消息。萧韶又恐假醉，把灯剔行明亮，仍上床来搂住赛儿，趴在赛儿身上故意着实耍戏，赛儿哪里得知。萧韶舞弄得久了，料算外边人都睡静了，自想道："今不下手，更待何时？"起来慌忙再穿上前服，床头拔出那口宝刀来，轻轻的掀开被来，尽力朝着赛儿项上剁下一刀来，连肩斫做两段。赛儿醉得凶了，一动也动不得。萧韶慌忙走出房来，悄悄对妹妹王娇莲、陈鹦儿说道："赛儿被我杀了。"王娇莲说："不要惊动董天然这两个，就暗去袭了他。"陈鹦儿道："说得是。"拿着刀来敲董天然的房门，说道："奶奶身子不好，你快起来。"

董天然听得这话，就瞌睡里慌忙披着衣服，来开房门。不防备被陈鹦儿手起刀落，斫倒在房门边挣命，又复一刀就放了命。这王小玉也醉了，不省人事，众人把来杀了。众人说："好到好了，怎么我们得出去？"萧韶说："不要慌，约定的。"就把天灯点起来，扯在灯竿上。不多时，周经历领着十来名火夫，平日收留的好汉，敲开门，一齐拥入衙里来。萧韶对周经历说："赛儿、董天然、王小玉都杀了，这衙里人都是被害的，望老爷做主。"周经历道："不须说，衙里的金银财宝，各人尽力拿了些，其余山积的财物，都封锁了入官。"周经历又把三个人头割下来，领着萧韶，一起开了府门，放个铳。只见兵快应捕，共有七八十人，齐来见周经历说："小人们是县、卫两处差来兵快，策应拿强盗的。"周经历说："强盗多拿了，杀的人头在这里。都跟我来！"到得东门城边，放三个炮，开得城门。许知县、戴指挥各领五百人马，杀入城来。周经历说："不关百姓事，赛儿杀了，还有余党，不曾剿灭，各人分头去杀。"且说王宪、方大听得炮响，都起来，不知道为着什么，正没做道理处。周经历领的人马，早已杀入方大家里来。方大正要问备细时，被侧边一抢搠倒，就割了头。戴指挥拿得马效良、戴德如，阵上许知县杀死康昭、王宪一十四人。沈印时两月前害疫病死了，不曾杀得。又恐军中有变，急忙传令："只杀有职事的，小卒良民，一概不究。"多嘱周经历招抚。许知县对众人说："这里与莱阳县相隔四五十里，他那县里未便知得。兵贵神速，我与戴大人连夜去袭了那县，留周大人守着这府。"二人就领五千人马，杀奔莱阳县来，假说道："府里调来的军，去取旁县的。"城上径放入县里来。郑贯正坐在堂上，被许知县领了兵齐抢入去，将郑贯杀了。张天禄、祝洪等慌了，都来投降，把一干人犯解到府里监禁，听候发落。安了民，许知县仍回到府里，同周经历、萧韶一班，解赛儿等首级来见傅总兵、杨巡抚，把赛儿事说一遍。傅总兵说："足见各官神算。"称誉不已。就起奏捷本，一边打点回京。朝廷升周经历做知州，戴指挥升都指挥，萧韶、陈鹦儿各授个巡检，许知县升兵备副使，各随官职大小，赏给金花银子表礼。王娇莲、萧惜惜等俱着择良人为聘，其余的在赛儿破败之后，投降的不准投首，另行问罪，此可为妖术杀身之鉴。有诗为证：

四海纵横杀气冲，无端女寇犯山东。吹箫一夕妖氛尽，月缺花残送落风。

诉穷汉暂掌别人钱　看财奴刁买冤家主

诗云：

从来欠债要还钱，冥府于斯倍灼然。若使得来非分内，终须有日复还原。

却说人生财物，皆有分定。若不是你的东西，纵然勉强哄得到手，原要一分一毫填还别人的。从来因果报应的说话，其事非一，难以尽述。在下先拣一个希罕些的说来做个得胜头回。

晋州古城县有一个人名唤张善友，平日看经念佛，是个好善的长者。浑家李氏，却有些短见薄识，要做些小便宜勾当。夫妻两个过活，不曾生男育女，家道尽从容好过。其时本县有个赵廷玉，是个贫难的人，平日也守本分。只因一时母亲亡故，无钱葬埋，晓得张善友家事有余，起心要去偷他些来用。算计了两日，果然被他挖个墙洞，偷了他五六十两银子去，将母亲殡葬讫。自想道："我本不是没行止的，只因家贫无钱葬母，做出这个短头的事来，扰了这一家人家，今生今世还不的他，来生来世是必填还他则个。"

张善友次日起来，见了壁洞，晓得失了贼，查点家财，箱笼里没了五六十两银子。张善友是个富家，也不十分放在心上，道是命该失脱，叹口气罢了。惟有李氏切切于心道："有此一项银子，做许多事，生许多利息，怎舍得白白被盗了去？"正在纳闷间，忽然外边有一个和尚来寻张善友。张善友出去相见了，问道："师父何来？"和尚道："老僧是五台山僧人，为因佛殿坍损，下山来抄化修造。抄化了多时，积得有百来两银子，还少些了，又有上了疏未曾勾销的。今要往别处去走走，讨这些布施。身边所有银子，不便携带，恐有失所，要寻个寄放的去处，一时无有。一路访来，闻知长者好善，是个有名的檀越，特来寄放这一项银子。待别处讨足了，就来取回本山去也。"张善友道："这是胜事，师父只管寄放在舍下，万无一误。只等师父事毕，来取便是。"当下把银子看验明白，点计件数，拿进去交付与浑家了，出来留和尚吃斋。和尚道："不劳檀越费斋，老僧心忙要去募化。"善友道："师父银子，弟子交付

诉穷汉暂掌别人钱
看财奴刁买冤家主

浑家收好在里面。倘若师父来取时，弟子出外，必预先吩咐停当，交还师父便了。”和尚别了，自去抄化。那李氏接得和尚银子在手，满心欢喜，想道：“我才失得五六十两，这和尚到送将一百两来，岂不是补还了我的缺？还有得多哩。”就起一点心，打帐要赖他的。

一日，张善友要到东岳庙里烧香求子去，对浑家道：“我去则去，有那五台山的僧所寄银两，前日是你收着。若他来取时，不论我在不在，你便与他去。他若要斋吃，你便整理些蔬菜，斋他一斋，也是你的功德。”李氏道：“我晓得。”张善友自烧香去了。去后，那五台山和尚抄化完了，却来问张善友取这项银子。李氏便白赖道：“张善友也不在家，我家也没有人寄什么银子。师父敢是错认了人家了？”和尚道：“我前日亲自交付与张长者，长者收拾进来交付孺人的，怎么说此话？”李氏便赌咒道：“我若见你的，我眼里出血。”和尚道：“这等说，要赖我的了。”李氏又道：“我赖了你的，我堕十八层地狱。”和尚见他赌咒，明知白赖了，争奈是个女人家，又不好与他争论得。和尚没计奈何，合着掌念声佛道：“阿弥陀佛！我是十方抄化来的布施，要修理佛殿的，寄放在你这里，你怎么要赖我的？你今生今世赖了我这银子，到那生那世少不得要填还我。”带着悲恨而去。

过了几时，张善友回来，问起和尚银子，李氏哄丈夫道：“刚你去了，那和尚就来取，我双手还他去了。”张善友道：“好，好。也完了一宗事。”过得两年，李氏生下一子。自生此子之后，家私火焰也似长将起来。再过了五年，又生一个，共是两个儿子了。大的小名叫做乞僧，次的小名叫做福僧。那乞僧大来，极会做人家，披星戴月，早起晚眠，又且生性悭吝，一文不使，两文不用，不肯轻费着一个钱，把家私挣得偌大。可又作怪，一般两个兄弟，同胞共乳，生性绝是相反。那福僧每日只是吃酒赌钱，养婆娘，做子弟，把钱钞不着疼热的使用。乞僧旁看了，是他辛苦挣来的，老大的心疼。福僧每日有人来讨债，多是瞒着家里，外边借来花费的。张善友要做好汉的人，怎肯叫儿子被人逼迫，门户不清的？只得一主一主填还了。那乞僧只叫得苦。张善友疼着大孩儿苦挣，恨着小孩儿荡费，偏吃亏了。立个主意，把家私匀做三份分开，他弟兄们各一份，老夫妻留一份。等做家的自做家，破败的自破败，省得歹的累了好的，一总凋零了。那福僧是个不成器的肚肠倒要分了，自由自在，别无拘束，正中下怀。家私到手，正如：

汤泼瑞雪，风卷残云。

不上一年，使得光光荡荡了。又要分了爹妈的这半份，也自没有了，便去打搅哥哥，不由他不应手，连哥哥的也布摆不来。他是个做家的人，怎生受得过？气得成病，一卧不起。求医无效，看看至死。张善友道：“成家的倒有病，败家的倒无病。五行中如何这样颠倒？”恨不得把小的替了大的，苦在心头，说不出来。那乞僧气蛊已成，毕竟不痊死了。张善友夫妻大痛无声，那福僧见哥哥死了，还有剩下家私，落得是他受用，一毫不在心上。李氏妈妈见如此光景，一发舍不得大的，终日啼哭，哭得眼中出血而死。福僧也没有一些苦楚，带着母丧，只在花街柳陌，逐日混帐。淘虚了身子，害了痨瘵之病，又看看死来。张善友此时急得无法可施，便是败家的，留得个种也好，论不得成器不成器了。正是：

前生注定今生案，天数难逃大限催。

福僧是个一丝两气的病，时节到来，如三更油尽的灯，不觉的息了。张善友虽是平日并无不像意他的，而今自念两儿皆死，妈妈亦亡，单单剩得老身，怎由得不苦痛哀切？自道：“不知作了什么罪业，今朝如此果报得没下梢？”一头愤恨，一头想道：“我这两个业种，是东岳求来的。不争被你阎君勾去了，东岳敢不知道？我如今到东岳大帝面前，苦告一番。大帝有灵，勾将阎神来，或者还了我个把儿子，也不见得。”也是他苦痛无聊，痴心想到此，果然到东岳跟前哭诉道：“老汉张善友一生修善，偏是俺那两个孩儿和妈妈，也不曾做什么罪过，却被阎神屈屈勾将去，单剩得老夫。只望神明将阎神追来，与老汉折诉一个明白，若果然该受这业报，老汉死也得瞑目。”诉罢，哭倒在地，一阵昏沉晕了去。朦胧之间，见个鬼使来对他道：“阎君有勾。”张善友道：“我正要见阎君，问他去。”随了鬼使，竟到阎君面前。阎君道：“张善友，你如何在东岳告我？”张善友道：“只为我妈妈和两个孩儿，不曾犯下什么罪过，一时都勾了去。有此苦痛，故此哀告大帝做主。”阎王道：“你要见你两个孩儿么？”张善友道：“怎不要见？”阎王命鬼使召将来，只见乞僧、福僧两个齐到。张善友喜之不胜，先对乞僧道：“大哥，我与你家去来。”乞僧道：“我不是你什么大哥，我当初是赵廷玉，不合偷了你家五十多两银子，如今加上几百倍利钱，还了你家，俺和你不亲了。”张善友见大的如此说了，只得对福僧说：“既如此，二哥随我家去了也罢。”福僧道：“我不是你家什么二哥，我前生是五台山和尚，你少了我的，你如今也加百倍还得我勾了，与你没相干了。”张善友吃了一惊道：“如何我少五台山和尚的，怎生得妈妈来一问便好？”阎王已知其意，说道：“张善友，你要见浑家不难。”叫鬼卒：“与我开了酆都城，拿出张善友妻李氏来。”鬼卒应声去了。只见押了李氏，披枷戴锁到殿前来，张善友道：“妈妈你为何事，如此受罪？”李氏哭道：“我生前不合混赖了五台山和尚百两银子，死后叫我历遍十八层地狱，我好苦也！”张善友道：“那银子我只道还他去了，怎知赖了他的？这是自作自受。”李氏道：“你怎生救我？”扯着张善友大哭。阎王震怒，拍案大喝，张善友不觉惊醒，乃是睡倒在神案前。做的梦，明明白白，才省悟多是宿世的冤家债主。住了悲哭，出家修行去了。

方信道暗室亏心，难逃他神目如电。今日个显报无私，怎倒把阎君埋怨？

在下为何先说此一段因果？只因有个贫人，把富人的银子借了去，替他看守了几多年，一钱不破。后来不知不觉，双手交还了本主。这事更奇，听在下表白一遍。宋时汴梁曹州曹南村周家庄上有个秀才，姓周名荣祖，字伯成，浑家张氏。那周家先世广有家财，祖公公周奉，敬重释门，起盖一所佛院，每日看经念佛。到他父亲手里，一心只做人家。为因修理宅舍，不舍得另办木石砖瓦，就将那所佛院尽拆毁来用了。比及宅舍功完，得病不起，人皆道是不信佛之报。父亲既死，家私里外，通是荣祖一个掌把。那荣祖学成满腹文章，要上朝应举。他与张氏生得一子，尚在襁褓，乳名叫做长寿。只因妻娇子幼，不舍得抛撇，商量三口儿同去。他把祖上遗下那些金银成锭的，做一窖儿埋在后面墙下。怕路上不好携带，只把零碎的细软的带些随身。房廊屋舍，着个当直的看守，他自去了。

话分两头，曹州有一个穷汉，叫做贾仁。真是衣不遮身，食不充口。吃了早起的，无那晚夕的。又不会做什么营生，则是与人家挑土筑墙，和泥托坯，担水运柴，做坌工生活度日，晚间在破窑中安身。外人见他十分过的艰难，都唤他做穷贾儿。却是这个人禀性古怪，拗别常道：“总是一般的人，别人那等富贵奢华，偏我这般穷苦。”心中恨毒，有诗为证：

又无房舍又无田，每日城南窑内眠。一般带眼安眉汉，何事囊中偏没钱？

说那贾仁心中不服气，每日得闲空，便走到东岳庙中，苦诉神灵道：“小人贾仁特来祷告，小人想有那等骑鞍压马，穿罗着锦，吃好的，用好的，他也是一世人。我贾仁也是一世人，偏我衣不遮身，食不充口，烧地眠，炙地卧，兀的不穷杀了小人！小人但有些小富贵，也为斋僧布施，盖寺建塔，修桥补路，惜孤念寡，敬老怜贫，上圣可怜见咱！”日日如此，真是精诚之极。有感必通，果然被他哀告不过，感动起来。一日祷告毕，睡倒在廊檐下，一灵儿被殿前灵派侯摄去，问他终日埋天怨地的缘故。贾仁把前言再述一遍，哀求不已。灵派侯也有些怜他，唤那增福神查他衣禄食禄，有无多寡之数。增福神查了回复道：“此人前生不敬天地，不孝父母，毁僧谤佛，杀生害命，抛撇净水，作贱五谷，今世当受冻饿而死。”贾仁听说慌了，一发哀求不止道：“上圣可怜见！但与我些小衣禄食禄，我是必做个好人。我爷娘在时，也是尽力奉养的。亡化之后，不知什么缘故，颠倒一日穷一日了。我也在爷娘坟上烧钱裂纸，浇茶奠酒，泪珠儿至今不曾干，我也是个行孝的人。”灵派侯道：“吾神试点检他平日所为，虽是不见别的善事，却是穷养父母，也是有的。今日据着他埋天怨地，正当冻饿，念他一点小孝，可又道：

天不生无禄之人，地不长无名之草。

吾等体上帝好生之德，权且看有别家无碍的福力，借与他些。与他一个假子，奉养至死，偿他这一点孝心罢。”增福神道：“小圣查得有曹州曹南周家庄上，他家福力所积，阴功三辈。为他拆毁佛地，一念差池，合受一时折罚。如今把那家的福力，权借与他二十年，待到限期已足，着他双手交还本主。这个可不两便？”灵派侯道：“这个使得。”唤过贾仁，把前话吩咐他明白，叫他牢牢记取：“比及你去做财主时，索还的早在那里等了。”贾仁叩头，谢了上圣济拔之恩，心里道：“已是财主了。”出得门来，骑了高头骏马，放个辔头，那马见了鞭影，飞也似的跑，把他一交颠翻，大喊一声，却是南柯一梦。身子还睡在庙檐下，想一想道：“恰才上圣分明的对我说，那一家的福力，借与我二十年，我如今该做财主。一觉醒来，财主在哪里？梦是心头想，信他则甚？昨日大户人家要打墙，叫我寻泥坯，我不免去寻问一家则个。”出了庙门去。真是时来福凑，恰好周秀才家里看家当直的，因家主出久未归，正缺少盘缠，又晚间睡着，被贼偷得精光。家里别无可卖的，只有后园中这一垛旧坍墙，想道：“要他没用，不如把泥坯卖了，且将就做盘缠度日。”走到街上，正撞着贾仁，晓得他是惯与人家打墙的，就要这话央他出卖。贾仁道：“我这家正要泥坯，讲到价钱，吾自来挑也。”果然走去说定了价，挑得一担算一担。开了后园，一凭贾仁自掘自挑。贾仁带了铁锹、锄头、土箕之类来动手。刚扒倒得一堵，只见墙角之下，拱开石头，那泥簌簌的落将下去，恰像底下是空的。把泥拨开，泥下一片石板。撬起石板，乃是盖下一个石槽，满槽多是土坯块一般大的金银，不计其数。旁边又有小块零星楔着。吃了一惊道：“神明如此有灵，已应着昨梦。惭愧！今日有分做财主了。”心生一计，就把金银放些在土箕中，上边覆着泥土，装了一担，且把在地中未挑尽的，仍用泥土遮盖，以待再挑，他挑着担，竟往栖身破窑中，权且埋着，神鬼不知。运了一两日，都运完了。他是极穷人，有了这许多银子，也是他时运到来，且会摆拨，先把些零碎小锞，买了一所房子，住下了。逐渐把窑里埋的，又搬将过去，安顿好了。先假做些小买卖，慢慢衍将大来。不上几年，盖起房廊屋舍，开了解典库、粉房、磨房、油房、酒房，做的主意，就如水也似长将起来。旱路上有田，水路上有船，人头上有钱，平日叫做穷贾儿的，多改口叫他是员外了。又娶了一房浑家，却是寸男尺女皆无，空有那鸦飞不过的田宅，也没一个承领。又有一件作怪，虽有了这样大家私，生性慳吝苦克，一文也不使，半文也不用，要他一贯钞，就如挑他一条筋。别人的，恨不得劈手夺将来，若要他把与人，就心疼的了不得，所以又有人叫他做慳贾儿。请着一个老学究，叫做陈德甫，在家里处馆。那馆不是教学的馆，无过在解铺里上些帐目，管些收钱举债的勾当。贾员外日常与陈德甫说："我枉有家私，无个后人承领，自己生不出，街市上但遇着卖的，或是肯过继的，是男是女，寻一个来，与我两口儿喂眼也好。"说了不则一番，陈德甫又转吩咐了开酒务的店小二："倘有相应的，可来先对我说。"这里一面寻螟蛉之子，不在话下。

却说那周荣祖秀才自从同了浑家张氏，孩儿长寿，三口儿应举去后，怎奈命运未通，功名不达。这也罢了，岂知到得家里，家私一空，只留下一所房子。去寻寻墙下所埋祖遗之物，但见墙倒泥开，刚剩得一个空石槽。从此衣食艰难，索性把这所房子卖了，复是三口儿去洛阳探亲。偏生这等时运，正是：

时来风送滕王阁，运退雷轰荐福碑。

那亲眷久已出外，弄做个满船空载月明归，身边盘缠用尽。到得曹南地方，正是暮冬天道，下着连日大雪。三口儿身上俱各单寒，好生行走不得。有一篇《正宫调·滚绣球》为证：

是谁人碾就琼瑶往下筛？是谁人剪冰花迷眼界？恰便似玉琢成六街三陌，恰便似粉妆就殿阁楼台。便有那韩退之蓝关前冷怎当？便有那孟浩然驴背上也跌下来。便有那剡溪中禁回他子猷访戴舟。则这三口儿，兀的不冻倒尘埃！眼见得一家受尽千般苦，可什么十谒朱门九不开，委实难挨。

当下张氏道："似这般风又大，雪又紧，怎生行去？且在哪里避一避也好。"周秀才道："我们到酒务里避雪去。"两口儿带了小孩子，趄到一个店里来。店小二接着道："可是要买酒吃的？"周秀才道："可怜，我哪得钱来买吃？"店小二道："不吃酒，到我店里做甚？"秀才道："小生是个穷秀才，三口儿探亲回来，不想遇着一天大雪。身上无衣，肚里无食，来这里避一避。"店小二道："避避不妨，哪一个顶着房子走哩？"秀才道："多谢哥哥。"叫浑家领了孩儿，同进店来，身子抖抖抖的寒颤不住。店小二道："秀才官人，你每受了寒了，吃杯酒不好？"秀才叹道："我才说没钱在身边。"小二道："可怜，可怜。那里不是积福处，我舍与你一杯烧酒吃，不要你钱。"就在招财、利市面前那供养的三杯酒内，取一杯递过来。周秀才吃了，觉得暖和了好些。浑家在旁闻得酒香，也要杯敌寒，不好开得口，正与周秀才说话。店小二晓得意思，想道："有心做人情，便再与他一杯。"又取那第二杯递过来着："娘子也吃一杯。"秀才谢了，接过与浑家吃。那小孩子长寿，不知好歹，也嚷道要吃。秀才簌簌地掉下泪来道："我两个也是这哥哥好意，与我每吃的，怎生又有得到你？"小孩子便哭将起来。

小二问知缘故，一发把那第三杯与他吃了。就问秀才道："看你这样艰难，你把这小的儿与了人家，可不好？"秀才道："一时撞不着人家要。"小二道："有个人要，你与娘子商量去。"秀才对浑家道："娘子你听么？卖酒的哥哥说道：'你们这等饥寒，何不把小孩子与了人？他有个人家要。'"浑家道："若与了人家，倒也强似冻饿死了，只要那人养的活，便与他去罢。”秀才把浑家的话对小二说。小二道：“好叫你们喜欢，这里有个大财主，不曾生得一个儿女，正要一个小的。我如今领你去，你且在此坐一坐，我寻将一个人来。”小二三脚两步，走到对门与陈德甫说了这个缘故。陈德甫踱到店里，问小二道：“在哪里？”小二叫周秀才与他相见了。陈德甫一眼看去，见了小孩子长寿，便道：“好个有福相的孩儿！”就问周秀才道：“先生哪里人氏？姓甚名谁？因何就肯卖了这孩儿？”周秀才道：“小生本处人氏，姓周名荣祖，因家业凋零，无钱使用，将自己亲儿情愿过房与人为子，先生你敢是要么？”陈德甫道：“我不要，这里有个贾老员外，他有泼天也似家私，寸男尺女皆无。若是要了这孩儿，久后家缘家计都是你这孩儿的。”秀才道：“既如此，先生作成小生则个。”陈德甫道：“你跟着我来。”周秀才叫浑家领了孩儿，一同跟了陈德甫到这家门首，陈德甫先进去见了贾员外。员外问道：“一向所托寻孩子的，怎么了？”陈德甫道：“员外，且喜有一个小的了。”员外道：“在哪里？”陈德甫道：“现在门首。”员外道：“是个什么人的？”陈德甫道：“是个穷秀才。”员外道：“秀才到好，可惜是穷的。”陈德甫道：“员外说得好笑，那有富的来卖儿女？”员外道：“叫他进来我看看。”陈德甫出来，与周秀才说了，领他同儿子进去。秀才先与员外叙了礼，然后叫儿子过来与他看。员外看了一看，见他生得青头白脸，心上喜欢道：“果然好个孩子。”就问了周秀才姓名，转对陈德甫道：“我要这个小的，须要他立纸文书。”陈德甫道：“员外要怎么样写？”员外道：“无过写道立文书人某人，因口食不敷，情愿将自己亲儿某，过继与财主贾老员外为儿。”陈德甫道：“只叫‘员外’够了，又要那‘财主’两字做甚？”员外道：“我不是财主，难道叫我穷汉？”陈德甫晓得是有钱的心性，只顺着道：“是，是。只依着写‘财主’罢。”员外道：“还有一件要紧，后面须写道：‘立约之后，两边不许翻悔，若有翻悔之人，罚钞一千贯，与不悔之人用。’”陈德甫大笑道：“这等，那正钱可是多少？”员外道：“你莫管我，只依我写着，他要得我多少。我财主家心性，指甲里弹出来的，可也吃不了。”陈德甫把这些话，一一与周秀才说了。周秀才只得依着口里念的写去，写到“罚一千贯”，周秀才停了笔道：“这等，我正钱可是多少？”陈德甫道：“知他是多少？我恰才也是这等说，他道：‘我是个巨富的财主，他要的多少，他指甲里弹出来的，着你吃不了哩。’”周秀才也道：“说得是。”依他写了，却把正经的卖价，竟不曾填得明白。他与陈德甫也多是迂儒，不晓得这些圈套，只道口里说得好听，料必不轻的。岂知做财主的专一苦克算人，讨着小便宜，口里便甜如蜜，也听不得的。

当下周秀才写了文书，陈德甫递与员外收了。员外就领了进去与妈妈看了，妈妈也喜欢。此时长寿已有七岁，心里晓得了。员外叫他道：“此后有人问你姓什么，你便道我姓贾。”长寿道：“我自姓周。”那贾妈妈道：“好儿子，明日与你做花花袄子穿，有人问你姓，只说姓贾。”长寿道：“便做大红袍与我穿，我也只是姓周。”员外心里不快，竟不来打发周秀才。秀才催促陈德甫，德甫转催员外。员外道：“他把儿子留在我家，他自去罢了。”陈德甫道：“他怎么肯去？还不曾与他恩养钱哩。”员外就起了赖皮心，只做不省得道：“什么恩养钱？随他与我些罢。”陈德甫道：“这个，员外休要人。他为无钱，才卖这个小的，怎么倒要他恩养钱？”员外道：“他因为无饭养活儿子，才过继与我。如今要在我家吃饭，我不问他要恩养钱，他倒问我要恩养钱？”陈德甫道：“他辛辛苦苦养这小的，与了员外为儿，专等员外与他些恩养钱，回家做盘缠，怎这等耍他？”员外道：“立过文书，不怕他不肯了。他若有说话，便是翻悔之人，叫他罚一千贯还我，领了这儿子去。”陈德甫道：“员外怎如此斗人耍，你只是与他些恩养钱去，是正理。”员外道：“陈德甫看你面上，与他一贯钞。”陈德甫道：“这等一个孩儿，与他一贯钞，忒少。”员外道：“一贯钞许多宝字哩。我富人使一贯钞，似挑着一条筋。你是穷人，怎倒看得这样容易？你且与他去，他是读书人，见儿子落了好处，敢不要钱也不见得。”陈德甫道：“哪有这事？不要钱，不卖儿子了。”再三说不听，只得拿了一贯钱与周秀才。

秀才正走在门外与浑家说话，安慰他道：“且喜这家果然富厚，已立了文书，这事多分可成。长寿儿他落了好地了。”浑家正要问道讲到多少钱钞，只见陈德甫拿得一贯出来，浑家道：“我几杯儿水洗的孩儿偌大，怎生只与我一贯钞？便买个泥娃娃也买不得。”陈德甫把这话又进去与员外说，员外道：“那泥娃娃须不会吃饭。常言道：有钱不买张口货。因他养活不过，才卖与人，等我肯要就够了，如何还要我钱？既是陈德甫再三说，我再添他一贯，如今再不添了。他若不肯，白纸上写着黑字，叫他拿一千贯来，领了孩子去。”陈德甫道：“他有得这一千贯时，倒不卖儿子了。”员外发作道：“你有得添添他，我却没有！”陈德甫叹口气道：“是我领来的不是了。员外又不肯添，那秀才又怎肯两贯钱就住，我中间做人也难。也是我在门下多年，今日得过继儿子，是个美事。做我不着，成全他两家罢。”就对员外道：“在我馆钱内支两贯，凑成四贯，打发那秀才罢。”员外道：“大家两贯，孩子是谁的？”陈德甫道：“孩子是员外的。”员外笑逐颜开道：“你出了一半钞，孩子还是我的，这等你是个好人。”依他又支了两贯钞，帐簿上要他亲笔注明白了，共成四贯。拿出来与周秀才道：“这员外是这样悭吝苦克的，出了两贯，再不肯添了。小生只得自支两月的馆钱，凑成四贯，送与先生。先生，你只要儿子落了好处，不要计论多少罢。”周秀才道：“甚道理，倒难为着先生？”陈德甫道：“只要久后记得我陈德甫。”周秀才道：“贾员外则是两贯，先生替他出了一半，这倒是先生赍发了小生，这恩德怎敢有忘？唤孩儿出来叮嘱他两句，我每去罢。”陈德甫叫出长寿来，三个抱头哭个不住。吩咐道：“爹娘无奈卖了你，你在此可也免些饥寒冻馁，只要晓得些人事，敢这家不亏你，我们得便来看你就是。”小孩子不舍得爹娘，吊住了，只是哭。陈德甫只得去买些果子，来哄住了他，骗了他进去。

周秀才夫妻自去了。那贾员外过继了个儿子，又且放着刁勒买的，不费大钱，自得其乐，就叫他做了贾长寿。晓得他已有知觉，不许人在他面前提起一句旧话，也不许他周秀才通消息往来，古古怪怪，防得水泄不通。岂知暗地移花接木，已自双手把人家交还他。那长寿大来，也看看把小时的事忘怀了，只认贾员外是自己的父亲。可又作怪，他父亲一文不使，半文不用，他却心性阔大，看那钱钞便是土块般相似。人道是他有钱，多顺口叫他为“钱舍”。那时妈妈亡故，贾员外得病不起。长寿要到东岳烧香，保佑父亲，与父亲讨得一贯钞，他便背地与家僮兴儿开了库，带了好些金银宝钞去了。到得庙上来，此时正是三月二十七日。明日是东岳圣帝诞辰，那庙上的人，好不来的多。天色已晚，拣着廊下一个干净处所歇息。可先有一对儿老夫妻在那里，但见：

仪容黄瘦，衣服单寒。男人头上儒巾，大半是尘埃堆积；女子脚跟罗袜，两边泥土粘连。定然终日道途间，不似安居闺阁内。

你道这两个是甚人？原来正是卖儿子的周荣祖秀才夫妻两个。只因儿子卖了，家事已空，又往各处投人不着，流落在他方十来年，乞化回家，思量要来贾家探取儿子消息。路经泰安州，恰遇圣帝生日。晓得有人要写疏头，思量赚他几文，来央庙官。庙官此时也用得着他，留他在这廊下的。因他也是个穷秀才，庙官好意拣这搭干净地与他。岂知贾长寿见这带地好，叫兴儿赶他开去。兴儿狐假虎威，喝道："穷弟子快走开去！让我们！"周秀才道："你们是什么人？"兴儿就打他一下道："钱舍也认不得！问是什么人？"周秀才道："我须是问了庙官，在这里住的。什么钱舍来赶得我？"长寿见他不肯让，喝叫打他。兴儿正在厮扭，周秀才大喊，惊动了庙官，走来道："什么人如此无礼？"兴儿道："贾家钱舍要这搭儿安歇。"庙官道："家有家主，庙有庙主，是我留在这里的秀才，你如何用强，夺他的宿处？"兴儿道："俺家钱舍有的是钱，与你一贯钱，借这埚儿田地歇息。"庙官见有了钱，就改了口道："我便叫他让你罢。"劝他两个另换个所在。周秀才好生不服气，没奈他何，只得依了。明日烧香罢，各自散去。长寿到得家里，贾员外已死了，他就做了小员外，掌把了偌大家私，不在话下。

且说周秀才自东岳下来，到了曹南村，正要去查问贾家消息。一向不回家，把巷陌多生疏了，在街上一路慢访问。忽然浑家害起急心疼来，望去一个药铺，牌上写着"施药"。急走去求得些来，吃下好了。夫妻两口走到铺中，谢那先生，先生道："不劳谢得，只要与我扬名。"指着招牌上字道："须记我是陈德甫。"周秀才点点头，念了两声"陈德甫"，对浑家道："这陈德甫名儿好熟，我哪里曾会过来，你记得么？"浑家道："俺卖孩儿时，做保人的不是陈德甫？"周秀才道："是，是。我正好问他。"又走去叫道："陈德甫先生，可认得学生么？"德甫相了一相道："有些面熟。"周秀才道："先生也这般老了。则我便是卖儿子的周秀才。"陈德甫道："还记得我赉发你两贯钱？"周秀才道："此恩无日敢忘。只不知而今我那儿子好么？"陈德甫道："好叫你欢喜，你孩儿贾长寿，如今长立成人了。"周秀才道："老员外呢？"陈德甫道："近日死了。"周秀才道："好一个悭刻的人！"陈德甫道："如今你孩儿做了小员外，不比当初老的了，且是仗义疏财。我这施药的本钱，也是他的。"周秀才道："陈先生，怎生着我见他一面？"陈德甫道："先生，你同嫂子在铺中坐一坐，我去寻将他来。"

陈德甫走来寻着贾长寿，把前话一五一十的对他说了。那贾长寿虽是多年没人提破，见说了，转想幼年间事，还自隐隐记得。急忙跑到铺中来要认爹娘。陈德甫领他拜见，长寿看了模样，吃了一惊道："泰安州打的就是他，怎么了？"周秀才道："这不是泰安州夺我两口儿宿处的么？"浑家道："正是，叫得什么钱舍。"秀才道："我那时受他的气不过，哪知即是我儿子。"长寿道："孩儿其时不认得爹娘，一时冲撞，望爹娘恕罪。"两口儿见了儿子，心里老大喜欢，终久乍会之间，有些生煞煞。长寿过意不去，道是莫非还记着泰安州的气来，忙叫兴儿到家取了一匣金银来，对陈德甫道："小侄在庙中不认得父母，冲撞了些个。今先将此一匣金银，赔个不是。"陈德甫对周秀才说了。周秀才道："自家儿子，如何好受他金银赔礼？"长寿跪下道："若爹娘不受，儿子心里不安，望爹娘将就包容。"周秀才见他如此说，只得收了。开来一看，吃了一惊，原来这银子上凿着"周奉记"。周秀才道："可不原是我家的？"陈德甫道："怎生是你家的？"周秀才道："我祖公叫做周奉，是他凿字记下的。先生，你看那字便明白。"陈德甫接过手，看了道："是倒是了，既是你家的，如何却在贾家？"周秀才道："学生二十年前，带了家小上朝取应去，把家里祖上之物藏埋在地下。已后归来，尽数都不见了，以致赤贫，卖了儿子。”陈德甫道：“贾老员外原系穷鬼，与人托土坯的。以后忽然暴富起来，想是你家原物，被他挖着了，所以如此。他不生儿女，就过继着你家儿子，承领了这家私。物归旧主，岂非天意！怪道他平日一文不使，两文不用，不舍得浪费一些。原来不是他的东西，只当在此替你家看守罢了。”

周秀才夫妻感叹不已，长寿也自惊异。周秀才就在匣中取出两锭银子，送与陈德甫，答他昔年两贯之费。陈德甫推辞了两番，只得受了。周秀才又念着店小二三杯酒，就在对门叫他过来，也赏了他一锭。那店小二因是小事，也忘记多时了，谁知出于不意，得此重赏，欢天喜地去了。长寿就接了父母到家去住。周秀才把适才匣中所剩的，交还儿子，叫他明日把来散与那贫难无倚的。须念着贫时二十年中苦楚，又叫儿子照依祖公公时节，盖所佛堂，夫妻两个在内双修。贾长寿仍旧复了周姓。贾仁空做了二十年财主，只落得一文不使，仍旧与他没帐。可见物有定主如此，世间人枉使坏了心机。有口号四句为证：

想为人禀命生于世，但做事不可瞒天地。贫与富一定不可移，笑愚民枉使欺心计。